翻譯偶語

黃文範 著

東大圖書公司 印行

國立中央圖書館出版品預行編目資料

翻譯偶語／黃文範著. --初版. --臺北市：
東大發行：三民總經銷，民82
面； 公分. --(滄海叢刊)
ISBN 957-19-1524-6 (精裝)
ISBN 957-19-1525-4 (平裝)

1.翻譯

811.7 82003342

著　者　黃文範
發行人　劉仲文
著作財產權人　東大圖書股份有限公司
總經銷　三民書局股份有限公司
印刷所　東大圖書股份有限公司
地址／臺北市復興北路三八六號六樓
郵撥／〇一〇七一七五──〇號
初　版　中華民國八十二年七月
編　號　E 81068
基本定價　肆　元
行政院新聞局登記證局版臺業字第〇一九七號

ISBN 957-19-1525-4 (平裝)

序

八十一年六月十三日，是我國翻譯界的一道分水嶺，在此以前，做翻譯自自由由，了無任何限制，人人可譯，處處可譯，從來不必考慮原文是他人的智慧財產。但從這天以後，任何翻譯都必需取得授權，未經承諾而擅自翻譯，便犯了嚴於竊盜的罪行，而且還沒有「易科罰鍰」的轉圜餘地，迻譯而可能賈禍入獄，在我們前一代的譯人，想都沒有想到過；他們甚至以為從事這種默默無聞的艱辛工作，是對社會的一種回饋呢。

譯人面對這種「形勢大好」的榮景，能躋身於社會「專業」行列，固然有助於翻譯士氣的提振與地位的提高，但也面臨了更大的挑戰，如何能使自己的譯作，臻至這種「專業水準」的要求。像以前那種「羣起而譯」「打了就跑」只爭一時的譯作，平白糟踐了資源，謀殺了原作，便漸漸會為「精品」所取代，無法在譯壇上立足了。

然而，譯人也面臨二十一世紀的最大轉捩點，那就是電腦翻譯的風起雲湧，不可遏抑。預料在公元二〇五〇年以前，終將有百分之八九十的資訊，出於機器翻譯，人類可以享受到又快又好的譯品，不必假手人力，然而好電腦卻要有好翻譯家羣才能設計出來。

面對「專業」與「電腦」的雙重挑戰，又遭遇了百年以來不注重翻譯人才的培育，以致形成了「人才斷層」，目前還投身於這項工作的人，就有了實質上與精神上的沉重負荷——翻譯理論的建立。

翻譯理論為「知」，翻譯實作為「行」，兩者不能偏廢。做一個專業譯人，旣要能「行其所知」，一步一步，本着翻譯理論踏踏實實的做；也要「知所能行」，把自己的心得與試誤後的實驗成果公諸於世。這原本是學術界的常態，學者必須經常提出論文，以開拓視界，創建新知，提升學術水準，作為他學術地位的基石。翻譯界過去，把「知」「行」分開，寫理論的專事理論，無暇以實譯來親自驗證；做翻譯的專事譯述，不肯將自己的金針度人。但而今以後，我們對從事翻譯工作的人，不但要以翻譯的「質」與「量」，作為衡量他的玉尺，而且也要求以他的「論」作評斷的依歸；三者的乘積，才算是他翻譯的成績，不容許他有一項為「零」。我希冀能以這種「激將」的方式，促使行知合一，翻譯工作者會有更多的翻譯理論問世。以這種新觀點從譯史上看，嚴林並列並不公平，林琴南譯量雖多，譯質——選書與譯力兩方面的「質」也不弱，但他沒有「論」傳世以裨益後學，充其量只算得上是獨善其身，怎能和嚴復俟諸百世而不惑的「信達雅」相比擬。

我在翻譯披荆斬棘的過程中，養成了旋走旋記的習慣，卽令一得之愚，不慚淺陋，也常常提出來作「野人獻曝」；總想把自己犯過的錯誤與掉過的陷阱，一一點明，加以標記。起先還只是以一則則的短文刊諸於世，後來省悟到朱子的訓示：「小立課程，大做工夫。」而開始在極其淺顯的課題進行深入的研究來寫作論文，使譯學不致於只淪於枝枝節節的瑣碎。本書中收集了〈疊詞與翻譯〉與〈姓名的翻譯〉兩篇論文，它們的重要性當然比不上專論喬叟莎翁的翻譯，而只是平平實實鋪在地基上，可供萬人登臨的兩塊地磚，希冀能從這種方式，引出翻譯諸家的唾玉飛金，共同營造「譯學」的大業。

我在前一冊拙作《翻譯新語》序中提到，「力求專精，討論以英譯漢為主，不敢以不知為知，侈談自漢譯英的技巧。」但在寫起翻譯理論來，便發覺兩者殊途而同歸。我從霍克思譯的《紅樓夢》中，舉一反三，從而領略了不少自英譯漢的訣竅；也從自己的探討中，能為漢譯英提供一些粗淺的意見。像《翻譯新語》中的末篇，研究「打」這一個字兒達七百多則，原只為供「翻譯字典」打基礎，但也為自漢譯英的朋友，摘錄唾手可得的資料，了解中文內無所不在的「打」。本書中論及〈叠詞與翻譯〉，原先只是探索如何把「clear and unmistakable」與「strange and queer」譯成「明明白白」與「古古怪怪」，但未嘗不可把「嘮嘮叨叨」與「誠意誠心」譯成「babble and froth」和「conscientiously and wholeheartedly」。

我國文學作品中最有名的叠詞，莫過於李易安的「尋尋覓覓，冷冷清清，悽悽慘慘戚戚」了，縱使有過前賢多家翻譯，連林語堂先生也有「得意之作」，但我當仁不讓，也在本文中嘗試譯了一遍，這原是我探索自英譯漢的技巧，但也可以反其道而行，移用於自漢譯英，了無窒礙。因此終而省悟了英譯漢與漢譯英一而二、二而一的連體纏綿，不可能作「一刀切」。

《翻譯新語》與《翻譯偶語》，時間上雖有先後，卻是同出於己的姐妹篇，這要謝謝周玉山兄的鼓舞與協助，更要謝謝東大圖書公司劉振強先生，能容納這兩册書出版。

黃　文　範

民國八十二年四月二十七日

於臺北縣新店市花園新城

目錄

一、翻譯界的新展望

著作權法在八十一年六月十三日頒布實施，對大多數國民來說，似乎無關痛癢。而對翻譯界來說，卻宛同轟雷貫頂，非同小可，簡直是開兩百年所未有之大變，使我國的整個翻譯生態起了空前的變化。悲觀的人認爲這是對原本奄奄一息的翻譯界「補上一槍」(coup de grâce)，「沒有自由，翻譯從此死了！」樂觀的人則喻爲這是「火鳥新生」(resurrection)，中國的翻譯不經這種霹靂手段，永遠不會有上進的契機，更不必說有什麼譯學體系的奠定與發展了。

譯壇蓬勃其實只是假象

自晚淸末造以來，中國人素來就不尊重、甚至不承認外文著作是他人的智慧資產，而以「公器」視之，翻譯幾乎人人可做，見到了對胃口的外文，便自由取用，譯成中文發表。報刊雜誌也對譯文胃納奇佳，稿費還可打打折扣；出版界也對翻譯情有獨鍾，遇到名著暢銷，便恐後爭先，一窩蜂十來種譯本出爐，爭著瓜分這片市場。不久前《冰點》與《愛的故事》的盛況，還使人記憶猶新，表面上看起來譯壇勃勃蓬蓬，繁花遍野，而翻譯體質上卻沒有多少改進。只要把各家譯本相同的一段排列在一起參詳，便可以發現勢均力敵，戛戛獨造的譯文很難見到，還有些更是字比句同，難分爾我，很令人懷疑是一個翻譯人供了幾家的稿，雷同得不得了。

因爲翻譯的自由，人人都可以做，一般人並不看重，不把翻譯當成一種專業來對待，以致學術界升等，甚至排斥純翻譯，而接受「集大成」。在這種大氣候下，具備了兩種文字火候最有資格作翻譯的人，任擇一種文字搞下去，小則可以養家活口，大則可以經世濟民，何必往翻譯這個小坑裏跳，頂著石臼跳加官，吃力不討好，太划不來了。

當然，我們也看到有驚鴻一瞥的譯仙，只在人間留下一兩段雋永的譯文使人回味，便飄然不知所往；也見到苦口婆心的譯聖，談翻譯字字珠璣，評翻譯針針見血；只是他根本就是蒞臺教學的奧運游泳冠軍史比茲，自己並不下水，不肯苦下身段譯它幾本書，使人無法印證他的理論，對他的譯力莫測高深，和我們始終保持著一段若卽若離的距離。

著作權法奠定百年大計

然而，我們最最迫切需要的，還是一批有興趣、肯獻身的翻譯人，他們不以「家」自居，只是對迻譯工作有狂熱的愛好，用上十年八年乃至一輩子的工夫，從事這個工作，從實作上開創理論，能採取他人的經驗，也肯把自己的體驗與人共享。他們是稀有族類，卻並沒有受到保護，老幹已見凋零，新枝未見茁放；翻譯，就這樣子江河日下嗎?

著作權法的及時頒布，總算是爲翻譯界打下了強心針，奠定了今後的百年大計。

譯權經紀業將逐漸興起

著作權法對翻譯人的自由有了限制，迻譯任何外國人的文字與書籍，都必須獲得授權與同意；擅自翻譯，不是賠錢了事，還要處三年以下有期徒刑，而且不得易科罰金。若論文章賈禍，沒有比擅自翻譯更重的了。誹謗還可以「辯」，翻譯只要「變」成中文，就栽定了。

也惟其有這種嚴刑峻法，使國人悚然色變，才不能不對翻譯另眼相待，以求在合法的情形下加以運用。今後在社會的各層面，都會有至深且廣的影響。

首先，出版界當務之急，便是要覓得原著的准許或授權，國外與國內的中譯本經紀業便會漸漸興起，出版公司如果能買到一本暢銷書的中文翻譯權，便可以吃定廣大的中文市場，只此一譯，別無分號嘛！投資雖多，回收有望。因此很可能將來有經紀人競標圍標「翻譯權利金」的情況，是可以預想得到的。

其次，便是翻譯漸漸形成爲一種專業，出版家既然肯下大把錢取得翻譯權，當然要有專業的翻譯人來譯，而不敢像以往般搶譯，雇一批「翻譯童工」羣起而攻，翻譯人也不敢自己左手承包下來，右手分包給「翻譯代工」，自己坐享差額利益。那一來準會砸自己的招牌，翻譯這一行就混不下去了。

翻譯成爲專業，稿酬自然也會水漲船高，譯人的生活也就有了保障，工作受到肯定，地位也受到尊重。翻譯與創作不同，固然也要靈感，尤其更有賴雜學與經驗，這不只限翻譯上的經驗，也有生活、學術多方面的經驗，久而彌篤，翻譯的資歷就是一種資本。所以，舉世的翻譯家，大多幾十年如一日在翻在譯，筆越練越利，譯越做越精，甚至他們一生只專做一兩位文學大家的全集迻譯乃至重譯。一輩子裏舍譯無他，惟有這種專業敬業風氣的形成，我們的翻譯才算走上了正軌。

聲氣相求，桴鼓相應，我們期待已久的「譯人協會」，才會在這種新形勢下誕生，也才會有討論翻譯學術的期刊與書籍流通，在切磋互勵中，自能積千百人的經驗與創見，使翻譯的水準慢慢提高。

爲了培育翻譯人才，各大學很可能創建翻譯系所乃至翻譯學院。目前，以外文系導向的翻譯課程，會很難適應著作權法實施後新氣候的需求。以臺大外文系爲例，一個學生在四學年中應修一百四十八個學分，這些課程都以培養外文的通才爲主，而「翻譯與習作」一共才四個學分，只佔整個學分數百分之二點七，而且包括了中譯英與英譯中兩種的理論與實習。

由於翻譯涉及兩種文字，外文系學生畢業以後，如果只憑那點大一國文的基礎來從事翻譯，捉襟見肘的情況可想而知。因此，我們似可步武香港大學之後，創立中英文並修的翻譯系所，甚至將口譯的「傳譯」與筆譯的「翻譯」，在大三以後依學生的性向而分開；也宜更進一步，把翻譯的英譯中與中譯英也分班教學。要一個人左右逢源，雙向翻譯都譯得好，只是一種教學理想，世界上卻罕見這種能人，林語堂與霍克思都辦不到。我們能有這種認識愈早，翻譯就愈能趨向專精有成。

刊登翻譯文字須嚴把關

新聞界受到著作權法影響的，倒不是盈版的國際新聞，這種新聞的迻譯有合約的保護；只是慣常採用外國報紙或雜誌的文字作專欄，可就得小心爲上。不要以爲偸偸引上一段，不註明來源出處，神不知鬼不覺。事實上，新法推行，外國的著作權主爲了保障自己，少不了雇有專人隨時監視市面坊間，一旦抓住小辮子，官司就有得打了。

報紙的副刊與專刊，打從現在起，對翻譯的文字更要嚴謹把關，如果眞有好的翻譯文字而未經授權，著作人逝世沒超過五十年，還是少碰爲要。以前副刊主編排斥翻譯文字有兩個原因：文字較短的翻譯，嫌它侵佔了中文作者的地盤；文字長的連載，刊登出來反倒爲搶譯成書的出版社打了免費的廣告，而今卻可以堂堂正正拒用翻譯稿件了。只是，這種不加選擇的一體排拒，隔絕了資訊文化的交流，等於鎖國自閉，也不是長久之計。我相信經過一段適應期以後，新聞媒體還是會刊載翻譯的文字，只是都已經過「授權或同意」，讀者也會明顯感覺到，翻譯的品質漸漸提昇了。

——八十一年七月十三日《新聞鏡》周刊

二、建立翻譯的綱維

翻譯理論爲翻譯工作的基本指導，一綱舉則萬目張，在翻譯事業蓬勃發達時，自應有層出不窮的理論，出而指引翻譯方向，導正謬誤、啟廸新知、提示後學，方能使翻譯境界漸上層樓，日有進境。但事實上，近年的翻譯工作愈見與盛，討論翻譯的理論卻沒有成正比增加，而自成體系的理論尤屬百不得一，也許出於下列一些原因:

當前世界交通便捷，文化交融面日見廣泛深遠，幾乎任何學術，都不難從先進國家探求、交換、研究、乃至轉移；但唯有翻譯，任何他國的理論，除了人盡皆知的幾個大原則以外，都對將本國文字譯爲外文，以及由外文譯爲本國文字的工作鮮有助益。別的學術可以接木移花，而翻譯理論卻只有自力更生的一途，因此形成了一個相當封閉的體系而少人問津。

由於翻譯理論「與外人隔絕」，又無法借用別國的經驗與體會，本國從事翻譯工作人士的經驗，便自然而然彌足珍貴了，偏偏獻身於翻譯的人原本就不多，卻往往傾向「獨善其身」，雅不欲使一己的心得公諸於世。以翻譯家傅雷爲例，「多少年來多少人要我談翻譯問題，我都婉詞謝絕，因爲有顧慮」：一怕「犯了自高自大，引起不少人的情緒」；再怕「淺則浪費筆墨，深則展開論戰」；三則認爲「翻譯重在實踐，文藝理論家不大能兼作詩人或小說家，翻譯工作也不例外」。

其實，傅雷的三項觀點，前兩項在任何學術中都會發生，但眞理愈辯愈明，並不會因而妨礙進步；第三點，實踐只是「行」的範疇，「理論」才是「知」的指引，沒有理論的行動便是「盲從」。要知中國翻譯理論的特質，便是無法像文藝理論可以自外國嫁接，就必須人人關心翻譯，由「行」的實踐中，提煉「知」的精萃貢獻於譯壇，點點滴滴，匯爲巨流，才能建立起中國人自己的「譯學」體系。所以「專務實踐」這種論調誤了不少人，導致做翻譯競以譯作爲高，以理論爲次，以致有一輩子譯了上千萬字的人，終其生沒有一篇半篇的翻譯見解傳世，這實在是中國翻譯史上多麼大的誤導，造成多麼大的損失!

語文隨著時代而變異，任何譯人認爲自己的譯作，爲可以藏諸名山的「定本」，那他就完全不了解時潮「浪淘盡千古風流人物」的力量了。

試看《金剛經》歷經了七次翻譯；《聖經》的譯本更頻；林琴南譯的古文小說，當年風靡一時，白話興起竟被斥爲「桐城餘孽」；即以三十年代那種流行的西化翻譯文學來說，一度影響了中文的創作，而今看來則淡淡平平，味同嚼蠟，使人興起「彼可取而代也」的重譯念頭了。

後之視今，亦猶今之視昔，我們耗盡心血敝帚自珍的譯作，也定會被後人「不屑一顧」，明白這個道理，譯人也許會從「實踐」的迷夢中驚醒過來，想一想該如何把一生實踐的心得傳諸於世，不使自己投身在這道窄門中的心血與淚汗，就此湮沒無聞。譯史上的玄奘與嚴復，他們的譯文，今天有誰記得？然而，他們所提的理論「五不翻」與「信達雅」，不論符合現代的翻譯要求與否，寥寥三字，便可以傳流千古。

香港青年翻譯學者何偉傑，近年來對翻譯理論鑽研不遺餘力，最近將由國內出版《譯學新論》一書，書中收集了他在近年來有關譯務、詞典、語學等五十多篇文字。從翻譯的實務到展望，都有極爲精闢的見地，使人耳目一新。

何著的特色之一爲「博」，新聞翻譯原本涉及天下所有事物、新字新詞、踵出不窮。何先生卽物窮理、廣索遍收，舉凡翻譯的「上層建築」中「神似與形似」、「辨義與達意」，到一般的財經、音樂、體育、航空、政治，上至「跛鴨」，下到「恭桶」，乃至字典與語文，都曾一一加以覆按與討論，務求精當而後止，這種廣泛的知識與興趣，雖爲譯人所宜備，卻不是人人都必能有，個個都可做到。

何先生在香港報刊有「譯林信步」專欄，下筆極勤，以討論翻譯爲職志，有關翻譯的事、物、人，都不輕易錯過。所以此書成功的另一特色則爲「勤」，心到、手到之餘，他更勤於「腳到」，爲了此書而遍訪譯壇，他竟偕夫人自費旅行星馬菲臺各地，攝影錄音，務求訪問資訊無所闕漏，這種精勤敬業的計畫編纂，在所有討論翻譯理論的書籍中，更是獨具特色而難以企及的成就了。

——七十六年十月十一日夜

三、胡適的小譯

Enjoy yourselves. It's later than you think.

這兩句英文只有七個字，變成中文該如何譯？我相信稍諳譯事的朋友，見到後都會說：「有何難哉？」可以提起筆來一揮而就。標準的譯法大致會是這樣：

「享受自己吧，比你所想的已經遲了。」這種譯法，在「忠實」上無懈可擊。

二十二年前，我也譯過這一句，寫爲「及時行樂，毋待太遲」。看起來雖然四平八穩，卻總是缺乏「那一股子勁兒」，自己並不覺得滿意。

然而，胡適先生對這麼簡簡單單的一句，不敢掉以輕心，認爲不容易譯，他的譯法也與我們大致的譯法迥不相同，這一段刊載在去年二月號三二一期的《傳記文學》上。

一九三八年一月五日　星期三

Colonel Newell 家中有小石碑，刻文為 "Enjoy yourselves. It's later than you think."

他曾請我譯此句，我費了不少時間，才譯了、寫了，刻在碑的背後。前幾天 General McCoy 令人來問我此句如何譯法，忘記了，今天又譯如下：

快活快活罷，別相信還早著哩。

這一則摘自《胡適駐美大使日記》，看得出他對這麼短短一句，也以獅子搏兔的精神，而「費了不少時間」，的的確確也譯得非常之「白」與「暢」，不看原文，誰也不知道是翻譯。

這一句之所以譯得高，便在於完完全全十足的中國味兒。不像一般翻譯中，最容易受英文文法的影響而說得洋腔洋調，首先，他在這一句中，以「快活」作疊詞，把 enjoy 譯得極其生動；其次，故意省略了「主詞」，適合了中國語文的味道；還添加了中文所獨有的「語氣詞」；這些語氣詞都放在一句的最後面，來表示全句的語氣，也就是用來表示全句所包含的情緒。在這一句中，如果沒有「罷」和「哩」這兩個語氣詞，成爲

「快活快活，別相信還早著。」

雖然與英文的意義並沒有出入，但總是彆彆扭扭的不像「話」，這兩個字兒一加，畫龍點睛，整句譯文就「破壁飛去」地活生生的了。

五十二年以後，如果我們還能對這句譯文有所改進的話，我認爲把 think 譯爲「相信」，不如改爲「以爲」較爲妥貼傳神。胡適先生在世，想必也不以爲忤吧。

其實，精於考證的胡先生，如果不在公務繁忙的大使任內，一定會追根究柢，把這句英文的出處，查它一個水落石出。因爲這句話的起源，根本就是從中文譯過去的。民國五十七年，我譯威廉尼古拉斯 (William Nicholas) 所輯的《珠璣集》(*A New Treasury of Words to Live by.*) 時，在第五篇〈樂趣〉中，作者羅米思 (Frederic Loomis) 寫道:

今天下午，在中國的北京，我到一家美麗的中國家庭去作客，花園的四周有圍牆，一邊牆上有塊大約六十公分長的銅牌，環繞著紅白色的花朵，我請人把牌上的中文翻譯給我聽，那是兩句:『Enjoy yourself. It's later than you think.』……

我是個「還原」主張很強的譯人，可是遇到這麼沒頭沒腦的一句中國話，既沒有註明「子曰」，又沒有寫出「詩云」，上天入地沒一個著落，一部二十四史，從何查起？只有怏怏地譯成「及時行樂，毋待太遲」了，心裏頭卻始終吊著這塊石頭放不下來。不料我國的這一句話，竟大投美國人行樂當及時的心理，將軍、上校的花園裏，也羣相如法炮製刻了起來，還請中國大使譯回成中文，但出處何在？這可苦了我們的適之先生了。

直到胡適先生譯成此句後的第五十二年，我譯此句後的第二十二年，才終於被我找到這句的出處，原來出自漢代，司馬遷的外孫楊惲，引用了當時秦趙一帶的民歌，這句話迄今已有兩千一百年之久了……

人生行樂耳！須富貴何時！

在紀念適之先生百歲誕辰時，他生平沒有考證出來，卻譯得極爲「白話」的一句，終於查到了出處，這件事雖然微不足道，我相信九泉之下的適之先生對這種「上窮碧落下黃泉，動手動腳找東西」的傻瓜精神，還沒有失傳，定會首肯，他不會文謅謅說：「孺子可教也」，而會說一聲：「這一代上道了！」

——庚午年十一月初一日《華副》

四、胡適譯詩

胡適先生早年，興到筆隨，偶爾譯譯詩，數目雖然不多，但都很精謹清新。以民國七年爲分水嶺，在此以前，他以文言譯詩，以後便純粹爲白話了。

就詩言詩，胡適先生所譯的諸家之作，小品不如長歌，白話不及文言。他生平所譯的第一首詩，竟是譯自一處墓園的一首無名氏的〈題壁〉，後來竟找到了原作者而訂交，「大喜」，而認爲這是一種「文字因緣」。

墓門行

四月十二日，讀《紐約晚郵報》，有無名氏題此詩於屋斯託克(North Woodstock N. H.)村外叢塚門上，詞旨悽惋，余且讀且譯之，遂成此詩。已付吾友叔永，令刊《季報》中矣。一日。偶舉此詩，告吾友客鸞女士 (Marion D. Crane)。女士自言有友克琴君 (Arthur Ketchum) 工詩，又嘗往來題詩之地，此詩或出此君之手，亦未可知。余因囑女士為作書詢之。後數日，女士告我，新得家書，附有前所記之詩，乃別自一報剪下者。附注云:「此詩乃克琴君所作。」女士所度果不謬，余亦大喜。因作書。並寫譯稿寄之，遂訂交焉。此亦一種文字因緣，不可不記。因記之為序。

四年四月十二日

伊人寂寂而長眠兮，
　任春與秋之代謝。
野花繁其弗賞兮，
亦何知冰深而雪下？
水潺湲兮，
　長楊垂首而聽之。
　鳥聲喧兮。
　好音誰其應之？

風嗚咽而怒飛兮，
陳死人安所知兮？
和平之神，
穆以慈兮。
長眠之人，
於斯永依兮。

可惜的是，這篇譯詩並沒有留存原文供後人重譯唱和。

最見胡適先生文字功力與磅礴氣勢的一篇譯詩，則是他譯拜倫的〈哀希臘〉，這首詩長達一百十七行，而他一口氣只以四小時就全部譯成。在他以前，梁任公曾譯此詩的第一、三兩章；後來馬君武譯成全文，蘇曼殊又在一九〇八年以五言古詩譯出，胡適先生認爲馬譯「訛」而曼殊「晦」，因此七年後奮筆再譯，自立門戶。

其實，拜倫的〈哀希臘〉，諸家評說，都認爲蘇曼殊的「行行去故國，濔遠蒼波來……」爲最佳，「有漢魏人的風骨」；不過，史實中提及，蘇曼殊所譯的詩，業經章太炎潤飾過，蘇卻在序文中隻字不提，反而自許「按文切理，語無增飾，陳義悱惻，書辭相稱。」可是據潘重規先生考據，蘇曼殊的〈哀希臘〉，根本不是他所譯，而出自黃季剛先生之手。（見〈蘄春黃季剛先生譯拜倫詩稿讀後記〉，載中國文化大學《中華學術院文學論集》第二册五三五頁，六十七年七月出版）

因此，在翻譯史上來說，儘管蘇曼殊的詩、文、畫夐絕一代，但是卻在翻譯上欺世盜名，只能算得上是一名翻譯「浪子」。近人不察，竟把他與嚴林並列「民初三大家」，未免濫加期許；所以胡適先生《最近五十年的中國文學》中，沒有蘇曼殊的名字，其來有自，如果郁達夫知道這些史料，也就不會爲他打抱不平了。

胡適先生的〈哀希臘〉，是他一生所譯諸詩中最長的一篇，試看他所譯前三段的氣魄，全詩直邁馬君武譯以上。

一

嗟汝希臘之羣島兮，

實文教武術之所肇始。

詩媛沙浮嘗詠歌於斯兮，

亦羲和素娥之故里。

今惟長夏之驕陽兮，

紛燦爛其如初。

我徘徊以憂傷兮，

哀舊烈之無餘!

二

悠悠兮，我何所思?

荷馬兮阿難。

慷慨兮歌英雄，

纏綿兮敍幽歡。

享盛名於萬代兮，

獨岑寂於斯土；

大聲起乎仙島之西兮，

何此邦之無語。

三

馬拉頓後兮山高，

馬拉頓前兮海號。

哀時詞客獨來游兮，

猶夢希臘終自主也；

指波斯京觀以為正兮，

吾安能奴僇以終古也！

胡適先生的譯詩，多半爲怡情遣性之作，不過談情說愛，卻非他的所長，所以譯這些小品詩爲白話，總覺淡薄，即使距他譯第一首詩後十四年來譯情詩，依然掙脫不了舊文學的影子。

譯莪默 (Omar Khyyam) 詩兩首:

一

來！

斟滿了這一杯！

讓春天的火燄燒了你冬天的懺悔！

青春有限，飛去不飛回。——

痛飲莫遲挨。

二

要是天公換了卿和我，

該把這糟糕世界一齊都打破，

再團再煉再調和，

好依著你我的安排，

把世界重新造過。

見美國短篇小說大家博德 (William Sydney Porte)，筆名「哦亨利」(O. Henry) 的〈戒酒〉。《短篇小說》第二集。十七年八月二十一日譯。

胡適先生偶爾也在文字中夾譯詩品，作爲自己主張的一種宣揚，他在〈我們對於西洋近代文明的態度〉，大聲疾呼：

這是現代人化的宗教。信任天不如信任人，靠上帝不如靠自己。我們現在不妄想什麼天堂天國了，我們要在這個世界上建造「人的樂國」。我們不妄想做不死的神仙了，我們要在這個世界上做個活潑健全的人。我們不妄想什麼四禪定六神通了，我們要在這個世界上做個有聰明智慧可以戡天縮地的人。我們也許不輕易信仰上帝的萬能了，我們卻信仰科學的方法是萬能的，人的將來是不可限量的。我們也許不信靈魂的不滅了，我們卻信人格是神聖的，人權是神聖的。

爲了「誓師」，他有詩爲證：

我獨自奮鬪，勝敗我獨自承當，

我用不著誰來放我自由，

我用不著什麼耶穌基督，

妄想他能替我贖罪替我死。

I fight alone and win or sink,

I need no one to make me free,

I want no Jesus Christ to think

That he could ever die for me.

這可算得上是適之先生譯詩中，唯一「非文學」的一首了。

下面附錄胡適之先生所譯詩作:

詩名	原作者	譯成時間	文體
一、墓門行	客鸞（Marion D. Crane）	四年四月十二日	文言
二、哀希臘	(The Isles Greece) 斐倫（拜倫George Gordon Byron）	五年五月十一日夜	文言
三、老洛伯	(Auld Robin Gray) 林賽夫人 (Aune Lindsay)	七年三月一日夜	白話
四、譯 Michau 詩	米吉（Michau）	十三年十月三十日	白話
五、譯白朗寧的〈清晨的分別〉	白朗寧 (Robert Browning)	十四年三月	白話
六、譯白朗寧的〈你總有愛我的一天〉	白朗寧	十四年五月	白話
七、譯薛萊的小詩	薛萊（雪萊 Percy Bysshe Shelley）	十四年七月十一日	白話

八、譯葛德的 Harfenspieler	葛德（歌德 Johann Wolfgang von Goethe）	十四年	白話
九、佚名	四行詩	十五年六月六日	白話
十、鄧內孫詩 Ulysses	鄧內孫（但尼生 Alfred Tennyson）	十五年六月六日	白話
十一、譯莪默（Omar Khyyam）詩兩首	哦亨利（歐亨利 O. Henry）	十七年八月二十一日	白話

——七十九年十二月十七日《華副》

篇目	作者	日期	文體
八、譯歌德的 Harfenspieler	歌德（Johann Wolfgang von Goethe）	十四年	白話
九、[illegible]	[illegible]	十五年六月六日	白話
十、[illegible] Ulysses	[illegible]（Alfred Tennyson）	十五年六月六日	白話
十一、[illegible]（Omar Khayyam）[illegible]	[illegible]（O. Henry）	十七年八月二十一日	白話

[illegible]十九年十二月[illegible]

五、胡適譯小說

以白話譯短篇小說，八十年來沒有人能趕得上胡適先生。然而近年出版的《胡適作品集》中，居然連他譯的半篇小說都沒有收，實在是一件憾事，如果說「作品」不能包括「譯品」，爲什麼卻又收了他的譯詩？

胡適先生倡導白話，懂得從文學開端，先以譯短篇小說下手，而今花甲前後的一代，沒有在中小學國文課本中，讀過他〈最後一課〉與〈二漁夫〉的人，可說少之又少，他所譯的短篇小說，爲數雖然不多，卻啟迪了中國人對白話、對外國文學的認識。

他一生一共譯了十個短篇小說（至如他和徐志摩合譯曼殊斐兒的半篇小說，則沒有流傳下來）：

篇名	原作者	譯成時間	文體
一、最後一課 (Lia Derniere Classe)	法國都德 (Alphonse Daudet)	元年九月	白話
二、柏林之圍 (Le Siege de Berlin)	法國都德	三年八月二十五日	文言
三、百愁門 (The Gate of the Hundred Sorrows)	英國吉卜齡 (Rudyard Kipling)	不詳	文言

四、決鬪	俄國泰來夏甫 (Nikolai Dmitrievitch Teleshov)	五年	白話
五、梅呂哀 (小步舞 Mennet)	法國莫泊三 (莫泊桑 Gny de Maupuassant)	不詳	文言
六、二漁夫	法國莫泊三	六年正月	白話
七、殺父母的兒子	法國莫泊三	不詳	白話
八、一件美術品	俄國契訶夫 (Anton Chekov)	不詳	白話
九、愛情與麵包	瑞典史特林堡 (A. Strinaberg)	不詳	白話
十、一封未寄的信	義國卡得奴勿 (Eurico Castelnuovo)	不詳	白話

他一共譯了七個名小說家的作品，法國的都德兩篇，莫泊桑三篇，此外英國吉卜齡一篇，俄國泰來夏甫與契訶夫各一篇，瑞典史特林堡一篇，義大利卡得奴勿一篇，取材相當均勻，惟獨胡適先生留學所在地的美國，卻一篇也沒有入選。以字數來說，最有名的〈最後一課〉只有兩千字許，〈二漁夫〉較長，約五千字，符合了短篇小說界中說的「短」。

胡適先生譯短篇小說，不像譯詩，文言白話有時間界線可分；他在民國元年譯〈最後一課〉用白話，以後又回歸文言，到民國五年又走白話的路子，大概在這一年，又用文言譯〈梅呂哀〉；直到民國六年正月，由於生病不能出門，提筆譯〈二漁夫〉。從這些文言與白話的嘗試摸索中，探出了自己的路子，決定了以後的方向，自此以後，便再也沒有用過文言譯短篇小說了。的確，從他所譯的三篇文言，七篇白話中來比較，他譯小說與譯詩不同，白話譯的小說，比文言譯的較易爲我們接受，或者毋寧這麼說，他已經開了白話的風氣，我們已經跟著他走了。

胡適先生譯短篇小說，有所爲而發，並不像譯詩一般隨興提筆，他在《新青年》第四卷第五號上，載得有〈論短篇小說〉一文，是他在北京大學國文研究所小說科所作的講演，而擔任筆記這篇文字的，便是後來的臺大校長傅斯年先生。

他對「短篇小說」下了定義:

「用最經濟的文學手段，描寫事實中的最精彩的一段、或一方面，而能使人充分滿意的文章。」因此，他便譯了〈最後一課〉與〈柏林之圍〉來作例子。

〈最後一課〉果然膾炙人口，全中國都琅琅上口，爲白話文學打了急先鋒，只是適之先生也譯出了問題，在最後一段中:

> 他走下座，取了一條粉筆，在黑板上用力寫了三個大字。「法蘭西萬歲」他回過頭來，擺一擺手，好像說，放學了，你們去吧。

有些追隨胡先生思想「自不疑中有疑」的人，便提出了這個問題:「明明『法蘭西萬歲』是五個字，爲什麼卻只是『寫了三個大字』?」

這就是翻譯人做翻譯工作時，經常遇到的一個大問題: 事齊乎?事楚乎? 如果翻譯要使看的人了然於心，毫無隔閡，不生排拒，此之謂「對讀者忠實」，應該寫成「五個字」。可是翻譯要「忠實」於原文，原文 vive de France 本是「three words」，那就只能照本宣科，譯成「三個字」了，誰說不解，請看原文吧!

在適之先生那個時代，翻譯還停留在「對原著忠實」的層次，

「如影隨形」是譯人一心一意的信念，即使知道中文與外文不同，也寧可就外文而屈中文讀者也在所不惜。所以譯成中文明明五個字，卻不得不隨從原文的「三個字」。到了現代，翻譯觀念已經進步到了「對讀者忠實」的階段，如果我遇到這種情形，就會毫不躊躇改「三」爲「五」了。

——八十年一月十九日《華副》

六、多 義 故

將一種語文轉變爲另一種語文的過程，我們稱之爲「譯」。

而「語」與「文」的譯，各有其功能與重要性，但卻不可併爲一談。「語的譯」（我國古稱「譯言」）名爲「傳譯」(interpretation)；而「文的譯」（我國昔稱「譯字」）則爲「翻譯」(translation)。兩者同歸而殊途，涇渭分明，混淆不得。

「傳譯」可以辦到立即溝通的效果；但「翻譯」卻可垂諸久遠，無遠弗屆，達到文化交流的功能。

在「傳譯」中，主要爲了意義的表達，除開專有名詞外，譯人必須儘量傳達雙方的思想，不太容許逕自引用原來的詞兒，因此沒有「音譯」與「義譯」的煩惱。

而在「翻譯」中，譯人具有充分的自由，他可以將詞兒用意義表達。例如將 penicillin 譯成「青黴素」；但他也可以取音，逕自用漢字寫成「盤尼西林」，在表達上並不造成扞格。在「譯學」中，前者稱爲「義譯」，後者稱爲「音譯」。

「音譯」是一種舉世而皆然的現象，英文稱之爲「借詞」(borrowed words)，表示這是向他種語文「借用借用」，語氣十分之主動與有擔當，既然有「借」也就有「還」。不多久便把這些字淘汰出局，沿用已久的，便在英文中「安家立業」，成爲英文的一部分了。

日本人由於文字的特殊形態，音譯是他們的最愛，還肇錫以佳名，稱之爲「外來語」，語氣上就顯得非常被動了。舉凡世界各種文字中，他們認爲值得採用的字兒，就毫不客氣以片假名加以招安，納入日文辭彙，字數之多，多得年年要出「外來語辭典」新版才能應付，當然，新的科技名詞早早引入，對國民教育有很大的影響，可是，日文似乎細大不捐，連極其通俗的詞兒，也照用不誤；像

電梯 erebata

領帶 nekutai

奶油 bata

鹹肉 beikon

牛排 bifuteki

火腿 hamu

因此，語言學者稱日本人是「英文最最殘忍無情的借家」(the most relentless borrower)，在現行日文中，所使用英文的「外來語」高達兩萬個，眞是嚇煞人也。問題在於日本人不承認這是有借有還的「借詞」，而理直氣壯說它們是「外來語」，它們自己找上門來的，與我何關，一副十足無辜的樣子。寫《母語》(*The Mother Tongue*) 的布瑞遜 (Bill Bryson) 認爲，如果日本人所使用的每一個詞兒都要繳使用執照稅的話，日美間的貿易赤字就會消失了。

在漢文中，音譯的詞兒很多，多得可能令人不敢相信。爲數最龐大的則爲佛經的翻譯，據梁任公〈翻譯文學與佛典〉一文中指出，佛經名詞的翻譯，分爲義譯與音譯。義譯爲「綴華語而別賦新義，如『眞如』『無明』『法界』『眾生』『因緣』『果報』等。」

音譯則爲「存梵音而變爲熟語，如『涅槃』『般若』『瑜珈』『禪那』『刹那』『由旬』等。」

他說：「近日本人編《佛教大辭典》，所收乃至三萬五千餘語。」

這也就是說，從漢晉以迄隋唐，八百年中，漢語文中增加了三萬五千個詞兒，音譯部分少說也應當佔三分之一，也就是一萬二千個左右，大爲豐富了漢文的辭彙。像「南無」「波羅蜜」與「阿耨多羅三藐三菩提」……這些詞兒依然存在。近人有人寫「外來語」，甚至編《外來語辭典》，一般都忽略了梵文在漢文中的音譯，只收錄了由英語迻譯過來的詞兒，讀佛經與《聖經》，如果遇到音譯難解，這些工具書大致都無詞以對。

譯人翻譯文字，既有「音譯」與「義譯」的自由抉擇，他在甚麼情況下可以「音譯」，這並不是自由心證的問題，早在一千三百五十年左右，唐代的翻譯大師玄奘，主張在五種情形下，須音譯而不從義譯，稱爲「五種不翻」，也就是以漢字保留梵音：

一、祕密故。

二、含多義故。

三、此無故。

四、順古故。

五、生善故。

玄奘是我國的翻譯大師，深富經驗，這「五不翻」便成爲翻譯界奉行的權威原則，自有當時的背景與原因存在，只是在現代翻譯，是不是仍然需要「一體遵行」，這就是一種挑戰了，值得我們深思。

打破一種原則與規範，宜於從學術的方式，以實際的證明來推證，方能作成結論。

玄奘的「五不翻」中，只有第三項「此無故」，到今天仍然可以屹立不移，站得住腳，當譯人遇到一個外文，而沒有中文的詞兒足以傳達時，那就只有保持原音了，「此」便是指中國，「此無」便是說中國壓根兒沒有，根本沒有，要怎麼翻？例如電流單位「安培」，電壓單位「伏特」，電阻單位「歐姆」，不要說中國從來沒有，西方也是自從電力有了以後方有這種名詞出現，不得不以發明的科學家人名作爲單位名稱。外國的人地名也屬「此無」項，這些當然得採用「音譯」。

至於其他四項「不翻」的原則，以現代的眼光來看，並沒有甚麼道理，我們可以列舉證據來予以說明，加以推翻。

以第二項「含多義故」來說，便值得懷疑。

世界上任何一種文字，其中都有些詞兒，由於時態、詞類，乃至前後位置、文句語氣，都會具有繁多而且絕不相關的意義，玄奘法師認爲遇到這種詞兒，他的原則便是保留原音不翻，以免引喻失義，造成誤導。

但人類文明進展到了如此豐富繁雜的時代，一個詞兒如果「含多義故」便採用音譯，已是一條走不通的死胡同了。舉例來說，今年的「梁實秋文學獎」翻譯類的散文翻譯，第二篇爲〈論斯蒂文遜〉，第一句就難倒了很多高手:

A slighter figure is Robert Louis Stevenson.

這是只得七個字兒的簡單句，is 是個等號，後面三字兒照音譯音錯不了，問題出在這一句第二和第三個字兒——全是「含多義」。

「歧途亡羊」，「多義」也使人分辨不清作者眞正要指述的是甚麼。以形容詞 slight 來說，指的是「數量與程度的小」（small in amount, degree etc.），頗爲虛無縹緲，不可捉摸，它也可以形容「弱不禁風」(frailness)，但與「窈窕」(slender) 與「苗條」(slim) 又有所不同，似乎得看它所修飾的名詞是甚麼才能決定。

偏偏 figure 這個名詞也是英文中「含多義」，十分難纏的字兒之一，《蘭燈書屋字典》上，便列舉出 figure 的三十八種用法，有些是一般英漢字典上所沒有的。例如：

木質平面上的「紋理」

溜冰的「花式」

製造光學玻璃所需要的「弧度」

音樂中音符連續短暫構成的「旋律」。

……

加上它既可代表「人物」，也表示「人形」，能顯示「身材」，構成「形象」，畫出「圖形」，作成「圖解」，還能表示「風度」，標列「價錢」……總之，是一個非常具有「象徵」與「借喻」性的字兒。

很多人對這個字兒的千手千腳，無所不在，搞得目瞪口呆，不知道如何下手來譯。像這樣因「含多義」的字兒，能不能遵照玄奘的原則「不翻」呢？能不能出現這種譯法：

通貨膨脹已到了逾越兩位「費格」的程度。

他是歷史上的名「費格」。

這首交響樂的「費格」不惡。

……

在這次散文翻譯獎中，能不能出現了這樣的譯句：

史蒂文遜是一位比較不史來特的費格。

答案當然是「不能」，我們不能因爲一個字兒在不同的情境下有另一種意義而採用音譯。

因此，我們可以證明玄奘在近一千四百年前所訂下的「音譯」原則，已有「含多義故」這一條不適用於今天的翻譯。

一個字兒「含多義」，譯人必須就它相關的辭彙與章節，予以適當的義譯，藉此傳達原作的精義；與日文截然不同，在以標義爲主的中文中，音譯並沒有多大的活動空間，這是我們必須重視的一項事實。

——八十年十二月三日《華副》

七、爺與軍爺

輔仁大學西班牙文研究所的姚金維先生，最近來信，問及拙著《翻譯新語》一四八頁中的一句:「譯西班牙人名前的 Don 爲『爺』，請自我始。」認爲「此一語氣魄不小，我很欣賞，但能否分析解釋一番?」

譯學一如任何其他學問，貴在羣策羣力來推陳出新，方能使這個工作，呈現欣欣向榮的新貌。過去，我們譯 Don 這個字的音，像 Don Juan 譯爲「唐璜」，Don Quixote 譯爲「唐吉訶德」；有些人搞不明白，以爲 Don 是名，還特地運用上所謂的「音界號」，在中間點上它一點，成爲「唐·璜」，或者「唐·吉訶德」，把中國人誤導得一頭霧水，以爲西班牙人中大名爲「唐」的竟恁地多。

做翻譯，先要自立於不敗之地，起先的譯人譯 Don 爲「唐」，無可厚非，最起碼，它保存了原音，可是音譯固足使譯人沾沾自喜，這是「忠實」於原著；然而，在另一方面看，這卻是對中國讀者的不忠實，把自己沒有下工夫研究的這個燙山芋，「原音重現」地拋給了廣大無辜的讀者，等於說：您自個兒去猜吧，原文就是如此，在下無能爲力了。

後來，總算有人琢磨出來，譯這本世界文學名著的Don爲「唐」不妥，而採取了義譯，譯爲「吉訶德先生」，由音而義，這就是一種進步；（只是對那位「西方西門慶」，還沒有人譯成「璜先生」，依然「唐璜」不誤。）但我卻更進一步，認爲譯成「先生」，似乎還沒有精確傳達出原義，如果Don是先生，那麼，西班牙文中的Senor，也等於是英文中的 Mister，譯人下筆迻譯 Don 與 Senor，應當看情況有一點區別。

字典上解釋：Don 是西班牙人對 a lord or a gentleman 的稱呼，換句話說，這是一種尊稱，也是一種敬語。我國對人稱的敬語也很多，如「王爺」「侯爺」乃至「二爺」「三爺」，吉訶德是一位鄉紳，因此如果以「爺」來譯 Don，比較「先生」貼切一些。從七十一年起，我便作了這種主張。

姚先生又提到「吉訶德」頗不常見，容易使人誤讀爲「軻」，似可易爲「侯」。的確，「訶」（ㄍㄜ）與原音不合，應當更正爲「訶」（ㄏㄜ），這也爲一般所沿用，似乎不必改爲「侯」；此外寫成「吉軻德」與「吉柯德」，則都是寫錯了。

不過譯「吉訶德爺」尚可，姚先生擬譯爲「吉訶德軍爺」則不可。因爲「軍爺」雖是我國老百姓以前對阿兵哥的稱呼，但卻沒有多少敬意，從前把「吃糧當兵」視同三等國民，上不得檯盤，如果以「軍爺」譯吉訶德，就與 Don 的尊稱未盡相符。舉一段國劇「遊龍戲鳳」中，正德帝與李鳳姐的對白，便可以說明了：

鳳：「軍爺方纔你說不叫，怎麼叫起來了。」

正：「下次不叫就是。」

鳳：「下次不可。」

正：「啊，大姐，梅龍鎮上就是這等的酒飯不成。」

鳳：「有三等酒飯。」

正：「哪三等？」

鳳：「上中下三等。」

正：「這上等的呢？」

鳳：「來往官員所用。」

正：「中等的呢？」

鳳：「買賣客商所用。」

正：「這下等的呢？」

鳳：「那下等的麼，不說也罷。」

正：「為何不講？」

鳳：「講出去怕軍爺著惱。」

正：「為君的不惱就是。」

鳳：「軍爺不惱？」

正：「不惱哇。」

鳳：「那下等的，就是你們吃糧當軍之人所用。」

您瞧瞧，在中國語文的口氣裏，吉訶德這位大戶能譯「軍爺」嗎？

——七十九年五月二日《華副》

八、譯名問題

中文由於同音字極多，在翻譯上一名多譯現象頗難避免，季辛吉與基辛格孰是孰非，迄仍莫衷一是，近如伊拉克總統，有譯爲哈珊、海珊，亦有譯爲胡辛，外交部則譯爲胡賽因，各家並陳，難定於一。

姑不論何者正確，卻反映出譯名統一工作實已刻不容緩。數年前，中央社曾出版《標準譯名錄》，對統一人名譯法頗具成效，惟時移勢轉早已不敷所需，看來如何補強充實頗爲重要。

《新聞鏡》九三期七四頁上，有一篇〈譯名用胡辛，未免太突兀〉，胡一叟先生對當前世界的風雲人物——伊拉克總統的譯名，直覺又直率地批判《中央日報》所譯的「胡辛」，「讓人看了覺得有點刺眼」「未免顯得突兀」。以「刺眼」與「突兀」這種感性的字眼兒來探討譯名，具見一叟先生已經心有成見，早已認同「珊」的譯名，說他很「熟悉」、願意「接受」；也就是說，這種「珊」譯很「順眼」「順當」。

《中央日報》譯名並無不妥

學術上的探討貴在眞理，並不是個人喜惡所能左右。首先，一叟先生便有了兩點失誤：第一，伊拉克總統的姓名爲 Saddam Hussein at-Takriti，而不是胡先生筆下的 Sadam Hussein Takriti；其次，胡先生說他向外交部亞西司查詢過，外交部決定譯爲「哈珊」；但是我在八月十六日十五時半，以電話向亞西司第二科就教，所得到的答覆是：外交部亞西司並沒有譯伊拉克總統爲哈珊，而譯爲胡賽因；該部所出版的《各國首長政要名稱》上，便是這個譯名，可以證明。

不錯，人名字典上都注明 Hussein 的後一音節爲 i 的長音，但是根據阿拉伯文發音，卻應當發短音，譯爲「胡辛」爲最接近原音的翻譯。而根據《大英百科全書》第十五版，註明這位中東強人也拼成 Saddam Husayn at-Takriti。因此，我們可以說，《中央日報》獨家採用「胡辛」，並沒有譯錯，而一叟先生不認本家，只採取「從眾」的觀點，雖屬無可厚非，但他對譯對了的媒體，公開抨擊爲「刺眼」，爲「突兀」，這種以「齊頭平等」的方式論譯，譯的人多便是對，豈得謂之平？哪裏還有公道可言？甚至他還把譯「哈珊」的責任往外交部頭上推，怎麼要目前已經焦頭爛額的外交部，平白又揹上一個黑鍋。

一名多譯嚴重困擾讀者

中文由於標義的特性，同音字雖極多，但並不妨礙傳達與溝通。但在譯純重音而無義的外國人名地名上，同音字卻造成了很大的困擾。

即以世界強國的政要來說，尼克森與尼克松，柴契爾夫人與佘契爾夫人，季辛吉與基辛格，布里茲涅夫與勃列日涅夫，不是到現在還是「一人一把號，各吹各的調」嗎？平民百姓，能奈媒體何？要解決這種一名多譯的混亂現象，第一便是靠譯人不以自我爲中心，能虛心改變已譯而採用較受羣眾接受的譯名。以我爲例，十八年前，我譯《一九一四年八月》這部長篇小說，便採用索善尼津這個譯名，及至後來譯《古拉格羣島》與《第一層地獄》，便改用了「索忍尼辛」了——也就是中央通訊社所採取的譯名；有一個眾星拱之的譯名，風行草偃，其他諸子百家的譯名便漸漸會消失而「定於一」了。

能達到這一步，得要有長的時間和大眾的共識，以後卽令有人想改也改不了了。不信，您可以試試看；如果您譯了「沙士比亞」，定會有人指正說，應該譯成「莎士比亞」；我譯《戰爭與和平》，就有人指摘，應該譯成「拿破崙」，不是「拿破侖」，要加上山字頭才够氣派。

《標準譯名錄》已不敷所需

其次，便得有一本人地名字典，作爲譯名的標準。其實，這個工作早在幾近四十年前便已經開始了，「中華民國新聞編輯人協會」，更在民國五十八年，訂定了「推行譯名統一工作實施辦法草案」，組織了「譯名統一推行委員會」，締結了「外國人名地名漢譯公約」，而最最具體的成果，便是終於在六十九年，由受託的中央通訊社，出版了《標準譯名錄》，的確收到了統一人名譯法的效果。

只是，十年不到，這本《譯名錄》已逐漸走下坡，權威度漸減，以致到了最近，連中東一個強國領袖的譯名，都「一國四公」起來，足見《標準譯名錄》已經失去了統一譯名的功能。

其所以有這種情形發生，《標準譯名錄》最先的設計構想很好，但在執行技術上發生了錯誤，也就是戰略正確而戰術錯誤。這本《譯名錄》的版本，採用打孔而非裝訂，表示原來主其事的人，構想上要使它能隨時加揷新的人名進去。然而執行時卻沒有體會到這種遠矚高瞻，並沒有從A到Z劃分開來，預先在各部「留有餘地」，而是從A到Z一貫連續下來，人名打得密密麻麻，了無空隙可供轉圜，如果要在A部插一個新譯名進去，以後的幾百頁勢必需要全部更動。

這種排版把自己捆得死死的動彈不得，而世界上新的人名又層出不窮，補救的辦法便是增印附册，由第一册可以增到N册；這麼一來，要查一個人名，便得從母册一直查到N册，其費時費事可知。因此，來查它的願望就少了，出了一個新名，譯人抓起來就譯，反正只要音相近似，總不能說我錯誤，管它標準不標準。

其次，它所收的人名不多，《標準譯名錄》以譯姓來說，母册加上附册，人名不到四萬；而我在今年六月，在香港買到大陸「化學工業出版社」的《世界姓名譯名手册》（一九八七年六月初版），所蒐集的譯名，已經有十三萬六千個之多了，在這一方面，足見我們落後的地步有多遠。

第三，在翻譯學術上最最需要這本《標準譯名錄》提供協助的部分，也就是對日本、韓國、越南、泰國、緬甸、馬來西亞、新加坡……這一地區中人名的標準譯名，它卻幾幾乎隻名不刊。這就是一種「藏私」，把自己獨有的累積譯名，當成「秘笈」而留了那麼一手，有違譯名統一委員會的委託，使得翻譯界的人非常失望。

其實，這些譯名也算不了是什麼不傳之秘，只要花點功夫還是可以找得出、譯得成，而《標準譯名錄》卻因此失去了在翻譯界奉爲宗師、視爲圭臬的地位；社會各行各業中，不廓然大公的人，永遠當不了龍頭老大，更何況做學術工作。

利用電腦軟體統一譯名

往者已矣，今後我們要在譯名統一工作上急起直追，我以爲要把刊印成集的構想，改爲電腦軟體。四年前，我便委託一家電腦公司，做過人名與地名譯名編輯工作，結果很成功，那種軟體可以在顯示器上立刻現出所要查的譯名，更可以隨時挿列新的譯名進去。如果各新聞媒體採用電腦譯名，甚至如銀行電腦般相互連線，任何最新的譯名都可以一按鍵盤卽得，就不會有今天譯名各搞各的，使得國人眼花撩亂的現象發生了。

應以外部所譯名稱爲準

最後，談到伊拉克總統的正確譯名該是什麼，我個人贊成採取外交部所譯的「胡賽因」，這並不是有理扁擔三，無理三扁擔的不講是非，而是本著名詞翻譯的首要原則「依主不依客」；他旣是世界的政要人物，而外交部已經有正確譯名了，便應該「名從主人」，從主管機構的譯法。設想如果我國和伊拉克有邦交；他一旦來訪，難道我們希望看到外交部公報用「胡賽因」，各媒體用「胡辛」「海珊」「哈珊」嗎?

而律定這一個統一的譯名，新聞局可以加一把勁了。

——七十九年八月二十七日《新聞鏡》

九、人名翻譯困擾多

在譯名上的分歧，哈珊、海珊、胡辛、薩達姆不一而足，把全國老百姓搞得昏頭轉向……

去年六月下旬，我應「香港城市理工學院」的邀請，參加了該院主辦的「漢語與英語理論和應用國際學術會議」。會議期中，認識了日本漢學家西槙光正先生，他對我所提的那篇〈疊詞與翻譯〉論文很有興趣。締交以後，他從日本寄來一册日中學院出版局的《中文教學》（一九八八年三月二十五日出版），首篇文字便是他所寫的〈漢語疊音散論〉，也是研究漢語中的重疊問題，以 AABB、ABAB、ABB……各種方式提出，與拙作所提的方法不謀而合、如出一轍，我覺得對這個問題的研究，居然萬里外吾道不孤，眞有「天涯若比鄰」的親切感。

拙作的目的，在強調中文內疊「詞」（也包括了疊字）的重要性，以及與英文相互迻譯的方法。西槙先生也注意到了這一點，但他定位與區別的方法著重在「音」，他說:

「疊音這一語言現象大概任何語言中都存在，但數量最多、疊音的方式最繁，表現的內容最豐富，及使用頻率最高的，當推漢語。這無疑同漢民族悠久的語言和文化的歷史有關，同時也是同漢語本身的語言與文字的特點分不開的。」

大體上，西槇先生對「疊」的界說較爲寬容，例如他有「說不說」（A不A）、「得唬就唬」（得A就A）、「親上加親」（A上加A）、「去就去」（A就A）、「查了又查」（A了又A）這些例子。而拙作對「疊」的定義較嚴，不但要字字相接，而且必須義義相同，始得稱爲「疊詞」。如「風風雨雨」可得稱爲「疊詞」；而「春風風人」，兩個「風」字，一爲名詞，一爲動詞，兩個字兒雖相同而意義不一，便不能稱爲「疊詞」。

最最重要的區別是，拙作著重所疊詞兒的「字」，而西槇先生所研究的疊「音」，範圍就較爲廣大了。因爲漢字特色中比較突出而與其他語文迥不相侔的有兩點：

一、標義。

二、同音多。

由於標義，同音字雖多而無礙於思想的傳達與語言的溝通，從「義」下手研究，不大容易舛誤或者誤導；然而，如果從「音」著手，就很容易落入陷阱而無法自拔了。例如：「吾道一以貫之」，從文字上看，所要表達的意義清清楚楚，不會發生誤解，也不能稱爲有「疊」的情況；但如果「疊音」，「一」與「以」就屬於它的範疇，要進行分析研究，便覺得無處著力了。

南宋時代，我國士人已經由於佛經的翻譯接觸到了梵文，夾漈先生鄭樵，在他所寫的《通志》中，有一篇〈論華梵〉，便把中文與梵文作了一番比較，觀察得十分詳盡周到，到了八百多年後的今天，我們易「梵」爲「西」，依然十分適用。

他討論兩種文字最大的區別是：

梵則一字或貫數音，華則一音該一字；

梵人別音，在音不在字；

華人別字，在字不在音。

梵有無窮之音，

華有無窮之字。

從他的這一番話，便明白中文的音有限而字無窮，同音字極其多，所以從事翻譯工作的人，把外文譯爲中文，譯音最方便，但也最容易出麻煩。由於同音字多，譯外國的人地名，幾乎可以人執一譯，互不相下。

以當代人名的翻譯來說，我以前指出，卽以索忍尼辛而論，就有索善尼津、索津涅辛、索贊尼辛、索盛尼金、蘇澤尼欽、索茲尼欽、索善尼辛、索爾森聶辛、素仁尼津、蘇辛尼津、蘇參尼曾、索忍尼欽共十三種譯法，最近又知道了大陸的譯法，由於文宣體系「一條鞭」，倒只有索爾什尼津與索爾仁尼琴兩種。

可是在「一條鞭」以前，馬恩列這些人的大名也是譯得紛紛攘攘，莫衷一是。以馬克思來說吧，就有:

卡爾馬兒克、凱洛馬爾克斯、卡瑪·馬客偲、麥喀士麥克司、埋蛤司、加陸馬陸克斯、卡爾馬爾克、馬而格、馬爾格、馬爾克斯、馬克司、馬格斯、馬可思、馬克斯共十五種譯法。(註)

恩格斯則譯爲非力特力嫣及爾音蓋爾、殷杰因格斯、安格爾斯、昂格士、因格爾斯、昂格斯七種。

列寧則譯有里寧、里林、李寧、藍寧、雷凝六種。

托洛茨基譯有特羅次基、特樂瓷克、脫祿次基、特羅司其、特羅斯其、特羅斯基七種。

越飛譯有堯飛、姚飛、約斐、姚福、姚買、耀非、鶴斐八種。

註: 見《傳記文學》五七卷第六期〈馬克思幽靈東來神州瑣記〉。

這些共黨名人許許多多「譯出多門」的名稱，到了「一條鞭」時代才算戛然而止，從茲定於一了。

反觀我們，過去也曾各自爲政過，媒體各有各的譯名體系，後來在二十年前，各報進行了譯名統一的工作，只是後來一到電視公司崛起，譯名便已經有了各走各的路，各吹各的調的態勢，光以一位英國首相來說，柴契爾、佘契爾、與戴卓爾，硬是相持不下了近十年，這種「較勁兒」，直到鐵娘子下臺，方始掩旗息鼓。不料中東戰火一起，又暴露了這種譯名上的分歧，哈珊、海珊、胡辛、薩達姆不一而足，把全國老百姓搞得昏頭轉向，不知聽誰的好。有人問過外交部，得到的答案爲「哈珊」，我親自以電話就教亞西司第二科，答覆應爲胡賽因，可是外交部禮賓司七十九年八月八日資料截止而出版的《世界各國簡介暨政府首長名册》的第七十一頁，卻又赫然是「海珊」，在這個後權威時代，似乎唯一說得準的事就是說不準了。

造成這種現象的主因，當然還是我國文字的同音字多，但在翻譯中，如果善爲利用，卻又可以成爲中文的一項優點，舉例來說，哥倫布在一四九二年「發現」（以現代觀念來說，這便是「入侵」，因爲那裏原屬土著民族所有）了美洲，自以爲到達了他所要去的印度，便命名土著爲 Indian，所以一提到 an Indian，西方人一定搞不清楚是東方的 Indian 還是美洲的 Indian，後者得加上 an American Indian，他才能恍然大悟。而我國以前翻譯這個名詞的翻譯人，饒有才氣，知道都譯成「印度人」，一定使中國人纏夾不清，因此他利用中文同音字多的特色，把同一個英文字兒，東方的譯「印度人」，美洲的則譯「印第安人」，河水不犯井水，清清楚楚，一看便明白，這就是翻譯高才見眞章的地方，眞的是「民到如今受其賜」。

因此，中文的同音字多，迻譯外國地名人名這些專有名詞，一定會造成五花八門的現象，如果我們大家能重視這個問題，捐棄成見，電腦、電傳、電話與人造衛星這些無遠弗屆的先進科技，應該可以解決這個問題，此外，我們如能善爲利用，同音字多也可以成爲翻譯上的一種優點，但看你對它投入得深不深、奉獻得够不够。

——八十年二月五日《聯副》

十、譯名與時代

伊拉克戰爭爆發，媒體報導加了幾番，戰爭的理論與實作紛紛都搬上了檯面，討論得非常熱烈，只不過有些媒體用的字眼兒，似乎還蟄伏在第二次世界大戰的時代，跟不上潮流。比如說「Air Defense Artillery」，我國現在的正式譯名為「防空砲兵」，使用的武器為「防空砲」與「防空飛彈」，早已取代了以前的「Antiaircraft Artillery」，因為現代作戰的防空，不只是「反飛機」（antiaircraft），而且還要「反直昇機」（antihelicopter）與「反飛彈」（antimissile），以前採用日本軍語的「高射砲兵」與「高射砲」，都已淘汰不用了。可是媒體中，還不時見到「高射砲」字樣。

「坦克」也是一個落伍的譯名，從譯學上說，凡一個名詞，如果中文沒有對等的意義而必須採用音譯，這在中文中便視同「正字」，像「伏特」、「歐姆」……都是。但如果中文有了恰當的義譯，那就應當採用義譯為「正字」，而把原有的音譯貶為「別字」；在中國文字發展的歷史中；這是不甚顯然但卻必然的一條鐵則。像「披雅娜」改為「鋼琴」；「白塔」改為「奶油」；「德先生與賽先生」改為「科學與民主」；「巴士」改為「公車」；「來復槍」改為「步槍」……這種例子不勝枚舉。

「坦克」只是一個音譯，而正式的義譯則為「戰車」，國軍中的正式軍語也是「戰車」，因此對於 tank 的譯名，正確的譯法應該是

「戰車」，才符合「名從主人（軍事）」的原則。

Allah 爲伊斯蘭教信仰的上帝，有些字典上譯成「阿賴」，這種譯法顯然不足取；因爲中文的每一個字兒都有意義，「賴」雖然是一姓，但在意義上容易與「無賴」、「賴皮」聯想在一起，譯得極其不妥。

一般人以「阿拉」譯音，比「阿賴」似稍勝一籌，但依然不理想，因爲我們要考慮到，在華語中，「吳語系」的「阿拉」，意思爲「我」；因此，譯爲「阿拉」也不甚妥當。

然則，對於這個名詞我們該怎麼譯？還是第一個譯名原則：「名從主人」。根據伊斯蘭教的《古蘭經》（不是《可蘭經》），正確的譯法：義譯爲「眞主」；音譯則爲「安拉」。

伊拉克用來攻擊以色列的地對地中程飛彈 Scud，在國內媒體上，也出現了好幾種譯名，最先有人譯成「飛毛腿」；根據《牛津字典》，這個字兒早在一五三二年（明嘉靖十一年）便有了，當作不及物動詞使用，的確有「To run or move briskly or hurriedly」（跑得飛快）的意思，也可當作名詞「The action of scudding hurried movement」（飛奔，疾走）。只是「飛毛腿」這個譯名，在一九五幾年代飛彈中便使用過了；當時美國的防空飛彈 Nike-Ajax，便譯成「勝利女神——飛毛腿」，因此把 Scud 譯成「飛毛腿」，容易使人纏夾不清。

目前，各新聞媒體再度定名這種飛彈爲「飛雲」，在字典上也有這一定義「Of clouds, foam, etc. To be driven by the wind」，這種意義在一六九九年（清康熙三十八年）便已使用了。

但是，元月十九日的《中國時報》第二版，刊載駐華府特派員傅建中的報導，卻稱這種飛彈爲「旋風」，不但容易與這次作戰中英國皇家空軍的「旋風式」（Tornado）戰鬪轟炸機混淆，字典上也沒有這一定義；可能是美國僑報界一種通用的譯名，可供我們參考。

——八十年一月二十八日《新聞鏡》

十一、文學名著的再譯

去年（七十九）十一月十六日到十八日，文建會、蔣經國國際學術交流基金會，與國立臺灣大學，在臺北市中央圖書館舉辦了一次我國有史以來的第一次的「中國文學翻譯國際研討會」，聚集了海內外翻譯界的翹楚，一堂濟濟討論「中國文學外譯」的問題。

大會之後，引起了一些議論，有篇社論中指出：

> 主管文化事務的行政院文建會，最近在「國際翻譯會議」中提出了一個國家級的翻譯工作要點，計畫未來將《紅樓夢》、《三國演義》、《西遊記》等古典名著翻譯為英文，不料此一計畫一經提出，便騰笑中外。原來這些作品，不僅早有英譯，甚至譯本尚不止一種。主管最高文化事務的文建會竟然如此疏失，證明我們的文化人才極為不足。

這篇文字隨著又引發了一些討論，甚至有人更提出「《紅樓夢》小說早已有多種譯本」，而關於文學翻譯的事，「應該聽聽納稅人的意見」。

在這件事上，文建會可說蒙了不白之寃。因爲在開會時，發給每一個與會人士的資料中，都附得有一本《中國文學著述譯作書目初稿》一册，厚達三百二十一頁，由文建會委託國立中央圖書館漢學研究中心編輯，把中國文學的中心主題分爲通論、總集、騷賦、散文、詩詞、小說、戲曲、其他八類，列出了英、法、德、西、日五種語文的外文譯本目錄。以小說類中的外譯本數字來說，迻譯外文最多的爲《水滸傳》，共有六十四種譯本，前十名的譯本數字分別爲：

西遊記——六十二種

聊齋誌異——四十八種

金瓶梅——四十五種

三國演義——四十種

今古奇觀——二十三種

肉蒲團——十五種

好逑傳——十四種

儒林外史——八種

官場現形記——八種

正如劉紹銘先生在〈報文建會書〉中所提到的《紅樓夢》，在這本《譯作書目初稿》中，蒐集的版本位居「小說類」的第三把交椅，外譯版本共達四十九種之多，其中除日文二十七種以外，英文版本中，不但包括了劉文所指的王際眞、楊憲益及戴乃迭伉儷、霍克思，與閔福德四家外，而且還有李辰冬、盧月化，與王良志、麥克休的諸家譯本。

這許許多多譯本目錄，雖不能說燦然大備，但至少可以證明文建會在籌備這次會議以前，作了紮實的準備工作，對中國文學的外譯版本，已經有了在胸的成竹。何況在開會時，還發給與會中外代表一封信，請求就這些目錄予以補充和改訂，在辦這件事的謹謹愼愼與虛懷若谷的態度上，就我個人來看，絲毫沒有「騰笑中外」。

一本成爲經典的文學名著，已經有了一種外文譯本以後，有沒有必要進行第二種譯本？一般把翻譯當成「電腦刻印」的人，會認爲刻出來都是一個模子，何必要費第二道手腳？這種「從一而終」的觀念，實際是一種不了解翻譯的見地。而把翻譯當成藝術來對待的人，便知道「譯之不同，各如其面」；第一，它因人而異，翻譯人的學養、文筆、體驗、見地不同，譯出來的作品便各有各的文采，各有各的優點，但不庸諱言，也各有各的弱處。若說某人的譯品已臻完美，與原作品絲絲相扣，到了一字不可易的程度，那是任誰也辦不到的事。舉一個例子，霍克思譯《紅樓夢》，已臻化境，但在第五回譯十二金釵詩中的王熙鳳，「凡鳥偏從末世來，都知愛慕此生才。」「凡鳥」是中文「鳳」字的拆字格，英文如何能「拆」？「一從二令三人木」這一句，連中國歷代的紅學家都眾說紛紜，搞它不過，又怎麼能期盼二十世紀的英國翻譯家，能善體兩三百年前曹雪芹的原意？「飛向金陵事更哀！」「金陵」是南京的故稱，英文讀者又怎能知道？誰要知道？因此，他也就只有譯成從義的「南方」了。

This phoenix in a bad time came;
All praised her great ability.
'Two' makes my riddle with a man and tree:
Returning south in tears met calamity.

可是其他譯家，對這首詩的看法不同，見解各異，譯筆自然也就不一樣了，所以，譯作之所以層出不窮，便是譯作很難與原作文字嚴絲合縫，間不容髮，而總留得有一些空間，供他譯乃至後譯得以補充發揮。

其次，翻譯因時間而異；在大體上說，語文最為變動不居，法國文學界便首倡「莎劇須二十年即再譯一次」的理論；以經典來說，《金剛經》便譯過七次，《聖經》更不必說了，幾幾乎每幾年便有新的譯本出現。所以，一本書迭有新譯，並不是所謂負面上的「浪費人力能源」，而是累積了多年的經驗而有的增益與改進，甚至是一種適應。對社會來說，這是一種活力充沛的現象，惟有後浪推前浪的翻陳出新，文學翻譯才會有出息，如果一本名著，歷經多年，還是四五十年前的老譯本，那就證明這個社會的翻譯一代不如一代了。

以美國最近幾個月來說，便陸陸續續有三種世界文學名著推出了新譯本。

荷馬的《奧德賽》（*Odysseus*）與《伊利亞特》（*The Iliad*），分別由艾倫曼德邦（Allen Mandelbaum）與羅伯法格斯（Robert Fagles）新譯成書。

另外一本則是俄國杜斯妥也夫斯基的《卡家兄弟》（以前譯《卡拉馬助夫兄弟們》*The Brothers Karamazov*），由理察佩偉爾（Richard Pevear）與伏洛克亨斯基（Larissa Volokhonsky）合作的新譯，把幾近五十年以前馬加夏克（Magarshack）的譯本，作了不少的改正。

列舉了這些他山之石，足資證明文學名著雖然如日月行天，永垂不朽，但卻無妨一譯再譯，以適合世世代代的讀者。即以霍克思譯的《紅樓夢》，爲劉紹銘先生讚爲「神來之筆，令人擊節」「天衣無縫，極是貼切」，兩相比較，便認爲楊憲益伉儷所譯「平淡無奇，不是味道」，證明了做翻譯後來居上的道理；但如果認爲只此一譯便「止矣盡矣」肯定後必不如今，豈非自相矛盾？我們對霍譯也的確五體投地，但不滿足的便是他只譯了八十回。

今天我們期盼舉世的漢學家中「代有才人出」，縱然無法超越霍克思的才氣，至少也能和他並駕齊驅，但卻可以把《紅樓夢》一百二十回一氣呵成譯出，這難道是一種奢望嗎？

——八十年二月七日《華副》

十二、歇後語的翻譯

做翻譯的樂趣之一，便是偶然會發現英文一個句子，中文也有類似的說法，使得譯人能做個現代的紅娘，把它們「送做堆」，成就了一段良緣，心裏總要樂上個好些天。

舉例來說，有些話在中英文中，竟是天造地設的一對，像：

· You are pretty enough to eat.

· 秀色可餐

· Six of one, half a dozen of the other.

· 半斤八兩

· There is honor among thieves.

· 盜亦有道

· Two of a trade never agree.

· 同行是冤家

· Respect a man, he will do the more.

· 敬人者人恒敬之

· Great minds think alike.

· 英雄所見略同

· A round peg in a square hole.

· 方枘圓鑿

前些時，譯到一則新聞，談美國海岸受到垃圾汚染，其中有一句:

Out of sight and out of mind.

當時心中一喜，這可不就是我們中國人口中的「瞎子唱花臉——眼不見爲淨」嗎? 自己蒐集的「成語緣」，又多上一對佳偶了。

以前我還集得一則:

What the eye doesn't see, the heart doesn't grieve over.

那就只能用我國另一句成語「眼不見，心不煩」來配對了。

坊間有漢譯英的《成語典》，看似集中文成語之大成，似乎得此一書，成語翻譯便迎刃而解，以「一」部來說，從「一剎那」到「一年之計在於春」，共達三百六十九則，看來至矣盡矣。但仔細閱讀，便可發現中英巧合的成語如鳳毛麟角，多半只是一種解釋與界說而已；換句話說，硬湊合；中文明明是句成語，譯成英文卻是死死板板毫無趣味的非成語，這在翻譯上，也是一種無可奈何的事，所以，譯人能遇到天衣無縫的對譯，怎能不高興。《成語典》強把中文成語譯成英文，時常發現誤譯的情況，例如:「一蟹不如一蟹」的原意，應該是「等而下之」，竟譯成了:

Everyone is worse than the other.

中文便是「每一個人都比別人糟。」這話從何說起?

又像「一板一眼」，譯成「in an expert manner.」也欠考慮，「板眼」指的是一絲不苟，十分認眞；而專家（expert）可能有抄近路走捷徑的辦法，與「板眼」未見得符合。

成語中最難譯，也幾乎不可能譯的便是「歇後語」了，尤其是前面的一句提示語，例如：

馬尾穿豆腐——不能提

(It's not worth mentioning.)

外甥打燈籠——照舅（舊）

(As usual.)

肉包子打狗——有去無回

(To cross the Rubicon.)

買鹹魚放生——不知死活

(Being not acquainted with death and life.)

對一個沒有經驗的譯人來說，遇到這種成語要譯，眞個是「狗咬刺蝟——無處下口」。

翻譯史上，有一次譯歇後語只譯提示語而鬧出笑話，便是「文革」期間，毛澤東說「紅衞兵」簡直是「和尚打傘」。他用了這句歇後語，原意指的是「無髮（法）無天」(outrageous)。然而譯爲英文，卻成了 A lone monk is under an umbrella.（孤僧傘下），這種「忠實」的翻譯，不但外國人看了丈二金剛摸不著腦袋，連中國人見了英譯，也是一頭霧水，苦苦思索不知道毛這句話裏含了什麼鬪爭的禪機。

其實，英文中也有「歇後語」(rhyming slang)，像小孩子口裏叫的「鱷魚」(alligator!)，意思就是「待會兒見！」(see you later)

又比如：cheese and kisses 指的是「老婆」(wife)；談到 rat and mouse 卻是指「房子」(house)；pig's ear 不是「猪耳朵」，而是「啤酒」(beer)；give and take 更不是「給取」而是「蛋糕」

(cake)……都是取字的韻而提另一件事。而在翻譯上，卻是許許多多陷阱，等著您往下掉。

對於中英文中都有的歇後語翻譯，除了要能確實把握所要表達的意思外，約有兩項原則可以達到:

一、譯後不譯前　歇後語的前段提示語，在兩種文化的差異中，幾乎不可能譯得使人懂，例如把「瞎子唱花臉」譯成「A blind plays a male role in Chinese opera with heavily painted face.」打死外國人，他也不會懂得這一句話與「眼不見爲淨」有什麼關係。因此，我們寧可求「達」，而不必執著在「信」上。

二、譯虛不譯實　基於寧「達」不「信」的原則，不必著重歇後語提示的「實句」，而要確確實實去揣摩所要表達而意在言外的「虛義」，遇到英文的歇後語 Uncle Willy 便逕直譯「蠢」(silly)；見到「茶葉」(tea leaf) 可以譯「小偸」(thief)……

所以，把握兩種語文的異同，明瞭所要表達的精義，在成語，尤其是在歇後語的迻譯上，便不會栽觔斗了。

——七十九年五月三十一日《華副》

十三、以不變應萬變

——試以我國貨幣單位統一翻譯外幣

世界各國貨幣單位不一，國人翻譯時往往夾纏不清，莫衷一是，其實如以我國貨幣單位的「元」，統一翻譯外幣，不僅可收一致之效，且簡單易記老少能解。

貨幣單位繁多不易弄清

到國外旅遊，有一個離不開卻麻煩煞人的事，那就是「貨幣單位」(monetary unit) 稱呼各國不同，人人一把號，各吹各的調，有的稱「鎊」，有的稱「法郎」，有的稱「先令」，有的稱「盧布」，有的稱「盧比」，有的稱「比索」，有的稱「難得」……總之，全世界有一百八十幾個國家，就有一百八十幾種名稱。

錢的兌換，連小學生都難不倒，手上一個電算機，指頭按一按，三下五除二，答案就有了。惟有「貨幣單位」搞得清楚的人卻不多，譬喻說「法郎」，並不只是法國用來作貨幣單位，還有「瑞士法郎」與「比利時法郎」、「盧森堡法郎」。這還是歐洲，要是您去非洲旅遊，「法郎」就更多了，有「喀麥隆法郎」、「中非共和國法郎」、「查德法郎」、「剛果法郎」、「達荷美法郎」、「加彭法郎」、「幾內亞法郎」、「象牙海岸法郎」、「馬拉加西法郎」、「毛里塔尼亞法郎」、「尼日法郎」、「盧安達法郎」、「塞內加爾法郎」、「多哥法郎」與「上伏塔法郎」……

聞「鎊」色喜世人既有觀念

說到「鎊」，人人欣然色喜，共認爲這是一種強勢貨幣，歷久不衰，其實這只純指「英鎊」，世界上不値錢的「鎊」所在皆有，像「馬爾他鎊」、「蘇丹鎊」、「埃及鎊」、「利比亞鎊」、「塞浦路斯鎊」、「黎巴嫩鎊」、「馬拉威鎊」、「奈及利亞鎊」……所在皆是。

因此，對於外國錢幣的單位，要有一個心理上的「超級轉換插頭」，來適應這種狀況，那就是「以不變應萬變」。

人類的許許多多使用單位，經過幾千年的進化，知道必須「車同軌」而統一起來，像長度單位爲「公尺」，重量單位爲「公克」，液量單位爲「公升」，時間單位爲「秒」，這一套制度除開極少數國家以外，舉世遵行，不會造成困擾。

各國各行其是頗難迻譯

惟有「貨幣單位」，那可就是各行其是，每一個國家都有它的名稱。不知就裏的人，常常搞得頭昏腦脹。「以不變應萬變」的方法，便是以本國貨幣單位爲本體，來迻譯他國的貨幣單位。

我國的貨幣單位，一兩千年來以銀爲本位，而以「兩」爲單位。一直到了民國二十二年，國民政府奠都南京，廢除了「兩」這一個以重量計算的貨幣單位，而改用重量固定的銀圓爲單位，稱爲「圓」；爲了書寫方便容易計，更頒佈了以「元」代替「圓」，也可以說這是政府明令推行的一個簡體字。因此今天在鈔票上、郵票上，並不採用簡體的「元」，而依然沿用正體字「圓」。

以元翻譯外幣老嫗能解

所以，以我國貨幣單位的「元」，來譯他國的貨幣，意義明顯，老嫗能解。去年八月，中華民國的作家詩人一行二十六人，組團訪問蘇聯與東歐，十八天中要訪問七個國家，旅行社按照音譯，把各國貨幣名稱譯了出來，看得人眼花撩亂；我試用「以我爲主」的義譯法，勸旅行社改譯，果然淸淸楚楚。（見圖一）

圖一

國名	貨幣單位名稱	音譯	義譯
蘇聯	Rouble(Rb)	盧布	俄元
波蘭	Zloty(Zi)	茲勞梯	波元
東德	Mark(M)	馬克	德元
捷克	Koruna(Kos)	科隆納	捷元
匈牙利	Forint(Ft)	佛林特	匈元
南斯拉夫	Dinar(Din)	狄納	南元
奥地利	Schilling(Aus)	希令	奥元

只是，學理上有根據，實際上有成果（例如：dollar 原音譯爲「大賚」、「打拉」，cent 原譯爲「生脫」、「仙」；後來義譯爲「美元」與「分」，使用迄今，毫無扞格）的改革，往往敵不過習俗的力量。那怕是當前思想最開放、最前進的人士，聽到了我力主把「英鎊」改譯爲「英元」；「先令」改譯爲「英角」；「辨士」改譯爲「英分」，莫不悚然色變，掩耳疾走，認爲這簡直是「大逆不道」

的造反。幾百年來「買辦譯」的餘毒，已經深植知識分子的內心，要改變改變，他連想都不敢想一下了。

歐市統一貨幣即將誕生

只是，當前時移勢轉，根據《新聞鏡》一二八期的報導，歐洲共同市場即將在一九九二年成爲一個大一統的社會，首先便是成立一個統一的中央銀行，使用單一一種貨幣單位，我們耳熟能詳的幾種外國貨幣名稱，終於會在歷史的長廊上消逝，新聞翻譯也可少記幾個單字

圖二

國名	貨幣名稱	音譯	義譯
英國	pound	英鎊	英元
愛爾蘭	pound	愛鎊	愛元
西班牙	peseta	帕塞達	西元
葡萄牙	escudo	厄斯庫多	葡元
德國	mark	馬克	德元
荷蘭	guilder	吉爾達	荷元
比利時	franc	比法郎	比元
盧森堡	franc	盧法郎	盧元
法國	franc	法法郎	法元
義大利	lira	里拉	義元
丹麥	krone	克朗	丹元
希臘	drachma	德拉克瑪	希元

了。（見圖二）

歐洲共同市場十二國的貨幣都將廢止，而使用一種統一的貨幣，它的貨幣單位不採用「鎊」、「馬克」或者「法郎」，乾脆就叫「歐洲貨幣單位」(European Monetary Unit, EMU)。這種命名近乎荒謬，那就像廢止了「公尺」而改稱「度量單位」一般；不過，事實上要取得十二個都有光榮歷史國家的共識定名，確也不容易，倒不如以「不名」爲「名」。

目前「歐洲貨幣單位」已經掛牌了，一「貨幣單位」約相當於一・二美元或新臺幣三十二・五元。任誰也看得出，這種譯法固然忠實，但卻嫌累贅，因此，依照「以不變應萬變」的義譯原則，我們似乎可以將這種將來會極其搶手的強勢貨幣 EMU，譯爲「歐元」。如果新聞界能優先採用，將來國人使用、兌換、溝通上，就會有所遵循，風行草偃而「約定成俗」，成爲中文詞彙中一個嶄新的名詞了。

——八十年五月十三日《新聞鏡》周刊

十四、兒童文學的翻譯

英國人時常坦承，他們有些兒不肯向童年道別，這種稀奇的民族性，使得歐洲大陸的鄰國都爲之大惑不解，也許這由於英國在兒童文學上的優勢所致；何以致此，迄今依然是一種奧祕。

英國人（包括了英格蘭人與威爾斯人）所寫的兒童文學作品之多，遠遠超過其他國家。他們尤其在學校故事上獨擅勝場，細數兩百多年以來的名作，像:

費爾丁 (Sarah Fielding) 的《女老師》(*The Governess*)，與《小女校》(*The little Female Academy*)，作於一七四五年，一直到一九四八年，德路薏 (Day Lewis) 的《水獺窟案》(*Otter Bury Incident*)，在這段期間中，有湯姆斯休斯 (Thomas Hughes) 的《湯姆布朗的學校生活》(*Tom Brown's School Days,* 1857)；吉卜靈 (Kipling) 的《史塔基公司》(*Stalky & Co.*, 1899)。

以兒童探險小說來看，毫無疑義，屬於世界文學傑作的，便爲史蒂文遜 (Stevenson) 的《金銀島》(*Treasure Island*) 了。

此外，由史威夫特 (Jona than Swift) 所著，鼎鼎大名的《格利佛遊記》(*Gulliver's Travels*)，以及狄福 (Daniel Defoe) 的《魯濱遜漂流記》(*Robinson Crusoe*) 以及巴利 (Barrie) 的《小飛俠》(*Peter Pan*)，卡洛爾 (Carroll) 的《愛麗絲漫遊奇境記》(*Alice*) 更是擁有全世界的大小讀者。

在兒童文學中，爲幼兒所寫的作品，可能也是最困難的著作，英國也有傑出的表現，如布洛克（Leslie Brooke）的《強尼格魯的花園》(*Johnny Crow's Garden*)，以及波特（Beatrix Potter）的《彼得兔兒爺》(*The Tale of Peter Rabbit*)。

在動物故事上，大小說家吉卜靈在一八九五年所寫的《叢林故事》(*Jungle Books*) 與《正是如此》(*Just So Stories*)，至今還沒有這類作品能出其右。

在兒童詩方面，英國的名家輩出，如威廉布雷克（William Blake)、史蒂文遜(Louis Stevenson)、羅塞蒂(Christina Rossetti)、法蓉（Eleanor Farjeon)、馬瑞（Walter de la Mare)、米妮（A. A. Milne）和瑞孚斯（James Reeves)。

此外，英國還出了許多無法分類的傑作，像格雷安（Kenneth Grahame）的《柳風》(*Wind in The Willows*)，便不完全是動物故事；也出了好幾位無以分類的兒童文學作家，如曼恩和露西波士頓（Maeyne and Lucy Boston)。

在二次世界大戰以後，薛瑞里爾（Senralillier）的《銀劍》(*Silver Sword*)，在兒童文學中十分特出，作品中以德軍佔領了波蘭以後，四個波蘭孩子在歐洲各地的冒險爲題材，強調要建立溝通，訴說戰爭中這個世界所受的苦痛。

與英國相比較，美國在兒童文學上的成就並不太高了。當然，馬克吐溫的《頑童歷險記》(*Hucklebenry Finn*)，可稱得是世界傑作，別的國家無從比擬；而十九世紀爲奧爾科特（Louisa Alcott）所著的《小婦人》，在當時石破天驚，到了一百二十四年後的今天，依然散發光熱，具有一種特別的溫暖感，還是最受歡迎的「家庭故事」。

《綠野仙蹤》(*The Wonderful Wizard of Oz*) 雖然直追《愛

麗絲漫遊奇境記》，但卻沒有卡洛爾那部作品中的煥發才華、敏慧與諧趣。然而，這部書中的情節與人物，也像《木偶奇遇記》(*Pinocohio*) 般，對兒童具有一種持久不衰、幾近舉世而皆準的吸引力。在這一類較爲古早的書單中，也許還可以加上散文家易碧懷特 (E. B. White) 在一九〇五年所寫的《小史塔特》(*Stuart Little*)，以及一九五二年所寫的《夏綠蒂的網》(*Charlotte Web*)，這兩部書似乎已成爲經典之作了。

美國從獨立戰爭到南北戰爭期間，兒童文學的發展根本全靠英國的潮流。在成人世界，柯伯 (Copper) 與華盛頓歐文 (Washington Inrving)，也許可以眞正是宣稱了獨立，但是一直到一八六幾年代與七幾年代，有了瑪麗道奇 (Mary Mapes Dodge) 的《漢斯布林克》(*Hans Brinker*)、《小婦人》、馬克吐溫的《湯姆歷險記》(*Tom Sawyer*)、赫爾 (Lucretia Hale) 的《彼德京文件》(*Peterkin Papers*)，還有《聖誕老人》雜誌 (*St. Nicholas*)，美國的兒童文學才終於切斷了附著英國的臍帶。

在某些重要的範圍，美國則敢於領先，例如爲兒童編印日用的書籍，還有些非階級性的小城故事，如伊絲特斯 (Eleanor Estes) 所寫的《莫費茲人》(*The Moffats*)。

也有美國化的童話與傳奇，像一八八〇年出版的《瑞姆斯大伯》(*Uncle Remus*)，不過這本書起先卻並不是爲兒童寫的故事，桑德堡 (Canl Sandburg) 在一九二二年寫的《洛塔伯加故事》(*Rootabaga Stories*) 也是如此。

不過我們可以這樣說，美國的兒童文學，尤其在二次大戰以後，比起英國來要放膽得多，更具實驗性，也更爲願意進行試驗。尤其，兒童文學建立了制度化的標準，不僅，只是出版而已，還有「成集」

銷行與賣書宣傳。

而美國兒童文學，在現代也嘗試把外國的童話重新翻譯，最重要的便是挿配圖畫，如薛格爾（Lore Segal）和約瑞爾（Randall Jarrell），重譯《格林童話》的精彩諸篇，書名爲《杜松樹》（*The Juniper Tree*）。

爲什麼要重譯，書評家克勒蒙斯（Walter Clemons）曾加以說明:

「譯者薛格爾和挿圖者孫達克，對於格林兄弟在十九世紀初所彙集民間故事的基本力量，都具有認識。可是很久以來，這種力量便被一種興味索然的英文，譯出其中幾十篇的幼稚園版本所誤導了。在《格林故事全集》的兩百一十個故事中，薛格爾與孫達克選輯了二十七篇；他們所青睞的是內容奇特、尖酸而含義雙關的故事，他們的《格林故事新輯》，多是饒具機智而鮮爲人悉的風格。

因而，孫達克畫出了他前未曾有的最好挿畫，上下兩册合裝在一個設計緊湊、樸素而小孩子又容易携帶的書盒裏。在這二十四開本中，孫達克的挿畫足以垂諸久遠，它們具有一種靜靜的催眠力，有一種力量吸引我們，進入他那厚厚包住腳肚的莊稼漢、堅強不屈的公主和使人入迷的動物天地裏。在〈三羽毛〉裏，爲『啞蛋』幫忙的癩蛤蟆，是地下王國中肥肥胖胖的母神。〈白雪公主〉中的壞皇后，與其他畫家所畫的不同——是一位慈愛的中年女人。帶著淒凉的笑容，惟有在灼灼的凝視中，露出了她那纏身的自戀症，她只要想到『吃白雪公主的肺和肝』時就很高興。」

美國自從一九三幾年代，華德狄斯耐創造出了「米老鼠」以還，更瘋狂了全世界！他所創造的一系列動畫人物與角色，不但在電影與電視上放映，更有大量的讀物與期刊暢銷，久久不衰，而且影響了世界各國的兒童文學，而成爲美國後來居上的特色。

在我國，也和世界其他國家相同，兒童文學中少不了翻譯外國的童話、神話、與傳奇。

不必問孩子將來能做些甚麼，但應先問我們自己對孩子做了些甚麼?

就以提供兒童的精神糧食來說，兒童文學的翻譯，時人已經做得很多，實在不必多此一問了。試看坊間滿谷滿坑的各國童話集，不論數量、印刷、裝訂、編排，看來都比我們童年所讀過的不知道要高明了多少倍；何況加印注音符號，連幼童都可以誦讀自如，這是何等進步，不由得不自豪，這一代的孩子有福了。

然而，在偶然的一次機會裏，翻閱了一本中文的《格林童話》，眞不敢相信，在這本世界著名的兒童文學集中，翻譯的文筆竟配不上它那花花綠綠的封面。順便查證查證翻譯的「忠實度」，更是爲之駭然，尤有些不具名的翻譯人，對原著竟大動手腳，刪略、竄改、添加，一應俱全，似乎對著「未來主人翁」的小讀者們，翻譯的原則與道德都是不必遵守的事了。

《格林故事》的原著爲德文，我惟恐英譯也有舛誤，所以找了三個英譯本來比照，發現我國現行的一些中譯本，有些地方實在譯得太離譜了。

舉〈漢生與麗德〉(Hansel and Gretel) 一則爲例吧，小兄妹倆要過「湖」（非「河」），唱了一首招呼小白鴨的歌，三個英譯本分別爲:

1

Little duck, little duck, dost thou see,
Hansel and Gretel are waiting for thee?
There's never a plank, or bridge in sight.
Take us across on thy back so white.

2

Duckling, duckling, here is Gretal, *
Duckling, duckling, here is Hansel,
No Bridge or ferry far and wide,
Duckling, come and give us a ride.

3

They haven't a bridge and they haven't a plank,
Hansel and Gretel are out of luck,
Please take us across to the other bank,
And we'll thank you so. you little white duck.

* Gretel 和 Gretal，是兩個譯本不同的譯名。

上面這首用字淺近的兒歌眞個是老嫗能解。英文的三譯，文白與字句順序雖不一致，但是我們可以看得出德文原書一定是四句，英譯亦步亦趨，不敢增添刪減：歌中提到因爲沒有「橋」，沒有「板」，才求「一」隻「小白鴨」載他們兄妹倆過去，這幾項是絕不會錯的，但是有些中譯卻全走了樣：

小鵝妹妹，大鵝哥哥，游來游去眞快樂，

可憐的韓森兄妹眞正難過，

河面寬寬水又多，

沒有船兒過不了河。

大鵝快過來，載我兄妹過河去，

回家團聚眞快樂。

「鴨」變爲「鵝」，「一」成爲「兩」，還有大有小呢，不提「橋」「板」而改爲「船」：四行衍生八句，胡謅上幾句「快樂」湊數，這種「一氣化三清」的譯法，眞是匪夷所思了。

像這種淺近的字句不可能譯錯，完全是由於一些翻譯人的誤解，認爲兒童文學可以任隨己意，便更刪添補起來，類似這種情形，有些譯本中數不勝數。

《格林童話》只摘譯了四分之一，卻號稱「全集」，已經不實了，而最令人不解的便是在「序言」中，還睜著眼說得理直氣壯：「這本書裏的故事也許有一些是你的老師或哥哥、姐姐，爲你講過：現在，小朋友們，我勸你趕快讀這本書，並且要牢記在心裏，等到老師或哥哥、姐姐再爲你們講書上故事時，你就可以又光榮又驕傲地指出他們講錯了的地方。小朋友！你說這主意好不好。」這種積非成是來教孩子的心態，才是最可疵議的地方。

譯書，任你百鍾千鍊，還是難免發生錯誤，何況隔了兩重文字？而這一些譯「作」人，對原著竄改不說，序言中卻大拍胸脯，這可不是說得太「滿」了嗎？試想，小孩兒們聽到眞正的〈白雪公主〉時——王后派了「獵戶」去殺她而不是「武士」；獵戶殺了一隻「小野豬的肺肝」回去呈報王后而不是「小鹿的心和舌頭」；是「小矮人老七和別人睡，跟每一個人睡一小時」而不是「七個小矮人就輪著每人一小時陪伴著白雪公主，讓她安睡，不要受驚」……最後的眞正結果是「王后給穿上了燒紅的鐵鞋，跳個不停跳死了」，而不是「氣得生一場大病，變得更醜了」——怎會不使他們對於成人發生懷疑呢？大人連譯故事都不誠實，怎麼可能要求兒童誠實？卽令他們年幼不致發覺，可是人長大以後，接觸到眞正的《格林故事》，會對上一代人有甚麼感想？ 這可不是一本 「暢銷書」， 鋒頭過去就銷聲匿跡的作品啊。只因爲少數幾個翻譯人做了手腳，整個這一代的出版界、翻譯界都揹上黑鍋了。

因此對於兒童文學的翻譯，我們可做的事情還是很多。

十五、戲劇外譯的一股清流

翻開一本中國戲劇史，便可以發現近百年來的舞臺劇。其興也早，其勢也壯，但卻始終受到西洋的影響。

我國舞臺劇，以前稱爲話劇，可以上溯到民國紀元前五年（一九〇七年），在東京的一批留日學生曾孝谷、李叔同、謝抗白等，組織了「春柳社」，爲了賑濟國內徐淮水災，演出了改編法國小仲馬（Alexandre Dumas fils）的《茶花女遺事》（*Camille*），後來又演出美國女作家斯托（H. B. Stowe）的小說《黑奴籲天錄》（*Uncle Tom's Cabin*）。這兩個改編的劇本，都採自大翻譯家林琴南的譯著，使國人接受了一種新舞臺藝術，足見翻譯帶動了一個時代，功不可沒。這也是我國舞臺劇的濫觴。

到了民國八年五四運動以後，爲了提倡新文藝與介紹新思潮，翻譯工作風起雲湧，翻譯外國的劇本極多，像挪威的易卜生（Henrik Ibsen）；法國的莫里哀（Moliere）；英國的王爾德（Oscar Wilde）、蕭伯納（G. B. Shaw）；德國的席勒（J. C. F. von Schiller）；俄國的戈果里（Gogol）；比利時的梅特靈克（Maeterlinck）等等。

由於舉世的戲劇大家的作品，都能透過翻譯而薈萃於中土，使國人領悟了舞臺劇寫作的藝術，終而有了自己的創作出現，也有了轟轟烈烈的光輝成就。然而，如同翻譯沉浸得過久的人一般，行文用字，不免有些「洋味」；這些劇本中，多多少少，便有西洋作品的影子存在。

舉例來說，胡適先生創作的劇本《終身大事》，劇中女主角田亞梅，爲了爭取婚姻自由而奮鬪，最後終於出走，顯然受到了易卜生筆下《傀儡家庭》(*A Doll's House*) 的影響。

洪深與曹禺，是我國的名劇作家，然而，也因他們沉浸西洋劇作已久，以致成名作中，令人依稀有「似曾相識」的感受。洪深留學美國，他所寫的《趙閻王》；以及以《雷雨》聞名於世的曹禺，在《原野》一劇中，都有主角殺人及逃進森林，聽見鼓聲而產生幻覺，這兩個劇本的這一段，不約而同都脫胎於奧尼爾 (Eugene O'Nell) 的《瓊斯皇帝》(*Emperor Jones*)，西洋戲劇移人之深，由此可見一斑。

抗戰時期，從西方迻譯過來的劇本雖多，只不過都當成文學作品來欣賞；而當時我國舞臺劇盛極一時，創作名劇甚多，卻很少聽說有人將這些劇本譯成外文，俾使全世界知道中國劇作家的功力與成就，這也是翻譯界的一個「盲點」。

民國三十八年以來，將外國舞臺劇譯爲中文，上演成功的不少，不說各大學戲劇系的期終演出，張道藩改編法國雨果 (Hugo) 的《狄四娘》(*Angelo*)；以及王錫茞、吳青萍合譯的《偉大的薛巴斯坦》(*The Great Sebastians*)，演出都曾轟動一時。

尤其，曾娶過絕世佳人瑪麗蓮夢露的美國劇作家亞瑟米勒 (Arthur Miller)，一九四九年他所寫的《推銷員之死》(*Death of a Salesman*)，雖然得過普立茲獎，以前在我國卻只爲學校選讀作品之一，可是近年卻枯木逢春，海峽兩岸先後紛紛在「國家劇院」演出，聲勢之隆，超過了中國人自己編的舞臺劇多多，誠屬異數，也使人感慨良多。

王爾德的劇本，也備受國人歡迎，民國十三年，洪深把他的《少奶奶的扇子》譯爲中文上演，極受歡迎。法國翻譯界有句名言說:「名著須二十年一譯。」想不到相隔近七十年之後，余光中又重譯斯劇，要以新的語言，來呈現這個劇本的新貌了。

我們不禁要問：爲什麼沒有人將我國的舞臺劇本譯爲外文，從西洋戲劇的陰影下走出來呢?

如果從字源來闡釋，文字翻譯應該在舞臺劇施展不出半點兒力量，drama 這個字兒源於希臘文，意義爲「做、作、演」(to do, act, perform)，定義頗像現代的「默劇」與「舞劇」。

可是到了後來，舞臺劇便多彩多姿起來，《牛津大字典》所下的定義爲：「採用散文或詩歌的文體，在舞臺上演出，依對話、動作的方式，佐之以現實生活中的姿態、衣著、與景致呈現，以敍述一個故事。」

自從舞臺劇有了對話，翻譯的人才能一盡所長，搭起溝通文化交流的橋樑。不過，除開熊式一譯的《王寶釧》與《西廂記》、楊世彭在美國譯導的《烏龍院》以後；中劇外譯的工作，雖然有人在默默耕耘，但卻沒有得到應有的重視，更不必說社會與國家的支持了。

民國六十七年前後，現任國立成功大學文學院院長閻振瀛，他以留美的戲劇博士之身，先後翻譯了吳若的《天長地久》，姚一葦的《一口箱子》；和張永祥的《風雨故人來》，並且由東吳大學的學生，在「世界劇展」中演出，造成了一陣轟動，可是這些譯作，並沒有刊印成集，無法傳諸久遠，實在可惜。

然而，就在八十年十一月迄今，卻有兩本中文英譯舞臺劇本出版，使人振奮，「中劇外譯」終於又跨出一大步了。

寫作劇本前後四十二年的姜龍昭，將他所寫作的二十四個舞臺劇中，挑選出《淚水的沉思》與《飛機失事以後》兩個劇本，由蔣娉女士譯成了英文。

劇本翻譯的重點在人物與對話。出場的角色該譯一個甚麼名字，看似無關宏旨，但其實這絕不是一個小問題。以姚克譯的《推銷員之死》來說，他譯 Willy Loman 爲「惟利・羅門」，連名帶姓都譯，可是譯 Mildred Dunnock，卻又只譯「鄧諾克」這個姓了。他這種譯法可作文學作品來欣賞研讀，卻不宜於發揮原著的最大功能——搬上舞臺。如果臺上的中國演員，卻說些洋調洋腔的話，觀眾怎麼能在不知不覺中入戲？所以劇本翻譯過不了這一關，譯出來儘管「忠實於原文」，卻只有廟堂裏供養的份兒。所以，亞瑟米勒授權海峽兩岸演出《推銷員之死》時，指定要用英若誠的譯本，這可能是很大的關鍵。

蔣嫮譯《淚水的沈思》與《飛機失事以後》這兩個劇本，獨闢己見，她大踏步走出「對原著忠實」的層次，而升高到「對讀者忠實」的境界。深深知道劇本的功能就是要在舞臺上演，要演出成功，就先要能使臺上演員與臺下的觀眾打成一片，爲了不使英語觀眾，有下意識的排斥，她將劇本中的人名，一律「洋化」。

在《淚》劇中，她將主角莊秉剛譯爲 Ben，邱素素譯爲 Sue，莊執中逕譯爲 John……只有幾個配角：老吳、方董、姚經理，才譯爲 Mr. Woo, Mr. Fong & Mr. Yel。這種人名翻譯的雙重體系，也有所本，霍克思譯《紅樓夢》，便是這個辦法。

而在《飛》劇中，更是洋化得徹底，桑炳成譯 Ben，桑太太譯 Sandy，他們的長子德正爲 Ted，德昌爲 Fay……這些譯名，看似與原著脫節，其實卻是以負責的態度，使英語讀者在熟悉的人名稱呼中，從而領悟劇作的本旨。

蔣嫮在人名迻譯上，並不是信手拈來，而是有過一番愼重的考慮，例如在《飛機失事以後》這個劇本中，有一個三花臉的角色：項必均，是個拉保險的業務員，一開始便登場，爲使觀眾溶入戲境。桑家的「下女」阿香接待他：

阿香：先生，你貴姓，找我們老爺，有什麼事嗎？

項：小姐（有些口吃，緊張）我……姓項，項羽的項，名字叫必均……

香：（訝異）甚麼？你叫「橡皮筋」……

這小小幾句的揷科打諢，會逗引讀者與觀眾一笑，但我卻沉思，英文該怎麼譯，才能貼切。看到譯文，方始莞爾。

Shane: Sir, please have some tea. What is your name? You are here for Mr. Sanders?

Robert: Yes, miss, my name is Robert Bond. I am here to…

Shane: What? Your name is Rubber Band? Are you serious…?

蔣嫂把項必均譯爲Robert Bond，這是英語世界中最熟悉的一個姓，電影中英國〇〇七情報員便是龐德啊，而又與「橡皮筋」rubber band 諧音，眞使人拍案叫絕：「虧她想得出來！」

譯人名雖是小道，但要譯得妥貼，卻不容易，由此可以得到證明。

舞臺劇的對話翻譯，注定了劇本迻譯成敗的關鍵，蔣嫂參與過電影工作，又擔任過電視節目的主持人，在美國主修美國文化研究，前後在美居留達二十四年之久，夫婿又是美國人，由她來擔綱，譯出這兩個劇本，對話的流暢，眞個是遊刃有餘，溜極了。如果不照著英譯本往下看，眞有點兒使人覺得，這原是她的一個英語劇本，只是由姜龍昭改譯成了中文， 翻譯到了這種如影隨形， 難分爾我，眞是接近

「化境」了。

不過，各國語文中，自有其本身的文化特色，有些文句，尤其是成語，照原文字句簡直就是無法譯。當然，如果把文學的「說故事」(storytelling)，當成學術來研究，動輒加注，是一種流行的辦法；然而這種辦法，要用在琅琅上口的舞臺劇，卻是一條走不通的死胡同。因此，這就要翻譯人絞盡心血，才能尋出對等而恰巧的語句來表達了。

例如，在《淚》劇中，就有「狗咬呂洞賓，不識好人心」這一句臺詞，蔣娉無法向英語讀者與觀眾說明呂洞賓是何方神聖，就只有退而求其次，譯成平易近人的 People like that have no appreciation for anything，把這一句話的意思，同樣表達出來了。

此外，如「一是一、二是二」，她譯為 straight forward；「六親不認」她譯為 cold-hearted head-strong stubborn mule，也都是很適當的應變。

喜見「中劇外譯」，在我們等待了多年以後，終於又顯現了春天。蔣娉的翻譯，等於為國內的翻譯界注入了一股清流，如果他們賢伉儷，有志於譯，將來的成就必定不可限量。遠如英國譯《托爾斯泰全集》的米德夫婦，近如譯《紅樓夢》的楊憲益伉儷，都是斐聲世界譯壇的夫妻檔，希望姜龍昭的這兩個劇本，只是他們的啼聲初試，將來會有更多的譯品，呈現在國人之前。

——八十一年五月四日

十六、佳人難再得

鑠石流金的八月，巴塞隆納的奧運新聞，更是炒得覆地翻天如荼如火，更快！更高！更強！整個北半球都熱得燙手，個個人都熱烘烘的。然而，在壅塞不堪的新聞版面與電視畫面上，卻也閃現出一片清涼的訊息，全世界有許許多多人正在默默紀念一位香消玉殞一達三十年的電影明星，瑪麗蓮夢露！

這位四十年代的性感天王星，所主演的一系列名片，中年人迄今都津津樂道，「飛瀑怒潮」「七年之癢」「大江東去」「巴士站」……啊，還有「熱情似火」！男人一想到她，便拾回自己青壯時代的夢想和慾望，一個個眼睛發亮，啊，瑪麗蓮夢露！

三十年前，一九六二年八月五日，這一代尤物因爲服鎭定劑過量逝世，年方三十六歲，消息傳出來，全球的影迷和夢露迷等於挨了顆原子彈，轟的一聲，失魂落魄，心目中的愛情偶像，就此魂歸離恨天了，怎能捨得啊！她的死和約翰甘迺迪於一年後的十一月二十一日，在達拉斯市中心挨槍遇刺，雙雙成爲二十世紀中的巨謎，儘管官方都有了正式的調查與紀錄發表，卻總引起後人的猜疑：「怎麼會……？」

夢露自幼失怙，出身寒微，所遇非人，然而麗質天生，這塊璞玉終於在演藝界歷經琢磨，成爲亮透半邊天的熠熠紅星，震撼好萊塢，轟動全世界。談演技，她不及英格麗褒曼；論氣質，敵不過伊麗莎白泰勒；比波霸，珍曼斯蕙高她一等，較體態，拉娜透納也毫不遜色。然而，她就是紅，就是搶鏡頭，就是有人捧，就是有人要看她的倩影與電影……

她玉骨冰肌，碧眸金髮，顧盼生情，臉上常含憨笑，近乎三分稚氣，簡直像座不設防的城市，蠢男人一個個怦然心動，想入非非:「此姝可取也。」尤其是她那微微張開的飽滿紅唇，丁香微吐的柔舌，似乎在在邀請侵略成性的人間菁英入幕，和她有過肌膚之親的，從按摩師到總統候選人，名單就像是一份名人錄。

她並非沒有品味，有膩友曾問她法蘭克辛那屈如何？她回答說:「比狄馬喬差多了！」

狄馬喬是美國當時棒壇的王貞治，球技一流，人品也非二等，他和夢露維持著一段情，兼有情愛與關愛，使她在艱難困苦時，一心只想到他。夢露在電影界有不少情人，卻對大明星沒甚麼摯情，克拉克蓋博小鬍子的演技與帥氣，看過「亂世佳人」這部影片中白瑞德船長的女影迷，都對他十分傾倒。夢露和他演「亂點鴛鴦譜」的床戲，曾有背部全裸的大膽場面，一場做愛的戲，是電影史上令人難以忘懷的十五公尺長膠卷底片，然而，她並沒有和蓋博弄假成眞。

她和寫《推銷員之死》的亞瑟米勒的那段婚姻，也草草收場，文人與影星的結合，很少有過圓滿的前例啊。善於觀察人性，刻劃人生入微的劇作家，能窺探嬌妻內心的徬徨，卻苦於無處著力，只有淒然分手，眼睜睜望著她成爲枯萎的秋葉，捲入濁世亂流的漩渦，終致一去不還。

她在後來經由影星彼德勞福，認識了權門巨閥的甘府昆仲。然而，政治進入閨門，愛情就從窗戶飛走了。在她內心中，深知約翰會有成，但羅伯卻會有愛，可是到了後來，時移勢轉，一九六一年約翰甘迺迪入主白宮，夢露的失眠症也就頻頻需要越來越多的巴比妥酸鹽才能入夢……

夢露嗲聲嗲氣的聲音，在影片中都可以感受出她的魅力，而她豐若有餘，柔若無骨的肉體，經過她的按摩師羅柏茲敍述，而長存在歷史中，「她的皮膚是他所接觸過最賞心悅目的，皮下層肌肉尤屬罕有。」

翻譯生涯中，我譯過美國當代五位名人的傳記：論篇幅文字的多寡，依序爲麥克阿瑟、巴頓、杜立特、恩尼派爾和瑪麗蓮夢露，但夢露傳譯得最早，這本傳記也最有名，因爲傳記主與執筆人都是大名鼎鼎。

近二十年前，也就是六十二年七月十六日，《時代》雜誌評這本書，封面便是嬌態可掬的瑪麗蓮夢露，柔荑玉手揉進諾曼梅勒蓬蓬如獅的頭髮中，把他腦袋埋進自己的酥胸裏，美人才子，搭配得十分吸引人。

諾曼梅勒（Noman Mailer）爲二次大戰後這一代的重量級作家，以《裸與死》(*The Naked and the Dead*)這部長篇戰爭小說聞名於世。他寫過不少小說，《夜晚的大軍》(*Armies of the Night*)更得到了一九六九年的普立茲獎。正當他聲譽如日中天時，請他來寫夢露傳，哇塞！小說大家寫美艷巨星，足見這本傳記當時的轟動了。如果以現代人物來比擬，那就相當於高陽不寫《蘇州格格》，而慨允寫《阮玲玉傳》一般。

六十二年九月，這本傳記從美國寄到時，厚甸甸的一大册，重達一公斤半，筆力磅礴的梅勒，對夢露的資料蒐集齊全，也發揮他布局雄渾的氣勢，描寫得淋漓盡致。夢露致死的疑因，他也作了一些推測。總之，是一本很叫座的書，這是他寫的第一部傳記，也是唯一的一部傳記，更是他作品中最先、也迄今爲止唯一譯成中文的書。

我在六十二年十月十七日，將全書節譯出版，在序言中道出了先讀爲快的感受：

瑪麗蓮夢露的生平，已經有了幾種傳記。這一回，由曾經寫過好萊塢腐敗現象《鹿苑》的諾曼梅勒來執筆，自是駕輕就熟。他在資料蒐集上網羅週密，貫穿深遠，文筆上分析透徹，語彙豐富，的確不愧是鼎鼎大名的作家。

只是，梅勒初寫傳記，又自恃倚馬可待，全書病在「夾雜」上；他對素材的甄選不甚嚴格，對各種資料來源幾近有聞必錄，像湯尼寇蒂斯形容在「熱情如火」中吻瑪麗蓮夢露的滋味，「就像是吻希特勒一樣」，這一段就在首末兩章中一再出現。

其次，一本好的傳記，作者在主題上必須有我，而行文上貴在無我，而梅勒在《瑪麗蓮》中，卻不時有夾敍夾議的發揮。還有，這位饒有漢明威風的作家，作品中常有性與暴力，這本傳記中，有些字眼兒竟毫不避諱；是梅勒的筆力老而彌潑呢？還是潮流所趨？但是我翻譯時卻不能照本宣科；雖說「譯必求全」是翻譯原則，但也還有另一個重要的原則要遵循：譯品應當可以進入任何人家的客廳。

基於以上的幾點，所以本書中譯本圖片未稍更易（出版的世界文物出版社並且還大有增添），而文字部分卻不得不採用節譯的原因。

以二十年前的尺度，這本書的文字與圖片，多多少少都十分保留，如果目前我能有機會重譯，再加上現代先進的印刷技術，那這本傳記的「可看度」就會更高了。

「色衰愛弛」，雖說是中國一位名女人，在兩千一百年前就領悟出來的道理，歷經時間的考驗，果然旨哉斯言。我們其所以還能追想、懷念、私戀、歌頌歷史上許許多多美人兒，最重要的，她們都在綺年玉貌中棄世或者不知所往，西施、王嬙、玉環……乃至香妃莫不如此。想像力與時空成正比，時間越久，距離越遠的越是美麗，這也許是三十年後，何以還有更多的人追慕瑪麗蓮夢露了。

也許會有人反問，不見得已逝的電影明星都會爲社會大眾，甚至年輕一代從未見過她的觀眾所崇拜，好萊塢已逝待逝的明星，何止千數，以國片明星來說，風華絕代的林黛、樂蒂，都在貌美如花時仰藥身亡，今天有誰記得？有那一位作家爲她們作過傳？瑪麗蓮夢露何以還活在千千萬萬的大眾的心底，也許只有用漢代李延年的歌才能解釋了：

北方有佳人，絕世而獨立，一顧傾人城，再顧傾人國，寧不知傾城與傾國，佳人難再得！

——八十一年八月十七日《中副》

[illegible]

[illegible]

[illegible]

[illegible]

十七、繁花遍野

促進中書外譯的工作，自七十九年十一月十六日至十八日，文建會與臺大外文系合辦的「中國文學翻譯國際研討會」以來，發生了觸媒作用而加快了步驟，把中華民國作家的作品譯爲外文，已受到了國內外譯壇的重視，到去年年底，便有三個集子陸續出版，遍野繁花，一片欣欣向榮的景象，值得欣幸。

香港中文大學的《譯叢》，一年發行兩期，去年的三五期與三六期合併，以「當代臺灣文學」爲主題，全力卯上，譯了三十九篇臺灣文學作品，計散文六篇，小說十二篇，詩十六首，論著三篇，厚達三百十八頁。只是對臺灣當前的作家來說，並不算完備，深有遺珠之憾，只能說得上略具代表性。

散文:

阿盛——〈拾歲磚庭〉

吳晟——散文三則：〈啥人教壞囝仔大小〉、〈不見笑時代〉、〈忍聽生活的艱辛〉

陳冠學——〈田園今昔〉：〈昔日的田園〉、〈今日的田園〉

商禽——散文詩八則：〈狗〉、〈梯〉、〈楓樹〉、〈蟻山〉、〈長頸鹿〉、〈手套〉、〈蚊〉、〈憶孩子的大伯〉

杏林子——〈好生好死〉

龍應台——〈不要遮住我的陽光〉

小說:

鄭清文——〈髮〉

陳映眞——〈趙南棟第一章: 葉春美〉

黃櫻——〈賣家〉

蕭颯——〈愛情的顏色〉

苦苓——〈貝勒爺吉祥〉

張大春——〈四喜憂國〉

朱天心——〈新黨十九日〉

黃有德——〈嘯阿義, 聖阿珠〉

林耀德——〈惡地形〉

袁瓊瓊——〈蒼蠅〉

楊照——〈黯魂〉

朱天文——〈炎夏之都〉

詩:

田運良——〈一九九九・文明紀事〉

陳克華——〈在晚餐後的電視上〉

辛鬱——〈鶴琴居老宅〉

杜十三——〈髮膚篇〉、〈針〉

渡也——〈旅客留言〉

向陽——〈霜降〉

蕭蕭——〈深夜見地下道有人躺臥〉

吳明興——〈臨鏡〉

羅英——〈異質街景〉

林彧——〈德惠街・木樓梯〉

沈志方——〈書房夜戲〉

張啟疆——〈尋人啟事〉

夏宇——〈愛情〉

劉克襄——〈女工之死〉

王源添——〈我不會悸動的心〉

論著:

馬森——《臺灣當下的文壇概況》

白靈——《分家後的新詩》

季季——《誰要短暫的掌聲》

在這期特大號的《譯叢》中，封面採用了素人畫家洪通的遺作，內頁有向陽的木刻畫和朱銘的木雕，除開藍博洲的《幌馬車之歌》，由於「技術上的困難」沒有刊出外，看得出《譯叢》傾向於選輯「今日」一代作家的作品。

在人名的翻譯上，《譯叢》採用了雙頭馬車制，既尊重臺灣作家的譯法，也爲他們另外採用了一個「拼音」的譯名，於是陳映眞既是 Chen Ying-chen，也是 CHEN YINGZHEN，海峽兩岸的讀者都看得下去，至於譯文中的人物，那就一律遵從「拼音制」了。

詩既重性靈，尤錘鍊文字，最爲難譯。《譯叢》對於選詩，不但譯得用心，還中英文並列以昭愼重；但這並不意味散文與小說比較能輕易對付。例如苦苓的〈貝勒爺吉祥〉這一篇，題目譯爲「Lord Beile」，把「貝勒」音譯爲 Beile 便値得商榷。「貝勒」爲滿洲話，清制：宗室分爵十等：親王一子封親王，餘子封郡王；郡王一子封郡王，餘子封貝勒；貝勒子封貝子……貝勒爲三等，卽公爵；在英文中相當於 prince。爲了表達苦苓這篇反諷意義重的小說，如果把題目義譯爲「Yes, Your Highness!」，似乎還更能傳神達意一些。

紐約市立大學的「女權出版社」(The Feminist Press),在去年也出版了一本「臺灣當代女作家小說集」,書名爲《雨後春筍》(*Bamboo Shoots After The Rain*),厚二百三十二頁,收集了十四篇短篇小說。售價十四·九五美元。

誠如本書所說「雖然臺灣的女作家,產生了出色的文學作品,但卻不爲英語讀者所知,這十四篇小說出於三代的作家,充分展示了女性的經歷,彰顯出她們複雜的政治觀點,從琦君〈髻〉一文中的平靜抗議,到蔣曉雲的〈福山行〉喜劇,臺灣的女作家對她們變化多多社會中快速與劇烈的發展,作出了贊揚與批判。」

《雨後春筍》把臺灣當代女作家分爲三代而選輯她們的代表作。

金年代女作家

張愛玲——〈不要臉,阿媽!〉

林海音——〈燭〉

琦君——〈髻〉

潘人木——〈一雙襪子〉

玉年代女作家

於梨華——〈劉莊〉

陳若曦——〈毛主席是壞蛋〉

歐陽子——〈花瓶〉

施叔青——〈泥偶的儀式〉

李昂——〈花季〉

蕭蕭——〈像我這樣的女人〉

綺年代女作家

袁瓊瓊——〈桑甚海〉

愛亞——〈極短篇兩則〉

蕭颯——〈一位初中同學死後〉

蔣曉雲——〈福山行〉

這個集子由 Ann C. Carver 和 Sung-Sheng Yvonne Chang 主編，又在美國出版，不像位於香港的《譯叢》，人名的拼法，除開陳若曦和蕭蕭以外，都不用「拼音制」，在我們來看比較熟悉一些，翻譯人也是國內熟知的高手，像葛浩文便一共譯了四篇，朱立民譯了一篇，聶華玲譯了林海音的〈燭〉，白珍譯琦君的〈髻〉，張愛玲與於梨華的作品，都不假外人而自行譯出，少了一層隔閡，尤見功力所在。在《譯叢》與《雨後春筍》這兩個集子中都出現的作家，有蕭颯、蕭蕭、和袁瓊瓊三人。

不過，這個集子的書名《雨後春筍》，卻大可商榷，我國從金年代到綺年代的女作家，其中相差了一代以上。當然，在歷史上來說，這段時間只不過是一刹那；但在人間，三代間的薪火相傳，總不能喻爲「一時俱發」的「雨後春筍」吧。在書首，編者引用這句成語作書名，似乎也與我們所熟知的情況有所徑庭:

The title is drawn from the Chinese phrase *yü-hou ch'un-sun* (after the rain, spring bamboo shoots), which is often used to describe the prodigious vitality with which things grow, especially after being interrupted by external forces. The bamboo also symbolizes resilience and the essential life force.

編者說「雨後春筍」爲「形容事物生長的莫大活力，尤其是遭受外力的阻撓後。」「受到阻撓」(being interrupted) 這種說法，似乎與形容「事物滋生旣速且眾」的「雨後春筍」未盡吻合。中國這句成語限定了一個時段「春」，還得要有充沛的「雨」來供應茁筍所需的大量水分，同時雨也潤濕軟化了地面的土壤，筍尖才能輕輕易易破土而出。所以，「春雨」是「助」筍生長的「動力」，而非「阻撓的外力」。（用「雨後春筍」敍述這一期的《譯叢》，倒是恰當一些。）從這短短一句的解釋中，具見要溝通中西文化，並不像我們想像中的那麼輕而易舉。

把我國文學作品譯爲外文，國內一直有少數人不求聞達在默默耕耘，以中華民國筆會的季刊（*The Chinese Pen*）來說，在殷張蘭熙女士的主編下，把我國作家的作品迻譯爲英文，從六十一年起到今年，整整有二十年了，從來沒有脫過一期，每期都有一百二十頁左右的篇幅，容納好幾篇作品，包括了小說、散文、新詩、與繪畫；鍥而不舍的八十期下來，疊起來的成果已達書桌的高度了。

殷張蘭熙女士本身是詩人，雖一直做翻譯家的工作，卻念念不忘要完成自己的作品；因此她有詩人純眞的慧眼，來選擇優秀的作品加以迻譯，而不區分年代；所以《中華民國筆會季刊》的翻譯作品，最具代表性；但她並不以季刊爲滿足，還先後譯過《綠藻與鹹蛋》《象牙球及其他》《智慧的燈》《尹縣長》《寒梅》《夏照》與《黑色的淚》諸書。在介紹中華民國作家的多年辛勤中，有實實在在的成果，交出了一張漂漂亮亮的成績單。試以十年前她主編的《寒梅》一書來說，她選輯迻譯的作品便有:

張至璋——〈洞〉

張系國——〈笛〉

陳若曦——〈城裏城外〉

朱西寗——〈將軍與我〉

費張心漪——〈那裏〉

侯楨——〈三年清福〉

小野——〈封殺〉

謝霜天——〈男女有別〉

黃春明——〈魚〉

林懷民——〈穿紅襯衫的男孩〉

林也牧——〈出診〉

孟瑤——〈細雨中〉

白先勇——〈玉卿嫂〉

潘壘——〈老薑〉

彭歌——〈象牙球〉

司馬中原——〈癩蛤蟆井〉

東方白——〈黃金夢〉

子于——〈迷惑〉

王鼎鈞——〈土〉

王禎和——〈鬼、北風、人〉

王文興——〈欠缺〉

楊荻——〈牛〉

袁瓊瓊——〈逃亡的天空〉

這一個集子厚達四百九十八頁，收了二十三篇小說，而名單中的各作家，都是國內讀者心目中迄今叫好叫座都當之無愧的重量級，使人無話可說。

將我國文學作品譯成外文，以小說、新詩爲最多，散文次之，劇本外譯可說實不多覯，但這項缺失在去年終於有了突破，妨間出版了姜龍昭的《淚水的沉思》，這是一個四莽舞臺劇，採用中英文前後並列的方式，一百卅六頁，定價兩百元。

姜龍昭從事戲劇工作達四十三年，這部《淚水的沉思》七十四年完成，歷經三年的推敲後定稿，獲得了教育部的創作獎佳作。爲了響應文建會的「中書外譯方案」，認爲劇本在舞臺演出，影響層面之廣，絕對大於小說，他一生雖出版了不少電影劇本、廣播劇本、與電視劇本，但舞臺劇本依然是他的最愛，這次由蔣娉女士譯成既信且達雅的英文，行文用語，譯得如影隨形，可以立卽上演，滿足了他的一項心願。

而今，時移勢轉，中書外譯已經凝爲朝野的共識，民間團體的大力支持，尤其功不可沒，例如《譯叢》的這次推出「當代臺灣文學」特刊，得到了蔣經國學術基金會的支持；《雨後春筍》的出版，爲太平洋文化基金會所贊助；《淚水的沈思》雖然初試啼聲，但是已引起文藝界的注意，深信會受到「中書外譯」方案的青睞。

但是，我們最最重要的一環，還要將我國作家的長篇小說，物色適當的人選——像一生專譯川端康成小說的美國沙登斯狄克教授那種川端迷——迻譯成外文，才能在諾貝爾文學獎的原野上，與全世界的文學作家逐鹿問鼎；沒有長篇小說的國家，豈足以語文學？

我們已經跨出了穩實的第一步，在遍野的繁花中，就要大踏步向前邁進了。

——八十一年五月

十八、試析諾貝爾文學獎

自從一九〇一年頒發諾貝爾文學獎以來，八十八年中，其中因爲兩次世界大戰而停頒了六年，第一次世界大戰的始戰與終戰兩年，也就是一九一四年與一九一八年停頒。一九一五年雖然血戰方殷，瑞典卻把文學獎頒給正陷於毒氣戰與齊伯林飛艇轟炸中的協約國——法國的羅曼羅蘭；一九一六年，物理獎停頒，化學獎止發，醫學獎暫停，和平獎更不必說啦，卻偏偏頒文學獎，這次頒給本國詩人海德斯坦(Verner. von Heidenstam)，肥水不落外人田，交戰雙方的協約、同盟各國，該沒話說吧。

一九一七年，中歐塹壕千里，血流成河，諾貝爾文學獎照發不誤，也選的是北歐中立國家——丹麥，而且花開並蒂，蓋萊羅普(Karl Gjellerup)與龐陶普丹(Henrik Pontoppidan)這兩位小說家雙雙得獎。

後來瑞典人大概覺得，人類大戰期間還頒獎金不太合適，到第二次世界大戰的翌年起，也就是一九四〇、一九四一、一九四二，與一九四三年，連續四年停頒了文學獎。到了一九四四年，頒給丹麥的小說家顏生(Johannes. V. Jensen)；一九四五年，這一年八月中，大戰結束，頒給了智利的詩人米斯特拉爾(Gabriela Mistral)，也都是遠離交戰雙方各國的作家。

這六年停發文學獎，大致上還說得過去，烽火連天，還談什麼文學？只是一九三五年那年也停頒一次，就使人搞不懂了，莫非這項舉世歆羨的文學桂冠，當年也找不到一個够資格的作家而「第一名從缺」？所以，諾貝爾文學奬雖則始於一九〇一年，今年一九八九年，卻要減去七，而是第八十二屆，可是歷年的得獎人，連今年算上，卻有八十五位，只因爲一九一七年是兩人共得，而一九〇四年的第四屆，也是秋色平分，一半頒給法國詩人，也是一位散文家米斯特拉爾（Frederic Mistral）；另一半頒給西班牙的戲劇家衣薩加瑞（Jose Echegaray)。

過去得過獎的八十五位作家中，以小說家最有搞頭，詩人次之，戲劇家坐第三把交椅，哲學家殿軍。史學家最慘，敬陪末座，而且半世紀才有一位登龍，最先的一位是第二屆——一九〇二年，頒給德國史學家毛姆森（Theoder Mommsen)，過了足足五十一年後，也就是一九五三年，才頒給寫《二次世界大戰史》的邱吉爾 Sir Winston Churchill，邱翁固然以口才與文才見勝，巨筆雄文當之無愧。可是由於他曾在二次世界大戰中擔任英國首相，不但肩天下任，而且創造了歷史，史實素材在他來說俯拾卽是，所以只憑一部《二次大戰史》，便能史才史識兩兩俱備而膺選；否則，要以一位終身治史的史學家（如威爾杜蘭）想躋身諾貝爾名人榜，恐怕也是戛戛乎其難了。

試看這八十三位得獎人中，雖然有些作家「賢者無所不能」，既寫小說，又寫詩，還寫戲劇，如一九一〇年德國的得獎人海策（Paul Johann Ludwig von Heyse)，但畢竟還是以小說見長，諾貝爾文學獎也偏愛他們，共有四十八位小說家得獎，佔了得獎人數的百分之五十七點八，幾近六成。

詩人得獎的也不少，佔二十二位，比例爲百分之二十六點五；戲劇家七位，百分之八點四；哲學家四位，百分之四點八；史學家只有兩位，吊車尾，才百分之二點四，少得可憐，再要出一位史學得獎人，可能要到下世紀了。

以國籍來說，使世人憤憤不平的也就在這裏，斯德哥爾摩諾貝爾獎委員會的衮衮諸公，眼光似乎只在歐洲打轉轉，試看八十八年以來，連去年埃及的馬富茲 (Naguib Manfouz)算上，非洲只有兩位得主；澳洲一位，亞洲只有日本、以色列、印度各一人；中美洲兩人；北美洲的美國，倒是有十人，南美洲只智利一國有兩人，其餘六十三位文學獎得主，淸一色歐洲人，佔了百分之七十五點九，而且幾幾乎雨露均霑，連小小的芬蘭與冰島都各有一人。一直沒有得過獎的歐洲國家，似乎只有荷蘭、匈牙利，以及列支敦士敦、聖馬利諾、安道耳、梵蒂岡這幾個國家了，得獎人數最多的前五名是:

法國——十二人

瑞典——七人

德國——六人

義國——六人

英國——五人

文學獎選拔委員會的委員當然都是當代碩學宏儒，但我們不禁要問:難道普天下的菁英作家，全都集中在歐洲? 委員們當時連托爾斯泰都不入選，在後世的人看來，這公平嗎?

不過，中國人也不必抱怨，說這個獎年年落不到華夏中土來。美國得諾貝爾文學獎，也足足等了三十年，直到一九三〇年，辛克萊劉易士 (Sinclair Lewis) 才得獎呢。再說，全世界人多地大的國家，沒得過獎的也還可以够組成一個候獎俱樂部，比如說，加拿大、巴西、阿根廷、墨西哥，當然，還有咱中國在內。

小說就是一種「說故事」(storytelling)，故事不分中外，人人愛聽、愛看。所以小說家得文學獎的特別多，不過，可得有一樁，短篇小說雖可登文學殿堂，但沒有長篇小說的國家，文學上是沒有甚麼看頭的。可是這年頭兒裏，暴發風盛，連吃的都要速食，要學的是速成，誰肯那麼傻去經年累月學寫小說？而一些有潛力的作家，爲了待遇進了電視圈，去編肥皂劇哄人了，有誰肯埋頭在書房裏忍耐寂寞與窮酸，苦苦去寫一個長篇傳世？

我國的好作品要打進世界文壇，也還要靠翻譯這道橋樑。而翻譯人的培養、物色，又豈是一朝一夕之功。如果所託非人，又怎能把原著譯得達意傳神，使不懂中文的人心領神會？日本的川端康成（Yasunari Kawabata）能獲得一九六八年諾貝爾文學獎，完全靠一個對日本文學著迷的翻譯家愛德華沙登斯狄克（Edward Seidensticker），他譯川端康成的小說以外，還譯三島由紀夫、谷崎潤一郎、井上靖、和雄家扶，信不信由你，他在一九七六年還譯成了《源氏物語》，足見他對日本文學的愛好與奉獻，而他對翻譯的見解更十分正確：

「如何譯成英文，便是一種持之以恆的奮鬪……我並不怕譯錯，但是有人指出不够貼切的地方，卻非常痛苦。最最重要的，便是要把美的日文，譯成美的英文。」

中國人要想邁入諾貝爾文學獎的名人堂，與世界文學大家平起平坐，我們還要付出雙倍的努力：

既要好的作品，更要好的翻譯。

——七十八年十月二十日《華副》

十九、短笛無腔信口吹

——第四屆梁實秋翻譯獎的評審意見

（原文刊第二七三）

在民國八十年第四屆「梁實秋翻譯獎」評審中，我認爲詩文作者姓名的中譯，宜先加以界定， 名正而後言順， 以後的解說便方便些了。譯詩上，對這兩首詩的作者，次詩爲二十世紀的現代詩人，譯他的名字各有所出，我並無定見。但首詩作者爲十八世紀詩人，英國詩人中大名鼎鼎，梁實秋先生在《英國文學選》中，便選了他十首詩，譯爲「布雷克」。因爲這是「梁實秋先生翻譯獎」，爲了尊崇，可否我們對這位詩人統一譯爲「布雷克」？

譯文的兩篇也是如此，前一篇的作者名氣較大，而後一篇的作者比較沒沒無聞。關於 R. S. Stevenson ，梁編《遠東英漢字典》譯爲「史蒂文生」，而梁先生的《英國文學史》中，卻又寫爲「斯蒂文遜」，究竟以何者爲準？以我看來，編字典大多數都是「弟子服其勞」，而治史則是梁先生一人之力， 他棄史蒂文生而採用「 斯蒂文遜 」，定有他的道理，可能爲了與美國同名的政治家有所分別吧；這既然是「梁實秋翻譯獎」，自以採用「斯蒂文遜」以名從主人爲宜。

談譯詩

第一首詩詠金星，在各大行星中， 金星爲較地球爲近日的一顆「內行星」，在太陽系中，只有金星與水星，因爲它們在地球軌道內繞日，所以我們見它們忽而在太陽之左，忽而見它們在太陽之右。而金星較水星更爲顯著，它的明亮度僅次於月亮，太陽未出以前，它先已高出地平線上閃耀東方，這時它在太陽之右，當它行到太陽的左面，黃昏時太陽已落，它還沒有落下地平線，高懸西山。因此金星忽而早見，忽而晚見，古代中西雙方都以爲是兩顆星，我國稱爲「晨星」和「晚星」；「晨星」又稱「啟明」，「晚星」又稱「長庚」，俗稱爲「太白金星」，認爲它能帶來許多吉兆，稱爲「吉星拱照」。而西洋則稱金星爲「維納斯」，爲愛的象徵，是一位肢體婀娜的絕世佳人；而我國則把金星當成是一個和和氣氣的白鬍子老頭兒，在《西遊記》上，奉玉皇大帝之命，去招安大鬧天宮齊天大聖孫悟空的，便是這位「太白長庚星」。

在譯 To the Evening Star 這首詩，譯爲「晚星」最爲妥貼，「愛星」「維納斯」也都切題，「黃昏星」「暮星」與「夕星」首屬自創，也還說得過去；至如「夜星」，則屬一種泛稱了，譯得較弱，「暮」與「夜」畢竟有差別；何況只要入夜，便見不到這顆星了。還有位朋友譯爲位置在正北方的「北極星」，與在西方的金星更是差了九十度，那就譯擰了。

不但中國人對星的認知，與西方人不同，對於天上的神仙，用字上也有差別。中國人大致對上天所差的使者——當然都是男神——稱爲「天使」。《西遊記》中第三回，便有「金星對眾小猴道：『我乃天差天使，有聖旨在此……』美猴王聽得大喜，道：『……卻就有天使來請。』」而對於女神仙，中國人則稱爲「天仙」「仙女」或者「仙子」。

而晚近把 angel「安琪兒」，一律都譯成「天使」，化中國人原屬男神的使者爲女神，則出於《聖經》的翻譯。〈創世紀〉第十九章首句，And there came two angels to Sodom at even 便譯成了

「那兩個天使晚上到了所多瑪」，從此以後，翻譯人每逢 angel 便譯成「天使」了。因此，在評審譯詩中，不能說「天使」譯錯，但我卻很盼有人能譯爲中國人心目中的「天仙」，我所看到的譯詩，只有一位譯成「仙子」，頓時有莫逆於心的舒暢。

大約在二十二年前，也就是民國五十八年，我頭一次譯了布雷克 (William Blake) 那首「名詩」，也是第一次與他的詩交會:

從一粒細沙看大千世界，

從一朶野花看混沌乾坤，

在手掌中把握無限，

在一小時把握永恒。

這首四行體 (quatrain) 是長達一百三十二行〈天眞的徵兆〉(Auguries of Innocence) 的首段，它描寫想像力，比任何別的作品都要生動。梁實秋先生讚這首詩「納須彌於芥子」。但我認爲十八世紀時，佛法雖然沒有「西興」，但佛經英譯已經有不少西去，也很可能是佛經影響了布雷克，而有這種大澈大悟的神來之筆。

(後來我又譯過他的名句:「我生了朋友的氣，告訴他生氣原因，那氣就到了止境。」)

以這麼一位具有豐富想像力的詩人，試看他所寫的〈晚星〉便是以擬人的方式，讚頌這位愛及天下的金髮維納斯，日甫含山，便擎炬正冠，笑顧人間的床第與情愛，體貼地拉下蒼穹的窗帘，灑銀露催花入眠，別來窺探，止春風於湖上靜息，休來驚擾，以銀輝掠過黑暗，瞳瞳秋水，脈脈含情，寫盡了愛神「願天下有情人都成眷屬」的心意。

然而，晚星入夜卽逝，「維納斯」迅卽飄然引去，下面接看的這兩句卻大費思量:

then the wolf rages wide

And the lion glares thro the dun forest

爲甚麼布雷克在這兩句中，以一狼一獅的形態，來形容好事多磨，愛情不永，會受到意外的摧殘。「林中獅目烱烱」，布雷克的名詩〈老虎〉(The Tiger)，首尾兩段，都曾有過類似的敍述，梁實秋先生便譯過:

老虎! 老虎! 在夜的林中，

你燃燒得好光明，

何等神明的手或眼睛，

敢於製作你這可怕的體型?

Tiger! Tiger! burning bright

In the forests of the night,

What immortal hand or eye

Dare frame thy fearful symmetry?

而在這首詩中，卻易虎而爲獅，實質上是指夜空的星座，而作了「依詩取興，引類譬喻」的表達。the wolf 便是「天狼星」(Sirius)，這是南半球「大犬星座」(Canis Major) 中，星空中最亮的一顆星。布雷克終其一生都在倫敦，無法見到這顆星，所以詩中爲「the wolf rages wide」以喻其遠。

而 the lion 則指北半球可以見得到的獅子星座 (Leo)，它位置在「巨蟹座」(Cancer) 與「處女座」(Virgo) 的中間。入夜以後，「獅子座」中一顆明亮的「第一星」(Regulus)，在繁星滿天的「暗褐森林」中，便顯得「獅目烱烱」了。

布雷克在詩中，對這兩顆星用了定冠詞 the，意義非常明顯，可是很多朋友都忽略了，只有一位朋友有這種「入夜星空」的概念，譯出了「天狼星」與「獅子星」，使人擊節。不過，布雷克既以維納斯擬星，也不妨以猛獸擬星座，僅譯「豺狼」與「獅子」，並不構成大錯，但譯人要領悟詩人，卻不能不知道它們的由來。

在翻譯界有一種說法，「非詩人不能譯詩」；說得更爲嚴謹的，便是要懂得西洋詩的格律，你才能動手把英詩譯爲中文。這種意見自有它的道理，因爲讀中國詩，起碼要有絕句、律詩、五言、七言、平仄、對仗、韻式等等這些基本常識；而英詩完全不同，它的格律並不看字數，而是看音節 (syllables)、音步 (feet)、韻律 (meter)、節奏 (rhythm)、韻式 (rhyming patterns) 和「行數」(lines) 等等，宛同進入了另外一個天地，所需要的知識完全不同。

不過詩並不是技術，而是一種藝術，好詩自有它本身不假於外的美，欣賞詩並不需要先懂得格律，正如我們在孩童時代，也可以領略「牀前明月光」的美一樣。對於美的事物，人人都懂得欣賞，也都有衝動要把它擁爲己有，對一首上好的英詩，卽令不懂格律，也都可以把它譯爲中文，成爲我們的共同精神財富。

布雷克的〈晚星頌〉屬於十四行詩，而雷密克的這首詩，語言凝鍊樸實，以極其簡潔的語言，只描繪一個景色，專寫一個意象，一二兩段都爲十七音節的英語俳句 (Hokku Poems)，也是意象派提倡的詩風。惟其這首詩簡潔、明快，很多參與競譯的朋友，都在這一首詩上栽了觔頭。

這首詩的題目爲〈修錶〉，範圍極爲窄小，可是翻譯的人生活體驗不到，便對他所敍述的茫無所知。近三十年，石英錶與電子錶橫掃全世界，既精確又便宜，可說人手一只，壞了就丟，就是送修，也不一定見得到詩中所描繪的景象。

而在上一代，需要上發條的機械式的懷錶與手錶正當令，由於構造精密，售價高昂，遇到損壞拋錨，必需送錶店修理。把錶殼打開，便可見到許許多多齒輪，上緊發條，便一個連接一個在轉動，其中最爲顫顫巍巍在擺動的便是「游絲」。（甚麼叫發條，甚麼叫游絲，可能現代青年朋友都茫茫然不甚了了了。）所以這首詩開頭便敍述「修錶」，把錶打開後所見的景象：

纖纖齒輪，

亮亮晶晶，

一隻釘住的蝴蝶，

顫顫巍巍宛同。

所以要領悟這一首詩，沒有這種實際生活的體驗就很難，更不要說省悟詩心的意象何在了。因此，很多人把 wheel 譯成「輪子」，更有開車的方家譯爲「方向盤」。

沒有把懷錶或者手錶拆開過的人，不但見不到錶的何以發生作用，更聽不到錶修好後，齒輪均勻運轉，所發出來的細細碎碎急管繁弦般的沙沙聲，詩人便聯想到，多麼像磨機研咖啡豆的嘶嘶聲啊；錶修好了，嘶嘶不斷，宛同咖啡煮得沸騰，可以喝了，小小心心把錶當成一杯咖啡舉起來，舉到「耳唇」邊——不是品嘗，而是靜聽。

這首詩層次分明，用語凝鍊，從看到聽，自景象到聲音，以及詩人的聯想，構成這首俳句英詩的意識流。翻譯人如果沒有體會詩心，不隨著詩人的感受跟著走，字兒個個認得，但譯出來卻不是詩人所指的事物，例如：hands 在這兒譯「手」便不宜，「指針」則入題了。有些譯得詳盡，譯成「時針、分針、秒針」，當然更爲仔細，只是原詩用字簡練，譯詩如能簡則簡爲宜。

以 number 12 來說，明明白白指錶面高踞上方的 12，中國人習慣於稱它爲「十二點鐘」，絕沒有人說它「十二號」，也很少人說得那麼累贅「十二那個數字」。譯成「高高在上的十二點鐘」，聽的人便知道是指鐘錶面上的 number 12，不會誤解爲報時的「十二點鐘」(12 o'clock)。

談譯文

以前的八股文，首重「破題」，兩語三言，把題目的涵義說得明明白白，清清楚楚，以後的文字便順流而下，思潮滾滾了。而翻譯則反是，已經有一篇灑灑洋洋的文字在，宜於先把文字看個透徹，再取一個恰當的題目，宛同盛裝之後的正冠，最後一筆卻是全文精神貫注的所在。

在這次的兩篇譯文中，第二篇〈論斯蒂文遜〉，這一個題目很確定，沒有甚麼變化可言，也變不了。

但是第一篇 "Walking Tour"，譯的名稱就多了，這倒是一種可喜的現象，證明了參與這次翻譯獎的朋友，都能各抒所見，有自己獨立的判斷與表達。

根據我的統計，這篇文字的題目，共有三十二種譯名:

散步	漫步	遠足	走路	漫遊
徒步旅行	徒步旅遊	徒步遊踪	徒步漫遊	
徒步外遊	徒步遊覽	徒步觀光	徒步行旅	
徒步之旅	步行出遊	步行之旅	步旅	
步行漫遊	散步之道	散步的樂趣	逍遙遊	
野外散步	隨興漫遊	散步遊樂	假日徒步旅行	

閒步旅程　　獨行踽踽　　行走之旅　　閒步遊賞

漫步之旅　　說散步　　遛達

我們該採用那一種譯題，仁智之見免不了，但有些題目由於題不對文，可以判出局。斯蒂文遜這篇文字，說的是「散步」，如果他光用一個 walking，我相信全體參選的朋友，都會譯成「散步」，只是他加上一個 tour，原意只是說「散步走走」，可是近年來旅遊盛行，這個tour 便把很多人向「旅遊」上牽，但是本文卻絲毫沒有「旅」，更沒有「遊」的意味，只是自個兒悠然走走，止止停停，隨心適意，一無目的，二無定程，與天地合而爲一，如此而已。與「旅遊」扯不上邊兒。至如觀光、遊覽、遊踪、遊樂……更說不上了。

所以譯這篇文字，先譯題再及文，難免誤入歧途，如果譯竟全文再來塡題，則雖不中不遠了。大致上說，以這篇文字的涵義取題爲「散步樂」，較爲「切文」。

文中有一句 You should be as a pipe for any wind to play upon，這個 pipe 有許許多多譯法，以管爲樂器，舉世皆有。《牛津大字典》對 pipe 的定義之一便是：「一種吹奏的管樂器，有一個以簧片、麥管，或木片(現在通用)的吹管，由嘴來吹奏。」(A musical wind-instrument consisting of a single tube of reed, straw or 〔now usu.〕wood, blown by the mouth.)

我們在這篇文字中，無法確定這個 pipe 是蘇格蘭的「風笛」(bagpipe)，還是管笛 (flute pipe)，甚至譯成中國的簫笛，乃至管樂器的「吹管」，都沒有甚麼差別；因爲這一句的眞正涵義，譯得中文化一點，便是「短笛無腔信口吹」，「信口吹」便是 for any wind to play upon，愛怎麼吹便怎麼吹。因爲 wind 這個字兒，在《牛津大字典》中，也有「肺臟呼吸的空氣」(Air inhaled and exhaled by the lungs) 的一義； 吹奏樂器或唱歌時人體吐出的氣， 也叫 wind (Air that is blown or forced to produce a musical sound in singing or playing an instruments. -Random House Dictionary), 並不是指野外所吹的風，而是指「吹氣如蘭」的氣。

和譯詩一般，散文的翻譯在第二篇發生失誤的朋友較多，一開頭便把「較爲次要的人士」(A slighter figure)，譯成「身體瘦弱」，如果我們把這篇兩句的順序顚倒一下，立刻可以看得出文中的眞義所在:

Yet another poet-novelist, R.S. Stevenson, a slighter figure.

看得出是指他在文壇的地位，次於文字前面所指的那位詩人及小說家了。

斯蒂文遜只寫了九章而沒有完成的那部小說 *Weir of Hermiston*，幾幾乎參選的朋友中，十有八九把 Weir 譯成「堤」「壩」。梁實秋先生在他所譯的《英國文學史》上，選擇了斯蒂文遜五篇小說與一本詩集的大要，其中兩本小說，都在這篇譯文中提到，那就是《赫米斯頓的魏爾》與《傑克爾醫生與海德先生》。如果參與這次翻譯獎的朋友，能養成「找資料」的習慣，在動手迻譯以前，把一些可能誤入的歧途，先加以勘察，上天入地， 要就這些問題找出解答的資料來，下筆時就不會發生失誤了。

做翻譯工作，有人說要富於雜學，這話只說對了一半，翻譯固然要有豐富的知識，但人生有限，怎能讀盡天下書，最最重要的，便是要有「資料學」的訓練，遇到難題，能够查得出相關的資料來。梁實秋先生是我國近代的一位大翻譯家，光是他所譯的《莎士比亞全集》（三百八十九萬八千字），《英國文學史》（一百八十四萬六千字）與《英國文學選》（一百三十五萬八千字），這三部書便達七百一十萬字。

他所留下的豐富譯作，對文學貢獻之大，堪稱獨步。今天，我們紀念他，年年舉行翻譯獎，可是與賽的朋友，有些甚至都還沒有聽過這三部巨著，更不要說備諸案頭，朝夕吟誦，所以遇到英國文學經典之作中的疑難，就弄得莫知所從了。惟其如此，我們在梁先生譯著中得到指引而豁然貫通，就不得不佩服他的偉大成就。只不過我們想到薪盡火傳，要由誰來傳承梁先生的腳步，來譯《托爾斯泰全集》、《福樓拜全集》、《巴爾扎克全集》、《哈代全集》……和《美國文學史》、《美國文學選》、《法國文學史》、《法國文學選》、《日本文學史》、《日本文學選》……呢？也許就是這些參與了這次翻譯獎的青年朋友吧，那這種翻譯獎的目的也就達到了。

最後，我想梁實秋先生文學獎每年頒獎的日期，何妨從十一月三日梁先生的忌日，改到他的誕辰——臘八。在他的忌日頒獎，總有一種「哲人日益遠」的哀戚在；改到誕辰來紀念他，就有一種一代文星下凡的欣喜，感受完全不同了。所以全世界都以偉人的生日而不以忌日爲慶，便是人同此心，心同此理。

如果我們能以臘八那天，作頒發梁先生文學獎的日子，文學界的朋友可以在這個「歲云暮矣」的一天聚聚頭，先行辭辭歲，頒獎完畢，笑笑談談，各喝一鉢熬好的臘八粥以代紅茶與西點，學學鄭板橋「雙手捧碗，縮頭而啜之，週身俱暖」，該是多麼富於紀念性，多麼獨特風味的頒獎禮。

梁先生地下有知，想必也欣然首肯吧。

二十、遺珠細數

——第四屆梁實秋文學獎翻譯類譯文組佳作合評

美國的幽默專欄作家威爾羅吉斯（Will Rogers），說過一句名言：

「每一個人都無知，只不過對不同事物的無知。」

這一句話道盡「生也有涯，知也無涯」的眞諦。用在翻譯上，我們也可以演繹為：

「每一個人都可能譯錯，只不過對不同部分的譯錯。」

只有翻譯經驗不多的人，才信心滿滿，認為好的翻譯不可能有錯；其實，上上的譯品，也難免有錯，要求達到百分之百的「無誤」，並不是沒有，那就是印出原文完全「不譯」，才可以「免錯」。

所以，在審閱珠玉紛陳的諸家譯品中，我們挑選優勝的譯作，宛同兩軍對壘，「錯誤較少的一方勝。」譯人能不怕錯而取勝，便可克服譯書的艱難，才會代代有傑出的譯才出現來各領風騷。

佳作（一）

這一篇譯題，如果能少掉一個「旅」字寫成「徒步行」就很恰切了，第二行的 even in pairs，譯成「甚至二人二人作伴而行」，覺得有點兒拗口，我們說話中，並沒有「二人二人」這種說法，譯成「兩兩並行」或者「雙雙對對」，便較爲簡練切文一些。

in anything but name 譯成「頂多只有個虛名」，「虛名」這個詞兒譯得妥貼，也就是《紅樓夢》中晴雯所說的「我今兒既擔了虛名」的有其名無其實。

picnic 一般都譯成「野餐」，其實，西風東漸時，胡適先生乾脆音譯成「匹克匿克到湖邊」。據《韋氏大字典》的解釋，除開「野宴」一義外，也有「逍遙自在一番」(a time free of ordinary cares and responsibilities) 的一義，譯作「郊遊」「踏青」均無不可。不過「野餐」的量詞譯爲「個」則欠妥，刪去這個贅字還通順些。

文中的「並肩趨馳」，趨的意義爲「疾行」譯得好，但「馳」的意義爲「走馬」，本文只指 walking，以「馳」入譯，較爲「過」一點點，倘若用疊詞「趨趨」表示走得快則傳神了。

mince in time 含「拖拖拉拉」或者「磨磨蹭蹭」的意義，就是不把時間當一回事兒。而「騰時間」的「騰」則有「勻出」(to spare) 的意義，與原文未盡吻合。

no cackle of voice 這一句，cackle 本來指母雞下了蛋以後的「咯咯嗟咯咯嗟」聲(the loud clucking noise a hen making after laying) 也引申作爲「高聲傻笑聲」(a loud silly laugh)。在本文中，譯爲「嘰嘰喳喳」「哇裏哇啦」「嘻嘻哈哈」均無不可，譯「人咯咯作聲」，人咯咯發笑常有，作雞啼聲畢竟少有。

這篇譯文，使我們共同擊節的一句，便是末段中，把 passes comprehension 這句譯爲「陶然忘機」，深得斯蒂文遜的心傳。

佳作(二)

在這篇譯文中，把 in pairs 譯成「連袂」，很可惜把「袂」字少點了一點，成爲「袂」；其次「連袂」的意義爲「姊妹的丈夫」，俗稱「連襟」，使用這個詞兒，同行的人應限男性，一男一女同行便不能稱「連袂」了，因此譯得較原義狹窄失眞。

freedom is of the essence 這一句，譯 freedom 爲「從容自在」不落俗套，但「從容」爲「急迫」的對稱，在這裏並不恰當，譯「自由自在」就更貼切了。

open air 譯爲「開放空氣」，則是本篇的小小敗筆。

在〈論斯蒂文遜〉這一篇中，不少參與競譯的朋友，能躲過 a sligter figure 與 Weir of Hermiston 這兩關全身而退的，可說爲數不多，便由於這兩句看上去容易譯，應了「或似容易卻艱難」的這一句詩，本篇譯得流暢，破了第一關，卻在「荷彌思頓的水壩」上馬失前蹄，可謂大醇小疵。

a mere trick 譯成「小技雕蟲」或者「不過爾爾」都說得過去，但譯成「文學的技倆」（應作「伎倆」），「文學的」三個字兒爲原文所無，應屬贅詞。

「說英語的讀者」這一句，也與原文的「英語世界」(English-speaking world) 有距離。

佳作（三）

本篇譯文簡練精純，十分了得，破題逕譯爲「散步」，可謂探驪得珠，一語中的。只是開頭的 now，在這裏用作連接詞，而不作副詞使用，因此「而今」便限定了散步的時間，彷彿以前的散步便無眞趣可言了。

一如佳作首篇，本篇的「徒具虛名」譯得好，「成雙成對」更點出了 in pairs 的眞義。

trot alongside a champion walker，trot alongside 便是「並駕齊驅」(keep abreast with) 與齊頭並進，本篇譯爲「苦追」，則有 to run after 的意義，由並行而成爲落後了，與原義有了差距。

只是首篇末段 he cannot surrender himself to the fine intoxication，指散步的人如果心中有事 (is reasoning)，便不能入於超然物外心醉神迷的境界。本文簡簡單單譯成「便不能縱浪大化」，看似舉重若輕，但實際上「大化」有四解:

一、《荀子・天論》：「四時代御，陰陽大化」，指的是春夏秋冬與陰陽變化。

二、《列子・天瑞》：「人自生至終，大化有四：嬰孩也，少壯也，老耄也，死亡也」，指一個人由生到死的變化。

三、佛家指佛的教化，〈法華玄義〉：「說教之綱格，大化之筌蹄。」

四、《書經・大誥》：「肆予大化誘我友邦君」，指的是寬大的德化。所以《左傳》有「大化天下」，《孔子家語》有「能修此三者，則大化愾乎天下。」

這四種解說，都與英文的fine intoxication 無關。

本文譯的這一句原出自陶潛詩：「縱浪大化中，不喜亦不懼。」旨在說淵明先生在「生老病死」的人生過程中放浪形骸，生固不足喜，死亦不足懼；與斯蒂文遜只談小小的散步眞趣而言，範圍與境界要大得太多了。所以用「縱浪大化」來譯這一句——大才小用，有「過譯」(overdid) 的毛病。

本文譯者的中英文功力，爲當代譯界的上乘，在次篇譯文中，便處處見到這種成熟的筆力，例如斯蒂文遜的 exile in the South Seas, 一般都譯成「放逐」(being sent away from one's country as a punishment)，這在我國昔稱「流放」或者「充邊」，但是斯蒂文遜並不是有罪而遭英國政府把他「發配三千里」，送到南海去；而是 exile 的另一義「久離家國」(long absence from one's country or home)，本篇卽譯爲「遯跡南海」，譯得極好。

佳作（四）

本篇第一句「充分享受」與 properly enjoyed 的涵義過多，而「旅行」是一種有目的地、有行程、耗時間的長途跋涉，與本文所說的 walking 並不相同。不過，這次徵文能倖免於 tour 而不聯想到「行旅」與「旅行」的並不多，幾幾乎已成爲一種共同的錯失了。

本篇雖然譯題略欠，但卻暢達可讀。I wish to vegetate like the country，譯成「在鄉間，我希望像鄉村一樣植物化。」值得商榷。在近代對 vegetate 的解釋爲「過一種平靜單純的日子」(to live an uneventful or monotonous life)；而在斯蒂文遜的十八世紀，vegetate 則是指「像草木一樣生長茁壯」(to grow as a plant)，因之這一句的涵義爲「但願與鄉野的草木合爲一體」。

在第二篇中的首句，使得我們三人都爲之莞爾，因爲譯者把 A slighter figure 譯爲「小一號」，避免了這究竟是形容斯蒂文遜的身材呢，還是他的文壇地位？就這兩方面說，都說得過去；這種允執厥中的譯法，面面俱到，不能說譯錯。

譯《赫米斯頓的薇兒》這一本書名，譯者對 Weir 的認知，似乎是一位女性，所以譯爲「薇兒」；而小說中的 Weir，實際上則是一個西方的來俊臣——酷吏，但譯者沒有誤認爲堤壩水堰，判斷上已非常正確了。至於把 enormous popularity 譯爲「極有讀者緣」，未免侷限了斯蒂文遜的「廣大知名度」；一個「名聲顯赫」「大名鼎鼎」「名聞天下」的作家，聞名的人未見得只限於看過他作品的人。

佳作（五）

本篇既譯了「成羣結隊」，又譯「結伴同行」，與 in a company, or even in pairs 後面的「成雙成對」不盡相符。只要兩個人以上，都可以稱「結伴」，《水滸傳》上的過景陽崗，規定「務要等伴結夥而過」，伴可以三四人，也可以五六人，乃至「湊得三二十人」。所以「結隊」與「結伴」的語意在這一句中重疊。

a champion walker 爲「競走冠軍」，而不是一員「健將」，本篇和佳作第三篇同，把「並肩疾走」譯成了「急行追隨」。而「和郊野融爲一體」譯得很好，便「眞把事情說到要點上了」。不過，「是的」二字卻突如其來，可以刪去。「身邊」譯爲「肘邊」，畢竟不太像中文用語；「絮絮叨叨」原本很好，爲了遷就原文，譯成了「咯咯叨叨」，反而人雞不分，不知其所措了。譯 fine intoxication 爲「細緻的醉人氛圍」，與原文未盡吻合，「氛圍」指空氣、氣氛、環境，以「細緻」來形容都不甚貼切，在這裏的 intoxication，並非痛飲醇醪後的醺醺然（drunkenness）應是郊外遠足，「暖風薰得遊人醉」的薰薰然，先是恍惚迷離，莫知其所止，而終於一種超乎理解

(passes comprehension) 的安寧。

次篇譯 figure 爲「文學形象」(literature image), 未免辭壯;而以「未竟之作」譯 his unfinished, 則譯得很出色。

might try to learn something 譯成「卻會試圖」, 譯得較弱,以「盍妨」或者「無妨學學」, 撇開英文中常有而中文中少用的 try, 便覺語氣貫通了。

we hurry to forget, 譯成「急不及待便忘記了」, 要忘記童年所看故事書的作者, 沒有必要「急不及待」, 在這裏譯 hurry爲「忽忽」或者「沒多久」, 便較符原義了。

二十一、文學的盛宴

十三年前，「遠景出版社」的沈登恩先生，全力進行《世界文學全集》的出版。在這個「全集」的合作過程中，我翻譯了雷馬克三本小說《西線無戰事》、《里斯本之夜》以及《凱旋門》；但我覺得意猶未盡，所以他和我談到我還想譯哪一部文學名著，我毫不躊躇便說:

「戰爭與和平!」

聽到自己說出這本書名，也不禁吃了一驚；然而，一個以文學翻譯為職志的人，怎能抗拒得了譯這一部書的試探和挑戰？雖然譯大部頭的書，我已有過經驗，《古拉格羣島》三册，便長達一百七十七萬字。但是《戰爭與和平》卻已經有過好幾個中文譯本了啊，說不定海峽對岸，也正有翻譯本出現，珠玉紛陳，你敢和這些版本較勁兒嗎?

有什麼不敢! 我就是我! 一首世界聞名的交響樂，各指揮大家的詮釋與演奏，絕不會完全相同；一個玉體豐滿的模特兒，數枝畫筆下的素描各異。一本名著，各人自有各人的風格來譯，前人縱然譯過，時代已經不同，語文也在不知不覺中有了改變，適合從前的譯法，未見得能為現代所接受，一代應當有一代的譯品，八仙過海，各顯神通；當仁，不讓於師，有什麼可退縮的呢?

沈先生和我一言為定，我便以漫長的二十六個月時間，把這本書譯了出來，翻譯文字近一百四十萬，連開始迻譯與譯成的時間，也記得淸淸楚楚，因爲它不但是我所譯過的長篇小說之一，注入了自己的心血、感情、與翻譯理念；而且，它還有其他的中文譯本作比較、相考驗，有待時間來證明我走的這條翻譯路子行不行得通，走不走得對。

書譯成出版以後，幾年默默地過去了，我從沒有聽見有人討論過這部《戰爭與和平》的新譯本；直到前四年，臺北市政府舉行市民讀書調查，《戰爭與和平》上了榜，而且註明是「遠景版」，才使我私心竊幸，沒有見棄於社會大眾。今年三月份，遠在加拿大的作家呂慧小姐，也提到把我這個譯本一千九百五十九頁，一口氣兒看完，更使我知道文藝界也有知音見賞了。

而更沒有料到的，我國今年開放蘇聯進口的《戰爭與和平》電影，中文字幕更採用了拙譯，兩年多的瀝血嘔心，終於得到另一種藝術媒體的認同，使我有說不出的快樂與安慰，迫不及待要看看這部電影，回味回味當年翻譯時的苦甘。

對《戰爭與和平》閱讀最著力的人，在仔細的程度上，相信沒有一個讀者能超越翻譯人，每一個字兒都曾經琢磨與推敲，每一章的場面都加以揣想和摹擬，我自信已經深入這部巨著的精義與神髓。然而，從這部蘇製的電影中，卻才彰顯了原著的磅礡氣勢，心神都爲之震撼莫名。

記得我看過美國拍攝的「戰爭與和平」，主角爲米爾法拉與奧德麗赫本，雖然也長達三小時，動人心弦，但卻很多地方與原著有出入，似乎世界名著拍成電影，造形、取景、用語、執鏡，都自有一套迥不相同的章法，作品是作品，電影是電影，只能說得上相輔相成，而很難做到如影隨形，像翻譯一樣的忠實。

然而，蘇製「戰爭與和平」卻大不相同，它幾乎完全根據原著章節在運鏡。一開頭，也就是全書的第一章，俄后的婕妤施安娜在府邸款宴賓客，衣香鬢影中，施安娜引導著剛來的寇維希公爵走過，談話中提到鮑康基公爵，鏡頭上也出現了鮑府的少夫人——身懷六甲的麗莎，貝府的庶出子大塊頭貝畢瑞；充分顯露了胸部的美人兒寇海倫；與極爲英俊意志堅強的鮑德烈公爵。鏡頭的靈活運用，展露出俄國宮廷社交的豪華場面，以及書中主角的特寫……

可是，直到書中的女主角羅妲霞出現，才使人眼睛爲之一亮，書中也著力描寫她，「黑黑的眼睛，大大嘴巴的小女孩，並不漂亮，可是卻充滿了活力，在一陣發野的猛跑裏，緊身胸衣從那光溜溜的孩子肩頭上滑了下來，黑黑的捲髮在後面亂成了一團，潔潔淨淨的光膀子，小小的腿兒穿著花邊的內褲，腳上穿著低跟皮鞋。她正值荳蔻年華，這段時候，小妞兒已經不是小孩了，可是依然還不是閨秀。她從父親那裏掙脫跑出來，把滿面緋紅的臉蛋兒，藏在母親面紗的花邊裏，一陣陣哈哈笑了起來，一面笑，一面斷斷續續的講……」而電影上，客廳門猝然推開時，羅妲霞的猝然出現，與原著絲絲相扣，半點兒不差……尤其使人驚異的，蘇製這部電影中的羅妲霞，側影和美國「戰爭與和平」的主角奧德麗赫本極爲相像，但那對清澈如水的圓眸，卻更令人沈醉。

至於戰爭的場面，以奧斯特里茨會戰，與波羅第諾會戰來說，都是歷史上轟轟烈烈的有名戰役，托爾斯泰在五十年後爲這兩場血戰，下過很大的考據工夫，而在書中藉羅宜柯與貝畢瑞兩個人的參與，作了全知的描寫。但是與電影相比較，卻不免相形遜色了。銀幕畢竟不凡，雙方調動兵馬的陣勢，萬馬千軍撲面而來，槍刺如林，千騎奔騰，硝煙砲火的轟聲，殺聲震天的衝鋒，再造了十九世紀歷史上的殘酷戰爭。

這種運鏡的豪放大手筆中，依然顧慮到原著的細膩描寫，像鮑德烈公爵在波羅第諾會戰中，他那一個團擔任預備隊，一連連的士兵席地而坐，砲彈卻一發發落到隊伍中間，把待命出戰的官兵炸死炸傷，可是軍紀嚴厲，士兵都坐著不敢動，有的脫軍帽，有的揉泥巴，有的摩槍帶，有的扯腿布……鏡頭都細細加以記錄。而使鮑德烈受重傷的那一枚圓圓的在地上旋轉冒煙的砲彈，也和原著所寫的毫無二致。

俄軍總司令庫圖佐夫是位「獨眼龍」，批評家認爲托爾斯泰有一回也寫走了眼，寫成他「一雙眼睛」；可是他究竟是左眼還是右眼有毛病？電影中卻考證得很仔細；鏡頭上的特寫，看得出是右眼；觀眾也許不會注意這種鷄毛蒜皮的事兒，我卻爲這項發現而樂透了。

蘇製的這部「戰爭與和平」，原版長達八個小時，聽起來十分驚人，然而要細細闡述原著，卻非這麼長不可。它在國外的「版本」，放映的時間折半，我以翻譯人之身來說，其中有很多精彩的片段，就此遭到冷落，十分可惜。例如說，貝畢瑞與杜洛虎在彼得堡，站在高樓的窗臺邊打賭喝酒；把一隻狗熊綁在一個警員背上，拋進河裏……那種世家花花大少無法無天的行徑；以及他後來加入同濟會秘密組織的經過，都沒有了。最重要的，他被法軍俘擄後，遇到一個地地道道俄羅斯善良老百姓，一個鏡頭也沒有；而卡普洛卻正是托翁心目中的人民典型化身，藉他的口，迸出了俄羅斯人豐富哲理的諺語與人生觀。

以羅府來說，電影中着鏡最多的便是羅斯德伯爵與羅妲霞，妲霞的哥哥羅宜柯在書中有相當大的分量，幼弟羅彼雅後來在沙場戰死，才使被俘的貝畢瑞從法軍手中生還，這些場面都付諸并州一剪，頗爲可惜。

若問我在全書中最最神往的文字，非關愛情，不是戰爭，而是羅府一家人在秋天獵狼擒狐捕兔；在「伯伯」家消夜，彈琴、羅妲霞翩翩起舞；以及風雪中馳車，羅宜柯與桑雅雪夜幽會的這九章（拙譯本七九二頁至八五六頁)，而在電影中，果然除開最後一節，鏡頭都捕捉了原著粗獷質樸的氣勢。使人如醉如痴，飽饜了這一頓文學的盛宴。

將來，我們能不能再有機會，更進一步享受這一頓文學的盛宴呢？硬是放映八個小時的電影，一分鐘都不打折扣，這種使人目不暇給的「蘇漢全席」，宜於慢慢品嚐，以整整一天的時間來沉浸，由愛好文學、愛好電影的朋友參與，把這部電影分成四段來放映，中間有休息的茶會，中午有交誼的餐會，甚至午休的時間，使大家有時間交換討論電影與作品表達的方式，再慢慢兒享用，細細地咀嚼，來品味出托翁這部作品的偉大。

這部空前的世界文學名著電影，宜於配合原著一看再看，如果匆匆一瞥，囫圇吞棗，您就錯過一輩子難得一見的傑構了。

——七十九年八月《自由時報副刊》

[illegible]不是戰爭，而是[illegible]

[illegible]

[illegible]

[illegible]

[illegible]文學[illegible]

[illegible]

[illegible]

[illegible]

[illegible]

[illegible]

[illegible]

[illegible]作品[illegible]

[illegible]

[illegible]

一九七一年一月[illegible]

二十二、疊詞與翻譯

一、引　　言

（一）從翻譯中看，中文與英文的異同很多。值得注意的一項，便是比較起來，中文內大量採用「疊詞」（reduplicative words）以表達多種意義。也可以說，疊詞是中文的一項特色；譯爲英文時，很不容易作適當的表達。反過來說，如果我們善用疊詞，把英文譯爲中文時，不但可以使譯文流暢自然，而且還可以化解翻譯時難以表達的困難。

（二）「疊字」(reduplicative syllables)與「疊詞」的「疊」，爲「重也，累也，積也」。英文的reduplicate，源於拉丁文 reduplicatus，也表示「成雙」（to double）的意義。

中文的「字」都是「單音節」(monosyllable)，兩個字上下相重，即古人所謂「合二字而成一語，其實猶一字也。」如「青青陵上柏，磊磊澗中石」的「青青」和「磊磊」，這種重疊與英文的音節相疊同，稱爲「疊字」。

（三）然而，中文雖以單字立基，但卻以複詞廣用。大多數都是複音詞，這種詞兒的重疊，我們便稱爲「疊詞」了。如「冷淸」相疊爲「冷冷淸淸」；「拉扯」相疊爲「拉拉扯扯」。因此，我們研討

「叠詞」，範圍上便涵蓋了「叠字」在內。

（四）不過，「叠詞」並不能純從表象上兩字相叠著眼，而要注重所叠字兒的意義必須相同。如果所叠的字，上一字爲名詞，下一字爲動詞；或者上一字爲受詞，下一字爲主詞，如:

君君、臣臣、父父、子子。

春風風人，夏雨雨人。

推食食人，解衣衣人。

親卿愛卿，是以卿卿。

看山山已峻，望水水乃清，聽蟬蟬響急，思卿卿別情。

陛下不善將兵，而善將將。（〈淮陰侯列傳〉）

夫置衛衛君，以寵君也。（〈蕭相國世家〉）

Never trouble trouble till trouble troubles you。

這些中英例句中上下相叠的字，字同而義異，我們不能稱之爲「叠詞」。

二、叠詞的形式

叠詞之爲「叠」，最基本的形式便是 AA，可是後來應用擴大了，便發展出多種形式來。

不過，形式並不是決定是否爲叠詞的要件，正如前節所說，一個字雖分開，而連續的意義並沒有改變，像陸游的〈釵頭鳳〉中「錯! 錯! 錯! 」仍是叠詞中的 AAA 形。

(一) AA形

這是中文叠詞最基本的形式，從《詩經》《爾雅》到近代的作品，都有它的存在。

終日乾乾，行事也。（《周易》）

不見復關，泣涕漣漣。（《詩經》）

風雨淒淒，鷄鳴喈喈。（《詩經》）

出車彭彭，旂旐央央。（《詩經》）

伐木丁丁，鳥鳴嚶嚶。（《詩經》）

祈祈遲遲，徐也；丕丕簡簡，大也。（《爾雅》）

泄泄，猶沓沓也。（《孟子》）

夜聽疏疏還密密，曉看整整復斜斜。（黃庭堅〈詠雪〉）

江水沉沉徹骨青，山光靄靄有餘綠。（釋道衡〈登釣臺〉）

杜鵑啼時花撲撲，日西風起紅紛紛。（白居易〈杜鵑〉）

落花寂寂水潺潺，重尋此路難。（司馬光）

蕭蕭江上竹，依依遍山麓……梢梢綠鳳翼，

葉葉青鸞足。（王士熙〈江上竹〉）

這人命些些小事。（《紅樓夢》）

再瞧瞧我們兩個是怎麼光景兒。（《紅樓夢》）

每日眼淚汪汪，望著門外。（《儒林外史》）

因甚事不來走走？（《儒林外史》）

再得一個兒喫喫纔好。（《西遊記》）

樹林中將就歇歇，養養精神再走。（《西遊記》）

要欺騙大人，卑職實實不敢。（《官場現形記》）

如此堂堂大國一個國家。（《官場現形記》）

（二）AAA形

錦書難託，莫！莫！莫！（陸游〈釵頭鳳〉）

花謝春歸，幾時來得，憶！憶！憶！（程垓〈擷芳詞〉）

風流何處不歸來？悶！悶！悶！（趙德仁〈醉春風〉）

他，他，他，做事兒太過。（佚名〈賺蒯通〉）

來，來，來，謝綈袍粧點了俺身分。（佚名〈誶范叔〉）

問，問，問華萼樓；怕，怕，怕不似樓東花更好；

有，有，有梅枝兒曾占先春；又，又，又何用綠楊牽繞！（洪昇〈長生殿〉）

您，您，您，怎知道窮百姓。（佚名〈陳州糶米〉）

待，待，待，折桂子索和諧。（吳昌齡〈張天師〉）

便，便，便，鐵石人見了也可憐。（尚仲賢〈單鞭奪槊〉）

他，他，他，傷心辭漢主；我，我，我，携手上河梁。（馬致遠〈漢宮秋〉）

趕，趕，趕，近長安，一身汗雨四肢癱。（洪昇〈長生殿〉）

匆，匆，匆！（徐志摩〈滬杭道上〉）

(三) AAAA形

謝了個賢慧那女裙釵，休，休，休，休，想他便降階的忙迎待。（李直夫〈虎頭牌〉）

是看上他戴烏紗象簡朝衣挂。笑，笑，笑，笑的來眼媚花。（湯顯祖〈牡丹亭〉）

直殺的馬頭前急古魯魯，亂滾滾死，死，死，死人頭。（佚名〈氣英布〉）

這一改，兩隻腳蹅蹅蹅蹅的倒走不上來。（《兒女英雄傳》）

安公子這纔睁眼望著他，說你你你你這人叫我走到那裏去？（《兒女英雄傳》）

我瞧他那個大鑼鍋子，哼哼哼哼眞也像他媽的個元寶猪。（《兒女英雄傳》）

(四) AAB形

舉欣欣然有喜色而相告曰。（《孟子》）

今子蓬蓬然起於北海，蓬蓬然入於南海。（《莊子・秋水篇》）

賈幹慌忙磕頭，嚇的只格格價抖。（《老殘遊記》）

卻拉住手要瞧瞧希希罕兒。（《兒女英雄傳》）

一霎時兒簇簇新的轎車停在門外。（《官場現形記》）

陶子堯聽了，面孔氣得雪雪白。（《官場現形記》）

那師爺被東家搶白了兩句，面孔漲得緋緋紅。（《官場現形記》）

我就說，斷斷乎使不得。（《兒女英雄傳》）

(五) AABB形

他哥睡的夢夢銃銃，扒了起來。（《儒林外史》）

那些零零碎碎東西，撒了一地，筐子都踢壞了。（《儒林外史》）

一把鑰匙叮叮噹噹，如牢頭禁子一般。（《古今奇觀》）

我勸你走吧，便拉拉扯扯的了。（《紅樓夢》）

半日方抽抽噎噎的說道，你從此可都改了罷。（《紅樓夢》）

這是明明白白，再沒得說的了。（《紅樓夢》）

只見老頭兒腆著胸脯兒，懷裏揣得鼓鼓囊囊的。（《兒女英雄傳》）

這個做官倒著實有點才幹，的的確確是位理財好手。（《官場現形記》）

寶玉只喝了兩口湯，便昏昏沉沉的睡去。（《紅樓夢》）

一言未了，只聽得必必剝剝的聲聲。（《老殘遊記》）
口口聲聲要會三老爺四老爺。（《儒林外史》）
今朝三，明朝四，耽耽擱擱過了多時。（《何典》）
告狀的一班鄉民，把個大堂跪的實實足足。（《官場現形記》）
那女怪拉拉扯扯的不放，這師父只是老老成成的不肯。（《西遊記》）
只見街上男男女女，擁擠不動。（《濟公傳》）
此時渺渺茫茫，談也無用。（《鏡花緣》）
他那裏哭哭啼啼，我這裏切切悲悲。（《秋胡戲妻》）

(六) ABAB形

讓我老頭子休息休息吧。（《官場現形記》）
以後你再求他們，提拔提拔你。（《官場現形記》）
不過拿些經書湊搭湊搭還罷了。（《紅樓夢》）
連自己的家人也不過是跟著老爺伏侍伏侍。（《紅樓夢》）
所以要喊喊堂威嚇唬嚇唬他。（《老殘遊記》）
八戒道：「難忍難忍，疼得緊，厲害厲害！」（《西遊記》）
孩子們該管教管教，別叫他們在外頭得罪人。（《兒女英雄傳》）
你可在這裏好好兒的張羅張羅。（《兒女英雄傳》）
透出一個月亮，湛明湛明的。（《老殘遊記》）
若同在園內一見，倒比來家說話好，千萬千萬。（《紅樓夢》）
先生，小姐說請先生講解講解。（《春香鬧學》）

(七) ABAC形

起來道喜，人來人往應酬了一番。（《兒女英雄傳》）

叫你糊裏糊塗的死了就完了事呢。（《兒女英雄傳》）

辦好辦歹，通統與我無關。（《官場形現記》）

倒是些不三不四的，一齊保舉了出來。（《官場形現記》）

第二回來見我，竟其渾身上下，找不出一絲一毫新東西。（《官場現形記》）

(八) ABB形

一團茅草亂蓬蓬，驀地燒天驀地紅，爭似滿爐煨榾柮，慢騰騰地暖烘烘。（《唐詩》）

說鳶飛魚躍，則活潑潑地。（《朱子》）

這碧湛湛石崖，不得底的深淵。（《李逵負荆》）

生得瘦括括長攏面孔，兩個水汪汪的眼睛。（《官場現形記》）

大堂底下，敞豁豁的一堆人站在那裏。（《官場現形記》）

只見穴內刮喇喇一聲響亮。（《水滸傳》）

火上點著，焰騰騰的，先燒著後面小屋。（《水滸傳》）

賈政喘吁吁直挺挺的坐在椅子上。（《紅樓夢》）

方纔好端端的為什麼打起來？（《紅樓夢》）

白生生的臉堂兒，黑眞眞的眉毛兒。（《彭公案》）

一個個，一層層，都齊臻臻、靜悄悄的分列兩邊。（《兒女英雄傳》）

現在忙叨叨的，等有了起身的日子了，再說吧。（《兒女英雄傳》）

起先仗著人多，都是雄赳赳氣昂昂，好像有萬夫不當之勇。（《官場現形記》）

旣做人在世，便要勁爽爽，立錚錚的。（《呻吟詩》）

聞了聞，像是臭支支的。（《老殘遊記》）

明晃晃點著蠟燭。（《儒林外史》）

這時街上圍了六七十人，齊鋪鋪的看。（《儒林外史》）

偶然雲生西北，沉雷咕嚕嚕一響。（《濟公傳》）

我羞答答的，怎生去得？（《秋胡戲妻》）

並一大碗熱騰騰、碧瑩瑩綠畦香稻粳米飯。（《紅樓夢》）

（九）疊詞由疊字AA發展而有AAA及AAAA，再發展爲 AAB，AABB，ABAB，ABB 幾種形式，嚴格說，ABAC只可以稱爲「成語」，而不能稱爲疊詞。

（十）此外還有由 AABB 衍化而生爲 AABBCCDD 相連續的一種疊詞形式，如：

到如今可也歡歡愛愛瀟瀟灑灑無妨無礙。（《合汗衫》）

怎麼問了半天哪，跟我一味的支支吾吾離離奇奇的。（《十三妹》）

兩個人共提著一桶水，一手撩衣裳，趔趔趄趄潑潑撒撒的。（《紅樓夢》）

（十一）疊詞中，雖可以把 AAA 與 AAAA 視爲一體，但 ABAB 與 AB、AB 卻有所分別。前者屬於疊詞，後者卻視同「疊句」了。如：

疊詞——不信咱們爺兒倆較量較量。（≪兒女英雄傳≫）

叠句——春光，春光，正是拾翠尋芳。（吳文英〈如夢令〉）

三、叠詞的功能

心理學家桑代克 (E. L. Thorndike) 認爲，刺激與反應間的聯結就是學習，而聯結又受練習的多寡、個體自身的準備狀態，以及反應的效果所支配。根據他的「練習律」(Law of Exercise)，刺激反應間的感應結，因刺激次數的增多而加強。

所以，一個字兒、詞兒，如果反覆出現，會比單次出現更能打動聽眾和讀者的心靈，不論中文英文，叠詞的最大功能便是「強調」。

而在一字一音的中文，叠詞的音節自然和諧，組織單純清楚，理解比較容易，更具有修辭的功能。

兒童學習語文，最初都以反覆練習發音開端，所以中文中的叠詞，最早見於人倫間的稱呼:

(一) 稱呼

姊姊教人且抱兒，逐他女伴卸頭遲。（司空圖〈鐙花〉詩）

呼婦為妹妹（《北齊書・南陽王綽傳》）

上微謂憲聖曰:「如何比得爹爹富貴。」（陸游《避暑漫鈔》）

見去歲亡過所生媽媽在旁。（《夷堅志》）

北方聞其名常尊憚之，對南人言必曰〔宗爺爺〕。（《宋史・宗澤傳》）

仁宗稱劉氏為大孃孃，楊氏為小孃孃。（蘇軾〈龍川雜記〉）

宋太祖稱杜太后為娘娘。（《鐵圍山叢談》）

呂氏母母受嬸房中婢拜。（呂祖謙《紫薇雜記》）

在英文中，對親人也有這種叠詞，如：

媽媽 mam, mama, mammy, momma, mommy。

爸爸 papa。

爹爹 dad, daddy。

妹妹 sissy。

孃孃 nanny。

此外，如中文的「娃娃」「餑餑」「蟈蟈兒」「窩窩頭」「瓶瓶、罐罐、盒盒」這些叠詞，看得出兒童牙牙學語時，在練習語音時逐漸形成而爲語文的詞彙。

（二）叠詞最早在語文中，由稱呼而用以擬聲，描述天地間各種聲音：

夫砰砰訇訇者，雷霆之聲也；

浩浩湃湃者，滄溟之聲也；

蓬蓬勃勃者，土囊之聲也；

泠泠淙淙者，山溜之聲也；

摵摵淅淅者，牕牖之聲也；

蕭蕭颯颯者，松篁之聲也；

咆咆哮哮者，虎狼之聲也；

嚄嚄唶唶者，蛇鼠之聲也；

啁啁噍噍者，燕雀之聲也。（明屠隆〈鴻苞〉）

《詩經》中的「呦呦鹿鳴」、「喓喓草蟲」、「關關雎鳩」、「其鳴喈喈」都是形容鳥、獸、蟲的鳴聲。

形容聲音的，如杜甫詩「天陰雨濕聲啾啾」；白居易詩「喔喔雞下樹」；歐陽修〈秋聲賦〉：「但聞四壁蟲聲唧唧」；黃庭堅詩「青燈簾外蕭蕭雨，破夢山根殷殷雷」，這種形容聲音的疊詞，英文中也有類似的表達：

Baa, baa, black sheep, have you any wool?

咩，咩，黑綿羊，你可有羊毛?

Hark, Hark, bow-wow
The watch dog bark, bow-wow。

聽聽，汪汪，
守夜的狗兒叫，汪汪。（莎士比亞《暴風雨》）

不過，英文中以疊詞擬聲的詞兒並不多，無法與中文相比擬。至於中文中形容聲音的撲騰騰，響丁丁，各刺刺，撲鼕鼕，撲綠綠，響噹噹，更是獨有的形態了。

（三）敍色

中文中還以疊詞形容色彩，詞彙豐富，使語文表現十分鮮活。例如，以「黑」來說，就有：

黑突突，黑黯黯，黑漫漫，黑嘍嘍，黑魆魆，黑沉沉，黑洞洞，黑漆漆，黑糝糝，黑蒼蒼，黑漆漆，黑壓壓，黑碌碌，黑忽忽。

《紅樓夢》中更有「一頭黑鴉鴉的好頭髮。」

英文形容白色，只能用 white as snow 或者 dazzingly white 的方式來表達，沒有《西遊記》中「一個白森森的圈子。」《金瓶梅》中「拿在手內，見白潋潋鵝脂一般」這種使用疊詞來形容的方式。

此外，還可以運用白晃晃，白支支，白晰晰，白皚皚，白鄧鄧，白茫茫這些叠詞。

至如五顏六色的叠詞，像黃甘甘，黃澄澄，黃穰穰，青滲滲，青湛湛，碧遙遙，碧油油，碧泠泠，綠依依，綠茸茸，綠油油，赤力力，紅鋪鋪，赤津津……等，文學中隨處可見。

（四）述態

1. 中文的叠詞為用大矣哉，最特出的便是用來作心態與態度的描述。

《爾雅・釋訓》中，幾乎有一半都是說明叠詞所表示的心態。如:

明明斤斤，察也；條條秩秩，智也；

穆穆肅肅，敬也；諸諸便便，辯也；

肅肅翼翼，恭也；廱廱優優，和也；

兢兢憴憴，戒也；戰戰蹌蹌，動也；

晏晏溫溫，柔也；業業翹翹，危也；

惴惴憢憢，懼也；番番矯矯，勇也；

桓桓烈烈，威也；洸洸赳赳，武也；

藹藹濟濟，止也；悠悠洋洋，思也……

劉勰在《文心雕龍》便已提到「灼灼狀桃花之鮮，依依盡楊柳之貌；景景為日出之容，瀌瀌擬雨雪之狀，喈喈逐黃鳥之聲，喓喓學草蟲之韻」，他認為只叠二字，而表達的意義極豐，「以少總多，情貌無遺矣；雖復思經千古，將何易奪？」

2. 文學中常見到用叠詞形容心情的有:

愁冗冗，愁戚戚，惱巴巴，惡狠狠，惡泛泛，羞怯怯，勃騰騰，怒轟轟。

敍述形態上的有：瘦怯怯，瘦筋筋，輕嬝嬝，矮挫挫，軟揣揣，眼睜睜，望巴巴，細條條，笑吟吟，空蕩蕩，俏生生，油晃晃，大落落，文縐縐，水汪汪，死歪歪，好端端，腹便便。

描寫狀態上的如：靜悄悄，明晃晃，慌張張，急忙忙，兇霸霸，冷清清，空蕩蕩等。

3. 而在英文中，在叠詞中間，常加一個 and，例如

neck and neck 頡頏

out-and-out 完完全全

thus and thus 如此如此

more and more 有加無已

by and by 不久

through and through 徹徹底底

4. 當然，英文中不加 and 的叠詞也常見，

如「久久以前」long long ago,「很多很多次」many many times,

「嘰嘰喳喳」為 jabber-jabber 等。

5. 不過，英文在「強調」形容上，自有相當於中文叠詞的方法。「雙聲」(alliteration) 便是一法，如 hem and haw「嘻嘻哈哈」。

6. 「叠韻」(rhyming) 也是一種方法，如 tough and rough「頑強獷悍」to and fro「來來去去」toil and moil「辛辛苦苦」。

7. 第三種方式便是「叠義」(repetition of idea)，等於中文的詞」，但「叠」它與「叠詞」的「詞複」(repetition of word) 不同。不採雙聲，不用叠韻，而使用意義相似的字兒，以 A & B 方式連接起來，如:

babble and froth 嘮嘮叨叨

splashes and bubble 潺潺湯湯

ironical and scoreful 冷嘲熱諷

power and authority 有權有勢

revenge and retribution 報復

conscientiously and wholeheartedly 誠心誠意，全心全意

（五）複數

1. 英文表達複數較有規則，一般都是在名詞之後附以 S。而中文表達複數的方式也很多，運用叠詞便是其中之一。如:

一齣一齣的泥人兒的戲。（《紅樓夢》）

「一齣」本是單數，可是成爲叠詞，便代表不只一齣而成爲複數了。

家家養鳥兒，頓頓食黃魚。

一個個欣然迎到天井中。（《西遊記》）

一番話說得言言逆耳，字字誅心。（《兒女英雄傳》）

把那些傢傢伙伙收拾了。（《兒女英雄傳》）

子子孫孫，引無極也。（《爾雅》）

一句句聲如劈竹。（《李逵負荊》）

環山多桑木綠杉翠樫，千千萬萬。（蔡襄〈遊徑山記〉）

只見花花簇簇的一羣人，又向怡紅院內來了。（《紅樓夢》）

年年不相見，相見卻成愁。（杜牧）

2. 中文用叠詞表達複數，有它獨到的妙用，對於 things, years, flowers, trees, hundreds, thousands, times… 這些字兒困擾了近代中國人，動輒只想加一個「們」來表達複數，也有了迻譯的方法，還兼具修辭的作用。things 譯成「東西們」，何如譯成「傢傢伙伙」的口語化；sons and grandsons 譯成「兒子們和孫子們」，又怎能比得上「子子孫孫」的自然、貼切。譯人懂得運用中文的疊詞，使可以化解一些複數迻譯的煩惱。

四、叠詞與翻譯

㈠叠詞在中英文中，都具有名詞、形容詞和副詞的功能。

英文在人倫關係的稱呼上，只有少數叠詞，形容詞中也極爲有限。但是卻能運用拼音文字的特點，以「雙聲」、「叠韻」以及「叠義」的三種方式，達到「強調」與「形容」「修飾」的目的。

知道了中英文字這種歧異，便會在翻譯中產生新的觀念：

1. 把英文譯爲中文，在稱謂人倫、模擬聲音、敍述彩色、形容境態、指示複數這幾方面，可以使用中文各種形式的叠詞來作表達。

七十年前出版的「和合版」《聖經》，就有這種譯法了。試看〈約翰福音〉第八章第三十四節與五十八節：

我實實在在的告訴你們，所有犯罪的，就是罪的奴隸。

Verily, verily, I say unto you, whosoever committeth

sin is the servant of sin.

耶穌說，我實實在在的告訴你們，還沒有亞伯拉罕，就有了我。

Jesus said unto them, verily, verily, I say unto you, before Abraham was; I am.

又如〈詩篇〉第一百零七篇第二十七節:

他們搖搖晃晃，東倒西歪，好像醉酒的人。

They reel to and fro, and stagger like a drunkenman.

〈使徒行傳〉第十六章第二十九節:「禁卒叫人拿燈來，就跳進去，戰戰兢兢的，俯伏在保羅、西拉面前。」(Then he called for a light, and sprang in, and came trembling, and fell down before Paul and Silas.) 這些都是運用中文的叠詞，翻譯得極爲流暢、鮮活的例子。(我還見過一本《意譯本新約全書》把下面這一句 And brought them out。譯成「帶他們出來」，似乎意有未盡，還在上面「添」上一句叠詞的形容詞「又恭恭敬敬的」。)

2. 英文中使用叠詞用作強調語氣，如索忍尼辛《列寧在蘇黎世》一書中，大聲疾呼:

不錯，不錯，不錯，不錯! 那是一種罪惡!

Yes, yes, yes, yes, it's a vice!

托爾斯泰在《戰爭與和平》中的「結婚! 結婚! 結婚!」(「Marry, marry, marry!)「別，別，別向我說話了。」(So don't, don't, don't talk to me.)

在《第一層地獄》中，索忍尼辛又寫過:「走入沒有歡樂的街道，孤單，孤單，孤單!」(… into the joyless streets, alone,

alone, alone!)

雷馬克在《凱旋門》中，也形容巴黎到處都是「車車人人」(Cars, cars, and people, people.)

邱吉爾警告世人:「永遠、永遠、永遠不要以爲有什麼戰爭會順順利利。」便一連疊用三個 never (Never, never, never believe any war will be smooth and easy.)

曼徹斯特的《麥克阿瑟傳》，中間寫到二次大戰開始頃刻，麥帥惟一一次的優柔寡斷，一連用了五個pacing，「將軍在蹀躞……還在蹀躞……蹀躞，蹀躞……蹀躞!」(The general is pacing……still pacing, ……pacing, pacing, pacing!)

《時代》雜誌在一九七九年八月十三日的一篇報導中，寫出「我們籲請各位團結，團結，團結!」(We call on you to organize, organize, organize!)

(二) 不過，大體上來說，英文中大多還是以「疊義」的片語以強調語氣，因此，中文疊詞可以譯成爲 A & B 形的英文:

含含糊糊　Ambiguous and equivocal

憨憨鈍鈍　Blunt and insensitive

紛紛擾擾　Bustle and commotion

仔仔細細　Carefully and deliberately

混混亂亂　Chaos and confusion

整整齊齊清清潔潔　Clean and tidy

明明白白 Clear and unmistakable

俐俐落落 Crisply and pointedly made

忙忙亂亂 Crush and bustle

恍恍惚惚 Dazed and confused

躲躲閃閃 Ducked and dodged

昏昏沉沉 Dizzy and faint

自自在在 Free and easy

揑揑摸摸 Grabbing and pawing

毛手毛脚 Grabbing and pinching

粗粗鹵鹵 Gruff and abrupt

咻咻絲絲 Hissing and whining

公公正正 Impartiality and justice

蹦蹦跳跳 Leaps and bounds

輕輕柔柔 Mild and light

角角落落 Nooks and crannies

有權有勢 Power and might

試試探探 Probe and prowl

恭恭敬敬 Rapt and reverent

爽爽快快 Refreshing and exhilarating

轟轟隆隆嘰嘰吱吱 Rumbled and creaked

淺淺薄薄 Shallow and superficial

抽抽噎噎 Sobs and throbling

斑斑點點 Stained and poched

拖拖拉拉 Stalled and temporized

澀澀生生 Strange and awkward

古古怪怪 Strange and queer

震震蕩蕩 Trembled and shook

委委瑣瑣 Twopenny-halfpenny

冒冒失失 Whipper-snapper

搖搖晃晃 Wobbling and tottering

隱隱約約 Vague and cloudy

（三）而將中文譯為英文，遇到叠詞時，有一部分可以依照第（二）節所舉的例子，反其道而行，便是傳神達意的佳譯，強求字比句同，反而會造成「隔」而未「達」。

（四）古詩十九首中的第二首，前面四句為有名的叠詞：

青青河畔草，鬱鬱園中柳，盈盈樓上女，皎皎當窗牖。

英國翻譯家翟理斯（Herbert Giles）與韋理（Arthur Waley）都曾將這首詩譯為英文。

翟理斯的譯文爲:

Green grows the grass upon the bank,

The willow-shoots are long and lank;

A lady in a glistening gown

Open the casement and looks down.

韋理則採取了直譯的方式:

Green, green,

The grass by the river-bank.

Thick, thick,

Willow trees in the garden.

Sad, sad,

The lady in the tower.

White, white,

At the casement window.

從中國人的觀點，韋理所譯與原詩如影隨形，但譯「鬱鬱」爲「密密」不及翟理斯 long and lank 傳神；而把「盈盈」又譯成 sad, sad, 與「美好貌」有異；翟理斯棄「皎皎」不譯，而譯成「開窗俯望」，點出了「空床難獨守」的含義。

（五）文學翻譯中，「忠實」與「意境」，始終是千古爭執的大問題。翻譯史上，便有一個現成的例子。

宋代女詞人李清照，寫了一闋〈聲聲慢一秋閨〉：

尋尋覓覓，冷冷清清，悽悽慘慘戚戚。乍暖還寒時候，最難將息。三盃兩盞淡酒，怎敵他晚來風急。雁過也，正傷心，卻是舊時相識。滿地黃花堆積，憔悴損，如今有誰堪摘。守著窗兒，獨自怎生得黑。梧桐更兼細雨，到黃昏，點點滴滴；這次第，怎一個愁字了得。

這一闋詞九十七個字兒中，一共用了十八個「疊詞」(reduplicative words)，尤其是一開始，她一連下十四個疊詞，表達了夜雨秋閨中，一位少婦空幃獨守的心境，成爲「大珠小珠落玉盤」的千古絕唱。

可是如何把這一句譯爲英文，卻是一項挑戰了。

Teresa Li 採取直譯的方法:

Seeking seeking fumbling fumbling

Cold cold pale pale

Chilly chilly cheerless cheerless

Choking choking

康德林 (Candlin) 的翻譯也很忠實:

Seek, seek; search, search;

Cold cold; bare, bare;

Grief, grief; cruel, cruel, grief.

但是，林語堂先生卻另持一種看法:

「我譯李易安的『聲聲慢』十四字，眞費思量。須知全闋意思，就在梧桐兼細雨那種『怎生得黑』的意境。這意境表達，眞不容易。所以我用雙聲方法，譯成:

So dim, so dark,

So dense, so dull,

So damp, so dank, so dead.

十四字譯出，確是黃昏細雨無可奈何孤單的境地，而最後的dead一字最重，這是譯詩的人苦處及樂處，煞費苦心，才可譯出。」(《無所不談合集》三三六頁)

分析以上三譯，李康二氏最爲接近易安原著，只是我們檢定翻譯得當與否，可以用兩個字兒：「像嗎？」既然譯成英文，這種句法像英文嗎？「尋尋覓覓冷冷清清悽悽慘慘戚戚」爲少婦心境的形容，英文可以用中文這種排列方式而能使讀詩的人領悟含義嗎？

在這十四個字兒的叠詞中，實際上就是強調「尋覓、冷清、悽慘、戚然」的意義而加以蔓衍。這四個複詞，尋與覓同義，悽與慘也相同，惟有「冷清」卻不能拆開來譯，它的原義指「寂靜」，而不是「寒冷」與「虛空」，李、康兩譯都作了拆字格，所譯離原義已有距離了。

林譯跳出了按照字面逐字迻譯的窠臼，聲調沉鬱陰悶，切合了原詞的意境。但在譯言譯，這只是語堂先生的「創作」而非「譯作」，所表達的是全詞整個的意境，而非這十四個叠詞的迻譯。因爲從字面上看，林譯的「朦朧」「黑暗」「稠密」「沉悶」「潮潤」「陰濕」與「死寂」，實在難與「尋尋覓覓，冷冷清清，悽悽慘慘戚戚」畫上一個等號。而且，這闋「聲聲慢」，畫龍點睛之筆，在「怎一個愁字了得」，「梧桐細雨怎生得黑，黃昏細雨無可奈何」，都只是一種寫景寫情的陪襯而已，譯人該傳達的是「愁」而不是「悶」。

列舉這三種譯法，並不是蹈瑕抵隙，環攻古人之短；而只是說明譯叠詞難，即使一句之微，不論「忠實」與「意境」，都難譯得既如影隨形，又能流暢易解。但也因爲如此，三位翻譯家留下了一些空間，可供後譯續貂，因此我試譯這句爲：

It's so searching and seeking;

so quiet and solitary;

so miserable and grievous;

and so woeful and mournful.

五、結　論

中文是世界上唯一單音節而標義的語文，有悠久的歷史，創造了優美的文化，叠詞的豐富，更是它的特色。

近百年來，由於與西方文化的接觸頻繁，中文無形中受到了外來文化若干的衝擊，顯而易見的特徵，便是中文語文中有西化與和化的影響，而使翻譯的文體逐漸疏離了固有的優美詞彙與表達方法，叠詞在翻譯文字中的消失，便是現成的證據。

究其實，英文中也有相當於中文叠詞的表達法，如果我們能發掘這兩種文字的異同，彼此欣賞，而在移植上，依然能保持固有的特色，便將使翻譯的層次脫離初期的「直譯體」，而維持兩種文字的本色。

〈叠詞與翻譯〉的小小獻曝之言，希望有助於從事翻譯工作的人，能充分體認到叠詞在中文獨具一格的形式與地位，以及在交流迻譯中，它所能擔當起的作用與功能，而能減少在翻譯時的一些困難。

參考資料

裴普賢，《詩詞曲叠句欣賞研究》（臺北：三民書局，六十六年三版）

黃慶萱，《修辭學》（臺北：三民書局，六十四年）

學生書局《修辭學釋例》（臺北：學生書局，五十五年）

王力，《中國語法理論》（臺北：商務印書館，六十六年）

呂叔湘，《中國文法要略》（臺北：商務印書館，六十六年）

地平線出版社《中國語法綱要》（臺北：地平線出版社，六十三年）

張其春，《翻譯之藝術》（臺北：開明書店，五十九年）
林語堂，《林語堂文集》（臺北：開明書店，六十七年）
林語堂，《無所不談集》（臺北：開明書店，六十四年）
翟理斯·韋勒，《英譯中國詩歌選》（臺北：商務印書館，六十九年）
劉厚醇，《中英語文的比較》（臺北：中國語文月刊社，六十三年）
凌琴如，《中國語文散論》（臺北：開明書店，七十一年）
《聖經》（香港：聖經公會，一九六五年）
《十三經經文》（臺北：開明書店，六十七年）
《文學典》（臺北：鼎文書局《古今圖書集成》第六十一册，六十六年）
《字學典》（臺北：鼎文書局《古今圖書集成》第六十三册，六十六年）

——一九九〇年六月二十三日，香港城市理工學院主辦
「漢語與英語理論和應用研究國際學術會議」論文

二十三、外國文學翻譯中姓名的翻譯

一、有名萬物之母

(一) 冥不相見，以口自名

自從有了人類，每一個人便有了名，名是予某人一個顯明的符號，用以區分而確定人我的分際。老子說：「無名萬物之始，有名萬物之母。」更以名來劃分草昧時代及進化時代。

探索人名的人士報告說，發現一些原始的民族，人都沒有名。在這種情形中，很可能是族人不肯向生人透露姓名。在全世界各原始民族中，廣泛傳佈著一種迷信，如果別人知道了你的名字，就能有法力治你，造成傷害；所以有些人使自己的眞名秘而不宣，只以外號示人，而不是沒有名（注一）。

名是「明」的意思，《說文》對名解釋得很清楚：「名，自命也，從口夕。夕者冥也，冥不相見，故以口自名。」上古時代，人我之間，僅認識形體聲音便够，但在夜間相遇，對面看不淸楚，便需要說出自己的名字來（以口自名），以這一個符號作爲本人的標記，所

注 一 *The World Book Encyclopedia,* Vol. 14, p. 5, 1972.

以「名」從「口」從「夕」，是一個會意的字兒，也可以普遍運用在全世界人名的來由上。

以英文來說，name 是一個古字，可以回溯到印歐語系的 nomen，從這個字兒產生了諸如拉丁文的nomen（這是英文「提名」nominate與「名詞」noun 等的語源）；希臘文的 onoma（英文的「無名」anonymous 與「同義語」synonym 的來源）；威爾斯語的 enw；俄文的 imja 等。古德文中爲namon，後來進化爲德文及英文的name；荷蘭文的 naan；瑞典文的 namn；以及丹麥文的 navn（注二）。

（二）正姓氏

人既各有其名，在茹毛飲血的階段，過的是以氏族爲獨立單位的共同生活，氏族的成員與其他氏族的交往，便有了「公名」，類似後來的姓。

據古代史的記載，「伏羲氏始正姓氏」，固然人人除了本名以外，還要有一個公名的「姓」以促成團結，以示與其他氏族的區別。最重要的還是基於本族人的優生，前者旨在「表功德、厚親族」，而後者則爲「制婚姻，明人倫」。

古人基於歷史的觀察，而知道了優生的道理，立姓便是專門爲了婚姻有所別。古語所說：「同姓通婚，其殖不繁」的這項原則，實質上是觀察、記錄了一個個氏族後裔的強壯衰退，與族內的婚姻制度有很大的關係，才制定了「姓氏」與「人倫」，而在《禮記》中規定：「娶妻不娶同姓」。

在古代的奴隸制度社會中，一個家庭中的奴僕，都以主人的姓爲

注 二 John Ayto, *Dictionary of World Origins* (Little Brown & Co. New York, 1990), p. 360.

姓，「同姓不婚」的規定，更可避免後世的子弟與奴僕的子女成婚，「而民始不瀆」。再加上婚配以「門當戶對」作條件，旨在維持後裔的血統與優生。所以杜佑批評商以前那種同姓可以婚配很不恰當，「商以上，親不隔姓，妄也。」

《白虎通》中，具體說明了姓的功能：

人所以有姓者何？所以崇恩、愛厚、親親、遠禽獸、別婚姻也。故紀世別類、使生相愛、死相哀、同姓不得相娶，皆為重人倫也。

我國不但有「姓」，姓的支系則爲「氏」。《名義考》說：「姓者，所以繫統百世使不別；氏者，所以別子孫所出；族者，氏之別名也。」換句話說，姓可以源遠流長，一直流傳下去，但是後代子孫各有所出，像「宋之華元、華喜，皆出戴公；向魚、鱗、蕩，共出桓公。獨舉其人，則云華氏、向氏；並指其宗，則云戴族、桓族，是其別合之義也。」

宋代夾漈先生鄭樵，在《通志・氏族略序》中則把「姓」與「氏」區分得很清楚：

三代之前，姓氏分而為二：貴者有氏，賤者有名無氏，故姓可呼為氏，氏不可呼為姓。

姓所以別婚姻，故有同姓、異姓、庶姓之別。氏同姓不同者，婚姻可通；姓同氏不同者，婚姻不可通。

三代之後，姓氏合而為一，皆所以別婚姻，而以地望明貴賤。

自司馬遷《史記》以後，姓氏始混而爲一，但我們卻不能不知道它們的來由與分野；在近代，像標明堂名的「三槐堂」「隴西堂」「彭城堂」等等，便是「氏」的遺風。

二、中國文化中的姓名

姓名的迻譯，並非小道，兩種迥異的文化間，畢竟存在得有「落差」。首先，我們必須了解自己。

（一）中國人的命名

中國文化中，命名是一件很愼重的大事，有許許多多的規定：

第一，命名爲父親的責任。

第二，命名的時間，爲兒子生下來滿三個月，因爲這時孩子已懂得看人與露笑容了。

第三，命名的地點在祖廟。

第四，命名有許許多多字兒不得使用，以免孫輩在將來避諱困難（注三）。

初生時所命的名，一直沿用，但到了二十歲，又替他加取一個「字」(praenomen)，好供朋友稱呼，功能上，相當於英文姓名中的「中名」(middle name)，兼有區別的作用，到了五十歲，便以伯仲相稱，相當於現代的「某公」，以前的「某丈」以示尊敬，到了死後，更有「謚名」。

因之，中國人的名字頗多，有乳名、小名、學名、族名、本名、字、號、謚等，至於加上筆名、化名、外號，那就更多了。

（二）中國人的姓

注三　〈曲禮〉：「名子者，不以國，不以日月，不以隱疾，不以山川。」

我國的姓相當多，陳立夫先生在〈中國道統與姓氏之淵源〉（七十一年八月二十七日《中副》）中，引陳瑞鵬先生著《黃帝遺族宗系姓氏淵源綜考》一書，說：「計姓氏淵源於唐堯及其臣民所衍者有唐、陶、劉、許等二十一姓；淵源於虞舜及其臣民所衍者有陳、姚、虞、王等三十七姓；淵源於夏禹及其臣民所衍者有夏、計、武、蘇等三十九姓；淵源於商湯及其臣民所衍者有孔、林、梅、程等三十九姓；淵源於文武周公及其諸侯臣民所衍者有周、蔣、姜、孟、柯、蔡等四百八十一姓。」又說：「中華民族自稱爲黃帝子孫，自從黃帝以後，氏族蕃衍，而建立同一民族的國家，至周末爲止，其姓氏有史實可稽考者，共有七百十九姓，其中淵源於堯舜禹湯文武周公者爲六百十七姓，由此可知道統與姓氏的關係何等密切。」由此可見我國至周末已有七百十九姓，而《百家姓》僅列四百九十七姓，闕漏甚多。

星洲中國學會副會長曾昭容先生，在六十七年七月二十六日應扶輪社之邀，講述中國姓氏，說中國目前共有六千三百六十三個姓氏。

文復會臺灣省及臺北市分會與省市文獻委員會，根據六十七年六月三十日所有戶政口卡資料，編纂成《臺灣區姓氏堂號考》一書，當時人口數共一千六百九十五萬一千九百零四人，得一千六百九十四姓；其中單姓一千六百一十一姓，複姓七十五姓，三字姓四姓，四字姓四姓。臺灣區一百個大姓依次如下：陳、林、黃、張、李、王、吳、劉、蔡、楊、許、鄭、謝、郭、洪、邱、曾、廖、賴、徐、周、葉、蘇、莊、江、呂、何、羅、高、蕭、潘、朱、簡、鍾、彭、游、詹、胡、施、沈、余、趙、盧、梁、顏、柯、孫、魏、翁、戴、范、宋、方、鄧、杜、傅、侯、曹、溫、薛、丁、馬、蔣、唐、卓、藍、馮、姚、石、董、紀、歐、程、連、古、汪、湯、姜、田、康、鄒、白、涂、尤、巫、韓、龔、嚴、袁、鐘、黎、金、阮、陸、倪、夏、童、邵、柳、錢。這就可以編一部「百家姓」。臺灣區這一百個大姓中，就有歐、涂、鐘三姓沒收進《百家姓》；如果收全中國現有的六千三百六十三個姓氏，或臺灣區現有的一千六百九十四姓，則至少要叫「千家姓」，而「三百千千」也應改成「三千千千」了（注四）。

我國到底有多少姓？相信目前無人能確實說出一個數目，歷年來有學者專家研究著作多種蒐羅的姓數也不一樣。

據推斷，春秋時代只有幾十姓，漢代史游〈急就篇〉列了一百三十姓，唐太宗時，溫彥博受命定姓氏，得一百九十三家；目前民間流傳，以「趙錢孫李，周吳鄭王」開頭的宋本《百家姓》，有四百三十八姓；清本《百家姓》有四百四十姓；清代王崔晃《千家姓》中列了一千零六姓；唐林寶《元和姓纂》中，姓有一千四百三十六種；明代吳沈《千家姓》蒐集了一千九百六十八姓；宋代鄭樵《通志・氏族略》中，列舉了二千三百零二姓；明代凌迪知的《萬姓統譜》中，姓有三千七百十三種；元代馬端臨《文獻通考》得三千七百三十六姓；《古今圖書集成・氏族典》舉三千七百四十二姓；《中國名人大辭典》附錄〈姓氏考略〉舉四千一百八十九姓；明代王圻《續文獻通考》有四千六百五十七姓；時人王素《存姓錄》更蒐得五千三百餘姓；鄧獻鯨《中國姓氏集》有單姓三千四百八十四姓，複姓二千零三十二姓，三字姓一百四十六姓，共計五千六百五十二姓；另有陳仁德考據則指出，中華民族姓氏數量，多達九千一百七十七姓。

所謂大姓大到什麼程度呢？臺灣俗諺有「陳林半天下」及「陳林李許蔡，天下佔一半」的說法，可見一斑。

民國十九年調查，臺灣的十大姓是陳、林、張、王、黃、李、

注 四 劉厚醇，《中外百家姓，中西獺祭集》（臺灣商務印書館），一二六頁。

吳、蔡、劉、郭。民國四十三年、四十五年、六十七年三次調查，前十大姓除第六至第九大姓序位互有升降外，都是陳、林、黃、張、李、王、吳、劉、蔡、楊，分別佔當時總人口數的百分之五十一點八、五十三點二及五十二點五。

陳姓有一百八十五萬零四百二十三人，林姓一百三十八萬一千七百十三人，分別佔總人口數的百分之十點九與八點二（注五）。

（三）賜　姓

中國文化中有一項特別的姓，那便是「賜姓」(a giving surname by emperor)，由皇帝賜臣下以御姓，這是一種莫大的殊榮。

賜姓始於漢高祖劉邦，他登基以後，回想當年鴻門宴中，項莊拔劍起舞，「意在沛公」，虧得項伯也拔劍起舞，「常以身翼蔽沛公，莊不得擊。」有過救命之恩，而今天下底平，應當有所報答，於是就在高帝五年（公元前二〇二年）封項伯等四人爲列侯，賜姓劉氏，這是我國歷史上賜姓的濫觴（注六）。

漢代另一位大名鼎鼎的「賜姓」，便是「勤功上將，世名忠孝」的金日磾，他本來是匈奴休屠王太子，被俘獲後，十四歲卽入宮養馬，深得武帝賞識，不次拔擢，所以虜獲休屠王祭金人，賜他姓金，後來成爲輔佐少主的顧命大臣（註七）。

在王莽新朝的天鳳六年(公元十九年)，王莽將「長一丈大十圍」的奇士巨毋霸，改姓爲巨母氏，因爲王莽字巨君，如果以「巨毋霸」爲姓名，似乎謂爲「巨不宜霸」，改「巨母霸」，則意爲母太后而霸王符了。

注　五　李文雄，〈請問貴姓？〉《聯合報》(六十九年六月四日「萬象版」)。
注　六　《古今圖書集成・明倫彙編・氏族典》（臺灣鼎文書局，第三十四冊），一七六頁。
注　七　見注六，一七二頁。

這些都是把賜姓作為一種榮譽，一種吉利；可是也有由於痛恨憤怒，賜臣下以劣姓的歷史。例如《三國志》吳國的孫皓，由於王室的孫秀奔晉而大怒，把孫秀的姓追改為姓「厲」。

到了唐代，民間傳奇小說中瓦岡寨上的「徐茂公」，本名徐勣，字懋功，由於立功，由唐高祖賜姓為李。

至於近代歷史，最有名的一位「賜姓」便是鄭成功了。《廣陽雜記》中，劉獻庭譽鄭成功為「諸葛忠武、郭汾陽、岳武穆後之一人」。認為他「提一旅之師，伸大義於天下，取臺灣，存有明正朔於海外者，將四十年，事雖不及，近古以來未曾有也，賢於文信國遠矣！」（注八）

（四）身後名的諡

在「專名學」中，中國人的姓名，有許許多多地方與西方迥然不同。如姓與氏、命名的人與時、賜姓、諱名、省略等等。

其中，「諡」雖與天主教對殉教的教徒頒賜「聖徒」相當，但範圍卻廣泛得多，上至天子，下至庶人，都可以依據一生事蹟而賜諡，成為身後的一種榮譽乃至褒貶。

李亦園先生在〈再論諱的原始〉（注九）文，對「諡」作了簡明的介紹：

自來對諡法意義的解釋都以《逸周書·諡法篇》為本，〈諡法篇〉原文所載是這樣的：

維周公旦太師望相同嗣王發，旣賦憲，受臚於牧之野。乃制作

注 八 劉獻庭，《廣陽雜記》（臺灣河洛圖書公司，六十五年三月）卷二，五十七頁。

注 九 李亦園，〈再論諱的原始〉（中央研究院），《總統逝世週年紀念論文集》（六十五年四月），一〇四五頁。

諡。諡者，行之迹也；號者，功之表也；車服，行之章也。大行受大名，細行受細名。行出於己，名生於人。

由此可見「諡」實是人死之後，後人就其生前行爲的性質，亦卽所謂「行之迹」給予一個合實的稱號。

「諡」是死後才追加的，可以說是一種「身後的名號」(posthumous title)（同注九)。

「諡」始於周，實行了八百多年，到了秦始皇，他認爲這是一種「子議父，臣議君，甚無謂，朕弗取焉。」因之在始皇二十六年（公元前二二一年）制除諡法，要化繁爲簡，「朕爲始皇帝，後世以計數，二世、三世、至於萬世，傳之無窮。」（注十）。

可是他除諡並沒有成功，只過了二十六年（公元一九五年），繼秦建國的劉邦，在卽位十二年夏四月駕崩，又恢復了諡的制度，上尊號爲「高皇帝」。從此一直到一九一二年推翻滿清建立民國爲止，「諡」在中國文化中，歷史悠久，長達近三千年。

諡旣成爲中國文化中姓名體系的一環，後代人士爲了尊稱前人，往往道諡而不名。例如，歷史上有名的三位「文正」，宋代的范文正公爲范仲淹，明代的王文正公爲王守仁，清代的曾文正公爲曾國藩。

「諡」卽使是後人在歌功頌德，也得接受諡人生前的立功立德立言的成就大小，加給適當的諡號。所謂「聞其諡，知其行」；以現代語言來說，諡便是對一個人一生的考績評語。諡的文字分門別類，分爲上諡、中諡、下諡三類（注十一）。

上諡：如神、聖、賢、文……

注　十　司馬遷，《史記·始皇本紀》。

注十一　《古今圖書集成·經濟彙編·禮儀典》（臺灣鼎文書局，第七十册），一二〇四頁。

中謚：如懷、悼、哀、隱……

下謚：如野、夸、躁、伐……

我們耳熟能詳的歷史名人都有謚名，武穆爲岳飛的謚名，誰都知道，有「包青天」之稱的包拯，謚孝肅。

歐陽修謚文忠

黃庭堅謚文節

蘇東坡謚文忠

辛棄疾謚忠敏

蔡襄謚忠惠

文天祥謚忠毅

明代大政治家張居正，卒謚文忠，後來宋神宗聽了太監張誠的壞話，不但抄了他的家，連「文忠」謚號也加以「追奪」，不准再加使用。

宋濂謚文惠

海瑞謚忠介

于謙謚忠肅

楊繼盛謚忠愍

戚繼光謚武毅

史可法謚忠靖

連陪著崇禎皇帝在煤山上吊的司禮監太監王承恩，也謚爲忠愍（同注十一）。

謚名在中國文化中有近三千年的歷史，在「專名學」中極爲獨特，它由後人評斷功過，「有德則善謚，無德則惡謚」，而且它可「賜」可「奪」可「削」，是一種早於春秋筆法，希望能使「忠臣義士興，而亂臣賊子懼」的價値體系。

（五）名　諱

中國文化中的姓名，除開「謚名」以外，又有「諱名」，說到諱，其原義又與謚不同，《禮記·曲禮》說：「卒哭乃諱。」鄭注：「敬鬼神之名也，諱辟也。生者不相辟名，衛侯名惡，大夫有名惡，君臣同名，春秋不非。」

「禮不諱嫌名，二名不偏諱。」鄭注：「爲其難辟也，嫌名謂其音聲相近，若禹與雨，丘與區也。偏謂二名不一一諱也。」

「逮事父母則不諱王父母。」鄭注：「逮及也。謂幼孤不及識父母，恩不至於祖名。」

《禮記》所謂「卒哭乃諱」，也就是表示喪服完成後，即開始對死者的名避諱，所以諱顯然是一種喪儀的禁忌，我想也就因爲是喪儀禁忌，鄭玄的注才會說「生者不相辟名」。這一點正義解釋得更爲清楚：「古人生不諱，故卒哭前猶以生事之則未諱。卒哭後，服已受變神靈遷廟，乃神事之，敬鬼神之名，故諱之，諱避也。」

從上面幾段經文與注疏的解釋中，我們可以知道諱是一種喪儀的禁忌，也就是從喪儀的一段期中開始，死者的名字卽被避去而不用。諱避不過是一種消極的行爲，而謚則是積極地給予另一個名號。另外很重要的一點是生諱之說，〈曲禮〉所說的諱，明顯是指諱死人名，生人則不避諱。楊君實先生在上引前一文中曾據陳垣《史諱擧例》一書，認爲避諱可分爲二類，一爲避生人名，一爲避死人諱。如照《禮記》所述，則避生人名顯然也較是後起的習俗（注十二）。

注十二　見注九。

「諱」(a giving name's taboo) 在中國文化中極為重要，翻譯的人要對它有了認識，才能知道何以某人之名某字曾經更改，何以某文某字的筆劃不全，對考據與版本學，深通「諱名」，更是有利的工具。

由於漢文中同音的字極多，所以「諱」有諱的規則，那就是「二名不偏諱」，凡一個人的名字為兩個字，就不必兩個字分開來也都諱。孔子的母親名「徵在」，孔子只不能連說徵在兩個字，單說「徵」或單說「在」都可以。《論語》中便有「父母在，不遠遊」「杞不足徵也，宋不足徵也」的諸句。

其次便是「不諱嫌名」，所謂「嫌名」，便是聲音相同的字，比如夏帝的禹，不能因為「禹」而連下雨的「雨」都諱；孔子名「丘」，不必連同音的「秋」也不敢寫。

其三為「詩書不諱」，在詩書中不必避諱，周公作《周頌》。周文王名昌，周武王名發，但《詩經・周頌・雝》有「克昌厥後」；而在「噫嘻」中有「駿發爾私」，所以韓愈即以此為例，說「周公作詩不諱」，其實是周公遵行了「詩書不諱」的原則。

此外還有「君前不諱，郊廟不諱」，在這兩處場所，君與祖都極崇高，做兒子的可以直稱父名，不必為諱。

《顏氏家訓》中，談到「諱得過火」的幾則故事，梁代有位謝舉，聽別人說及諱字，一定哭上一番。又有一位臧逢世，他的父親臧嚴，他當縣官看見公事中有「嚴寒」的字樣，必定泗淚縱橫，公事都辦不成，終於棄職丢官；至於唐代鬼才李賀，為了父親名晉肅，而不去考進士，使得韓愈寫了一篇〈諱辯〉，納入了《古文觀止》，他對這種「嫌名避諱」，大不以為然:

父名晉肅，子不得舉進士；若父名「仁」，子不得為人乎?

說得鏗鏘有力，擲地作聲，只是李賀還是沒有去考這個博士學位。

在陸游的《老學庵筆記》中記，田登當太守，凡犯了他的名諱的吏卒，都挨板子，於是這一州人都稱燈爲火，到了元宵節時，吏人公佈說：「本州依例放火三日。」「只許州官放火，不許百姓點燈」這句成語便因此而來。

由於中國文化中的「名諱」，所以父子同名極少，隋代有位處士羅君，墓誌銘說「君諱靖，父靖，學優不仕。」後人批評他既爲處士，是個學養德行都好的不仕學人，怎麼可以父子同名，比起司馬遷，爲了父親司馬談，而把趙談改寫爲趙同，豈不差了萬萬倍嗎?（豈不萬萬相遠哉!）

至於「之」這個字兒爲語助詞，古代父子甚至祖孫四五代相同的都有，並不以爲犯諱。像王羲之——王獻之——王靖之——王悅之，四世同「之」。王胡之——王茂之——王裕之——王瓚之——王秀之，則是五世同「之」；但評論的人認爲「父子祖孫，名皆連之，有如昆仲，亦所不可也。」（注十三）。

所以，與西洋盛行父子祖孫完完全全同名，只以小、二世、三世、四世來區分，中國文化中由於「諱名」而絕對沒有。

（六）姓名的省略

比起西人姓名來，中國人的姓名已經夠簡短了，兩三個字就可以打發。然而在文章詩賦中，卻往往作更省略的稱謂。

揚雄的《法言》中：「或問屈原相如之賦，子曰：『原也過以浮，如也過以虛。』」屈原省略成「原」，還說得過去，司馬相如連

注十三　蕭遙天，《中國人名的研究》（臺菁出版社，一九六九年），七十八頁。

名帶姓四個字，也只取「如」一個字兒，這種省略所在皆有。翻譯的人如果不懂得中國人名字中的省略，難免就要錯誤百出了。

現代楊樹達在《漢文文字言修辭學》第十八章〈省略〉中，作了條理式的敍述：

1.姓省稱：百里奚稱「百」；諸葛亮稱「葛亮」；東方朔稱「方朔」；司馬光稱「馬光」。

2.名省稱：晉重耳稱「晉重」；司馬相如稱「如」；申包胥稱「申包」；酈食其稱「酈其」。

3.字省稱：王莽字巨君，單稱「巨」；揚雄字子雲，稱「揚雲」；陶潛字淵明，稱「陶淵」。

4.姓字連省稱：如司馬長卿稱「馬卿」。

5.官省稱：如班婕妤稱「班婕」。

6.謚省稱：晉趙獻文子只稱「文子」；楚頃襄王只稱「襄王」；漢諸葛武忠侯只稱「武侯」。

7.譯名省稱：如呼韓單于稱「呼韓」。（注十四）

英文姓名常有「老」(senior) 與「小」(junior) 區分父子，但在中國文化中，以「大小」簡稱，有時指父子。例如：

大小王——晉王羲之、王獻之。

大小尉遲——隋唐尉遲跖質與尉遲乙僧。

大小李將軍——唐李思訓、李昭道。

但有時並非指父子，例如：

大小阮——阮籍、阮咸（叔侄）。

老小杜——杜甫與杜牧。

大小蘇——蘇軾、蘇轍（兄弟）。

注十四　見注十三，三二六頁。

此外還有許許多多簡稱，例如:

韓范——宋韓琦、范仲淹。

富文——宋富弼、文彥博。

房杜姚宋——唐賢相房玄齡、杜如晦、姚崇、宋璟。

王楊盧駱——唐文人王勃、楊炯、盧昭鄰、駱賓王。

張韓劉岳——宋良將張俊、韓世忠、劉光世、岳飛。(注十五)

孔子是我國的「至聖先師」，孟子爲「亞聖」，但有時行文用字，略稱「孔孟」，並不以爲諱，這是我們從事翻譯人名時，必須領悟的一項事實。

三、西洋姓名

(一) 西洋人的姓

西洋也有「姓名學」(onomastics)，並有學術期刊 *Names* (注十六)。所有姓氏多由四種因素所產生: 一、「因生」(Patronyms)，例如 Williams, Johnson (威廉之子，約翰之子) 等。二、「因地」，例如 Hill (丘)，Atwater (靠水) 等。三、「因形」，例如 Long

---

注十五 見注十一，〈氏族典〉(第三十四册)，一四五頁。

注十六 美國有「專名學會」(Name Society)，成立於一九五一年，專事研究所有各種專名——地理、科學、人名、商業、通俗——的語源、創始、意義，及應用，並將這種研究成果發佈，刊行《專名》季刊，會員每年會費十美元。地址爲:
Name Society, American, State University College, Potsdam, N.Y. 13676, U.S.A.
(David Wallechinsky & Irving Wallage, *The Peoples Almanac*, Doubleday, N.Y., U.S.A., p.1255)

（長），Armstrong（強臂）等。四、「職業」，例如 Archer（弓箭手），Cooper（箍桶匠），Taylor（裁縫），Wright（工匠，尤指木匠）等。

據霍客（J. N. Hook: *Family Names*, Macmillan, 1982, p. 388）在他書中的報導，一九七四年在美國社會保險署的名單中，列有一百二十八萬六千五百五十六個不同的姓。美國係由世界各國移民而建國，加上土著，姓氏自然特別多，堪稱「世界姓氏大全」。這一百多萬個姓，有「祇此一家」獨一無二的，如一個人姓 Lz；也有 Smith 之流的大姓。妙的是英文的二十六個字母全至少有兩家用作姓；卽至少有兩家姓A，兩家姓B……以至於Z。

美國的五十大姓依次如下：Smith, Johnson, Williams, Brown, Jones, Miller, Davis, Martin, Nderson, Wilson, Harris, Taylor, Moore, Thomas, White, Thompson, Jackson, Clark, Robertson, Lewis, Walker, Robinson, Peterson, Hall, Allen, Young, Morris, King, Wright, Nelson, Rodriguez, Hill, Baker, Richardson, Lee, Scott, Green, Adams, Mitchell, Phillips, Campbell, Gonzalez, Carter, Garcia, Evans, Tarner, Stewart, Collins, Parker, Edwards.（注十七）

與中國人相比較，美國的姓號稱「百萬」，幾幾乎是中國人「萬姓」的一百倍；但也和我們相同，姓集中在幾個大姓上，也有統計，認爲前十大姓應爲：

Smith, Johnson, Williams, Jones, Brown, Miller, Davis, Anderson, Wilson, Thompson.（注十八）

最大的兩個姓史密斯與約翰遜是有原因的：史密斯義爲工匠，尤

注十七　見注四，一二八頁至一二九頁。

注十八　見注十六，一二二六頁。

指金工（如金匠、鐵匠、銅匠等）；以前大多人做工匠謀生，乃以職業爲姓。約翰遜義爲約翰之子，而約翰是西洋最普通的名字，「因生」而姓約翰遜。

以史密斯這個大姓爲例，美國就有一百五十萬人，爲了避免同名之累，喬治亞州一位議員，取名爲「五八史密斯」(Five-Eights Smith)。

俄克拉荷馬州有位先生，取名爲「俄克拉荷馬州旁卡城皮西爾騎士忠誠支會二九六號史密斯」(Loyal Lodge No. 296 Knight of Pythias Ponca City Oklahoma Smith)（注十九）。

英文姓 Smith 也作 Smythe，義爲「工匠」，其他各國也多有用「工匠」爲姓的，例如 Schmidt（德）、Kovar（捷）、Seppanen（芬）、Farrari（義）、Kowalski（波）、Herreera（西）、Haddad（敍）等。英文的 Johnson，也作 Jennings 及 Hancock，義爲「約翰之子」。其他各國也很多「約翰之子」，例如在威爾斯姓 Jones 或 Evans，在愛爾蘭姓 Shane，俄國姓 Ivanoff，立陶宛姓 Jonsson 或 Jonynas，荷蘭姓 Jansen 或Janke（後者可能是老美俗稱 Yankee 的來源）。北歐各國姓 Johanson 或 Jonsson，南斯拉夫姓 Jovanovich，匈牙利姓 Janosfi，希臘姓 Gianakakis，義大利姓 Di Giovanni，和西班牙姓 Ibanez 等（注二十）。

姓的字首或字尾，常常表示國家的淵源。字尾 -ian (Kalenderian（卡蘭德瑞恩），Bagramian（巴格拉瑞恩））是指亞美尼亞姓 (Amenian); -quist, -rup, -holm, -strom, -dahl, -gren, -sen

注十九 《紐約時報書評》，一九八〇年四月二十日，三十八頁。
注二十 見註四，一二九頁至一三〇頁。

(Lindquist（林德奎斯特），Northrup（羅斯拉普），Lindholm（林得荷姆），Bergstrom（百格斯特朗姆），Liliedahl（李里得爾），Kilgren（基格然），Johnnsen（約翰生））是斯堪的拉維亞姓；-ez（P'erez（裴雷））是西班牙姓；-berg, -burg, -stein, -sohn 是德國，斯堪的拉維亞、或夷地（Yiddish——歐洲猶太人之一種）姓；-ich 或 -i'c（Karageorgeovitch（卡拉基阿基阿威奇），Adamic'（亞登密克））是南斯拉夫姓；-yi（Perenyi（裴倫尼））是匈牙利姓；-Poulos（Stavropoulos（斯達夫羅包羅斯））是希臘姓；-oglu（Yegenoglu（伊堅諾格魯））是土耳其姓；-i（Petri（白屈立））是意大利姓；-off 或 -ev（Molotov（莫洛托夫），Rachmaninoff（拉克馬尼洛夫））是俄國姓；-eff 或 -ev（Andreiv（安得尼夫），Gheorghieff（基俄非夫））是俄國或保加利亞姓；-enko（Kravchenko（克拉夫欽柯））是烏克蘭（Ukrainian）姓；-wicz（Sienkiewicz（仙基維茲））是波蘭姓；-ski（Paderewski（伯特威斯基））是波蘭姓；但這個字的變形字 -sky（Kerensky（克然斯基），Radetsky（拉得斯基））則是俄國或捷克姓。字首之中，Van（Van Houten（范豪登））是荷蘭姓或法蘭德斯（Flandes）姓，Von（Von Hindenburg（王辛登堡））是德國姓；de 也許是法國、西班牙、葡萄牙或義大利姓（de Musset（第馬塞），de Avila（第阿威拉），de Vasconcellos（第瓦斯康西羅），de Amicis（第安米西））；di 與 da 是義大利姓（di Parma（底巴馬），da Feltre（達費特勒））。法語的 de 又變化成 de la, du, des（Duhamel（杜漢美爾），de la Falaise（第拉法雷），Desgranges（第斯格蘭基））；西班牙的變形字有 del, de los, de las(Davega（戴維加），dos Passos（多斯巴梭斯））；義大利的變形字太多，無法全部提到，

如: del Giudice（德國鳩底斯），dos Passon（多斯巴索斯）等。這些字首不一定表示貴族的行列（注二十一）。

（二）西洋人的首名

在英文中，姓與名都是 name。如果要加以區別，必須在 name 前附加形容詞。

姓爲 family name, surname，因爲西洋人姓名排列的方式，姓在最後，所以又稱爲 last name。

名則在人生下受洗時命名，因此可稱爲 name, baptismal name, Christian name, forename，在美國和加拿大，則稱爲 given name,以它位置在最前，也稱爲「首名」(first name)。

因此，西洋人的姓名基本模式，爲名前姓後，但因爲很多人的名 (given name)相同，就只有以姓作區別。例如: 約翰瑞赫德、約翰亨特，與約翰史考特(John Redhead, John Hont, John Scott)。匈牙利人的姓名與中國人同，姓在前而名在後；可是他們寫成英文時，卻常把次序倒過來，原來的納吉史蒂芬（Nagy Istv'an）就變成史蒂芬納吉（Istvan Nagy）了。

（三）名字的意義

名字是個人的徽章。如果一個人沒有名字，對他就無法辨別，他便是無定形的。當他取了一個或創造了一個名字，有了它他就可辨別自己，他也承認了一種眞實的主觀存在。由於獲得了各種在他身旁動物與人們的名字，他也獲得了一種客觀的自覺。

注二十一　白馬禮（Mario Pei）著，李慕白譯，《語言的故事》，第七章〈姓名的故事〉（臺灣商務印書館，六十九年八月），九七頁至一〇七頁。

基督教，特別是天主教的傳統，他們對名字 (first name) 的稱呼，都從聖經中的歷史而來。某些歐洲國家事實上用法律來限制這兩種來源首名使用的可能性。可是，在受洗時用聖名的風俗，在第十世紀以前還未十分流行，在第十世紀以前的四個世紀中，羅馬帝國滅亡後，在日耳曼的侵略者深入的國家裏，對使用德國專有名詞已成爲一種時尙，這些國家的文書中充滿了這些專有名詞，在法國的如: Chioberga, Childeberchthus, Bertegisilus, Helmegaudus; 義大利的如: Adaloald, Wolfrit, Liutprand, Theodelinda; 西班牙的如: Argemundus, Eggisenda, Ermenegildus, Lovesindus。這些名字經過一位聖徒使用後，有些今日尙存於世，但它們的形式則已改變。可是，它們的異教性，往往是圖騰的來源，是顯而易見的。德國名字如 Adolph（亞道夫）與 Rudoloph（魯道夫），意爲「高貴的狼」與「著名的狼」；Bernard（伯納），意爲「勇敢如熊」，Eberhard「艾伯哈得」，意爲「勇敢如野豬」。拉丁名字Lupus（（狼）），在這幾個世紀之中很普通，現在的地名 Saint-Lo（聖羅），意爲「聖狼」，可能是從德語借譯而來，但羅馬人在此以前便已使用這種圖騰動物的名字如 Ursus 與 Leo。

德語字尾 -bert，現今仍舊流行，在語源學上它與英語的 bright（光亮的）有關。Albert（亞伯特），意爲「榮譽」，Robert（羅伯特）或 Ruppert, Rupprecht，意爲「響亮的名譽」，Lambert（蘭伯特），意爲「光亮的土地」。女性名字伯沙 Bertha 純正的字根，它的正確的拉丁相對字是 Clara 克萊拉，意爲「光亮的」。

拉丁語的埃格尼斯 (Agnes)，它的西班牙後裔字是 Inez，意爲「羔羊般的」。希臘語的拿坡倫 (Napoleon) 意爲「森林之獅」；希臘語的非力蒲 (Philip) 意爲「愛馬者」，塞爾特語的亞瑟 (Arthur) 意爲「高貴的」，賽爾特語的奧文 (Owen) 意爲「星光」。

希伯來的名字常從一種宗教的解釋上來辨別，它與其他的來源大不相同。希伯來名字字尾 -el，如伊曼尤爾 (Emannuel)，加伯利 (Gabriel)，邁可 (Michael)，這個都含有「上帝」或「上帝的」之意。如丹尼爾 (Daniel)，意即「上帝的裁判」。

基督 (Jesus) 是希伯來文 (Joshua) 的希臘語譯文，意爲「救世主」。用 Jesus 一字作爲男子的首名，在拉丁美洲各國甚爲普遍，但絕無不敬之意。

不習見的與陌生的名字，是各國不同語言中最普通的名字。法文的傑恩（男子名）或珍（女子名）Jean，西班牙文的瓊安 Juan，德文的約翰尼 (Johannes，（強尼）是德文的男子名 Hans或 Hansel)，甚至義大利文的喬文尼 (Giovanni)，俄文的伊凡 (Ivan) 與塞爾維亞文的約文 (Jovan)，都很容易看出它們是由約翰 (John) 一字變化而來；但愛爾蘭語的西恩 Sean 與芬蘭的朱漢那 (Juhana) 卻需要解釋，約瑟夫 (Joseph) 是西班牙、德國與斯拉夫語的荷瑟 (Jos'e)、約瑟夫 (Josef) 與約西普 (Josip) 的變形字；但它變化成義大利語的久塞皮 (Giuseppe) 就令人難解了，它變成愛爾蘭語的色阿姆 (Seosmh) 則幾乎無法認識。史蒂芬 (Stephen) 是一個希臘名字，意爲「勝利者的花冠」，後來變成了法語的 Stiemne，西班牙語的 Esteban，俄語的Stepan，匈牙利語的Istvan與愛爾蘭語的 Stiobhan。很少人會知道大家都熟悉的女子名海倫 (Helen) 就是匈牙利語的 Ilona 或它的簡稱 Ilka。

許多變形，簡稱或表示小的名字，使人難以認識而令人困惑。泰德 (Ted) 在美國是狄奧多爾 (Theodore) 的暱稱，但在英國卻是 Edward 的簡稱，還有 Ned，Ed 可用於任何以盎格魯撒克遜語意爲

第一圖 西洋名字的意義

愛德華EDWARD
財產的護衛
盎格魯撒克遜語
Ead——財產
Weard——衛兵
芭芭拉BARBARA
陌生人
希臘語
Barbaras——不會說本地語言的人
阿瑟ARTHUR
無畏、英勇
條頓語
Arn——鷹
Thor——萬神之長
菲力普PHILIP
愛馬人
希臘語
Philos——愛
Hippos——馬
喬治GEORGE
土地耕作人
希臘語
Ge——土地
Ergon——工作
查理CHARLES
男子氣概
古德語
Karl——族人

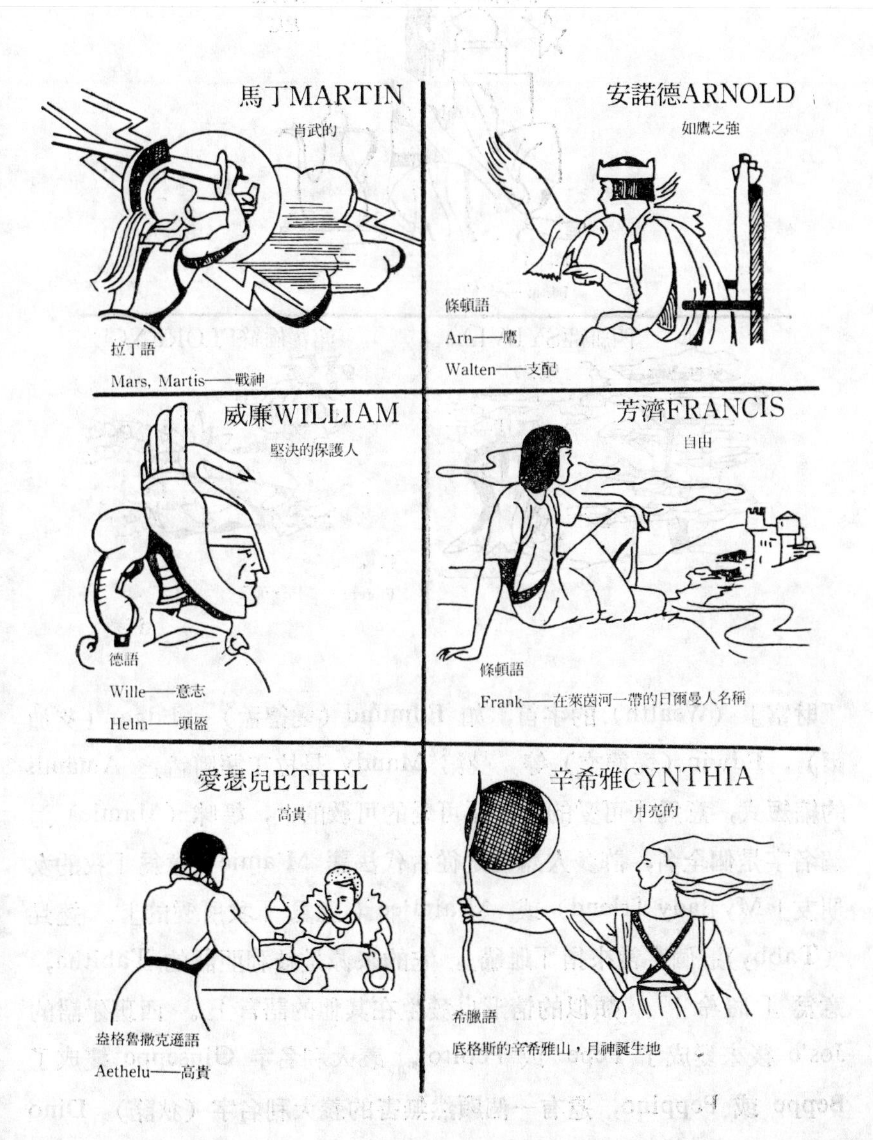
馬丁MARTIN
肖武的
拉丁語
Mars, Martis——戰神
安諾德ARNOLD
如鷹之強
條頓語
Arn——鷹
Walten——支配
威廉WILLIAM
堅決的保護人
德語
Wille——意志
Helm——頭盔
芳濟FRANCIS
自由
條頓語
Frank——在萊茵河一帶的日爾曼人名稱
愛瑟兒ETHEL
高貴
盎格魯撒克遜語
Aethelu——高貴
辛希雅CYNTHIA
月亮的
希臘語
底格斯的辛希雅山，月神誕生地

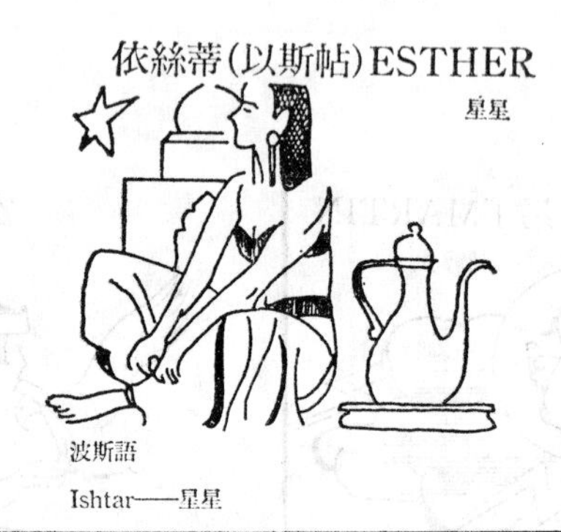

依絲蒂(以斯帖)ESTHER
星星
波斯語
Ishtar——星星

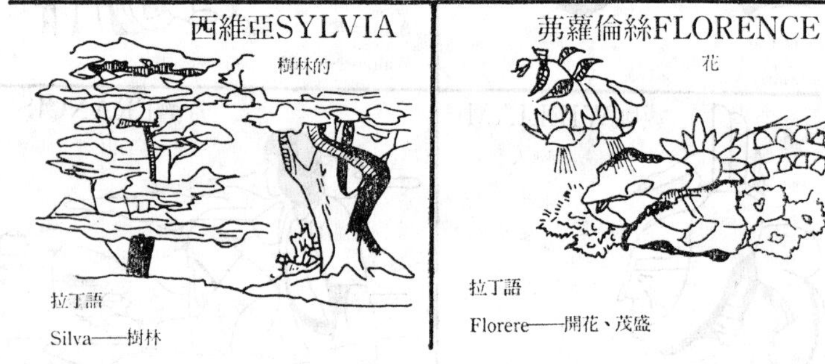

西維亞SYLVIA
樹林的
拉丁語
Silva——樹林
茀蘿倫絲FLORENCE
花
拉丁語
Florere——開花、茂盛

「財富」(Wealth) 的字首，如 Edmund (愛德孟)，Edgar (艾加爾)，Edwin (愛德文) 等。曼第 Mandy 是拉丁語阿孟達 Amands 的縮短式，意爲「可愛的」、「可愛的可敬的」，媽咪 (Mamie) 這個名字是個全名，許多人認爲是從古代法語 M'amie (意爲「我的女朋友」My lady friend) 或 M'aim'ee (意爲「我所愛的」。達琵 (Tabby)這個字常來指「雌貓」，它的來源是敍利亞語的 Tabitha, 意爲「瞪羚」。類似的情形也發生在其他的語言上。西班牙語的 Jos'e 後來變成了 Pepe 或 Pepito，義大利名字 Giuseppe 變成了 Beppe 或 Peppino，還有一個顯然無害的義大利名字 (狄諾) Dino 含有更動人的 Aldobrandino (阿杜布蘭狄諾) 之意，這個字用 dino 作爲字尾，其德語字源意爲「老牌子」或「老劍」，這個字現今仍舊

存在。

尚有少數的名字對它們的所有人並不見得喜愛。這些字之中如:卡爾文 (Calvin),是拉丁語的「禿頭的」,克勞底 (Claude),是拉丁語的「跛足的」,尤利西斯 (Ulysses),是希臘語的「憎恨者」,普里西拉 (Priscilla),是拉丁語的「相當的老」,瑪利 (Mary) 是希伯來語的「苦」,巴巴拉 (Barbara),是希臘語的「不適宜的」,烏秀拉 (Ursula),意爲「小母熊」,是指雌熊的氣味而言。還有喬治 (George),是希臘的「農夫」,阿爾及朗 (Algernon) 是古代法語的「滿面于思」。

許多由清教徒 (Pilgrim Fathers) 所取的地名,變成了今日幽默的名字。在這些名字中,我們可發現其中的精華如: Humility (休米里蒂),意爲「謙恭有禮」,Hate-Evil (海特伊威爾),意爲「嫉惡如仇」,Kill-Sin (基爾辛),意爲「消滅罪惡」。

另外具有幽默意味的名字是美國女子的名字,它們都採用外國的語言而來 (通常是義大利語或西班牙語),這些名字對原來語言的意義並不注意。如蘭娜 (Lana) 是拉丁語、西班牙語、義大利語的「羊毛」。唐娜 (Dona),是義大利語的「女人」,但由於它的次一意義是「夫人」,這樣也許可合乎標準。格蕾達 (Gretta) 可能是原始德語的格蕾蒂 (Grete) 進化而來,這個字如變成義大利語就是「卑賤的」,「小器的」。夢娜 (Mona) 是西班牙語的「母猴」,但它也有一個俚語的意義——「美麗嬌小可愛的」("cute")。令人不能寬恕的是布華 (Buffa) 與娜迪卡 (Natica) 這兩個名字。前者是義大利語的「好玩的」,後者是義大利語「屁股」。

並非所有語言的命名都是同樣的方式。一個俄國名字包括 (1) 教名 (given name),一個取自父名的字 (patronymic)用-vich 或 -ich

作字尾的用於男性，用 -vana 作字尾的用於女性，(2) 姓 (family name)，通常用 -ov 或 -ev 作字尾，它是一個不變的取自父名的姓，字尾換成 -ova，-eva 後便是用於女性的姓；因此，Ivan Nikolaievich Semyonov(伊凡 尼可萊威奇 森米約洛夫)即 John, son of Nicholas, of the Simons（約翰西蒙斯，尼古拉斯之子）或 Olga Nikolaievna Semyonova（娥加 尼可萊夫娜 森米揚羅娃）即 Olga, daughter of the Simons（娥加，西蒙斯尼古拉斯之女）。

寫信給俄國人，只稱他（或她）的名字和取自父名的名字，是十分禮貌與適當的，如: Ivan Nikolaievich, Olga Nokolaievna 而省去姓。如果寫信給西班牙人，只稱他（或她）的教名 (first name) 將 Don 或 Don'a 置於前，如: Don Manuel, Do'na Inez 省去姓，也是很有禮而適當的。

緬甸人在他們名字前面用字首；年輕的女人有字首「媽」(Ma)，等到她年紀大了時這個「媽」便改為「刀」(Daw)；年輕的男人的字首是「芒」(Maung)，較老的男人用「尤」(U)，意為「叔」；如:「媽鄧」(Ma Thein)，後來便改稱「刀鄧」(Daw Thein)，男人則是「茫巴」(Maung Ba)，後來是「尤巴」(U Ba)（注二十二）。

（四）中　名

在美國及加拿大，通常在名與姓中間插入一個名（文字上，只以它的第一個字母大寫加以表示。）這稱為「次名」(second name) 或者「中名」(middle name)。

在已婚的婦女來說，中名可能是她娘家的姓，位於自己的名與夫

注二十二　見注二十，一〇二頁。

家的姓中間，或者其他名家的名與夫家的姓中間（注二十三）。

在歐洲；這種「次名」並不普遍，而且常在受洗時得名（或者，最後在堅持禮中得名）。在歐洲大多數國家，領洗的「首名」最爲重要，「次名」（乃至第三名等等）都可以省略，例如：George D. Williams，可以略去D而爲 George Williams。

然而，在德國的習俗，領洗所得的名，放置在姓之前，這才是最重要的名，例如：Johann Sebastian Bach, Johann Wolfgang Von Goethe。如果要省略掉一個名的話，那就是删去 Johann。

英國人的習慣不同，但有時也採取德國人的方式，那就是把可以略去的「次名」排在前面，而成爲W. Sidney Allen（注二十四）。

在美國，對於中名的有無，也時常有仁智之見。在美國陸軍中如果一名士兵沒有「中名」，人事官就會給添上一個「N. M. I.」，意思就是「沒有中名首字母」(no middle initial)，如果原名爲 John Doe，到了陸軍花名簿中，就寫成爲：

Doe, John N. M. I.

反對中名的人，認爲姓名越少越好，前英國首相柴契爾夫人就已拋棄了娘家姓的 H. 從 Margaret H. Thatcher，成爲舉世大名鼎鼎的 Margaret Thatcher。

可是婦女界的「女強人」，她們卻在「中名」不用首字母，而全部拼出自己娘家的姓，例如卡洛琳希爾，用的姓名爲 Carolyn Gregg Hill，她的理由是：「由於對先生至愛至敬，我的成敗要完完全全由自己承當。」

注二十三 *What's in A Name, the World Book Encyclopedia,* Vol. 14, p. 5.

注二十四 《大英百科全書》。

很多人認爲，要中名的首字母作甚麼，尼克森要當總統時，還不是抛棄了中名 Milhous，而成爲Richard Nixon；雷根也甩掉了中名的 Wilson，以 Ronald Reagan 進入白宮。

新聞界記者認爲有中名，有利於簡稱總統，例如：

F. D. R. or FDR 羅斯福

H. S. T. or HST 杜魯門

J. F. K. or JFK 甘迺迪

L. B. J. or LBJ 詹森

可是一到卡特當總統，他以 Jimmy Carter 之名，把前幾任民主黨總統的老規矩都甩掉了（注二十五）。

（五）最喜歡的名字

由於西洋的名較姓爲少（注二十六），費城鄧普爾大學（Temple University）的布殊博士（Dr. Thomas V. Busse），詢問了美國國中、國小學生兩千二百十二人，要他們在四百個名字中，選出最喜歡的名字；得到了下列的統計：

女生	男生
1. Linda	1. David
2. Carol	2. John

注二十五 William L. Safire, *On Middle Name*, International Herald Tribune, June 14, 1982.

注二十六 《讀者文摘百科全書字典》，一二九六頁至一三一一頁，列舉男名七一八種女名六一九種，合計一千三百三十七種。

3. Barbara	3. Michael
4. Susan	4. Mark
5. Cindy	5. Robert
6. Diane	6. Paul
7. Nancy	7. Richard
8. Karen	8. Scott
9. Lynn	9. Peter
10. Anne	10. Stephen
11. Christine	11. Gary
12. Diana	12. James

四、外國文學家命名的方法

中外文學作品中的人物，他們的名字隨著作家永傳不朽。文學家爲他們筆下角色命名，並不是信手拈來便成妙諦。而是經過了一番縝密週詳的考慮而來。從羅密歐與朱麗葉到安娜卡列尼娜；自賈寶玉與林黛玉，到孔乙己與阿Q，人名便是作家心血所聚的一部分，甚至是極其重要的一部分。

我們可以從幾篇文字，探討外國文學作家筆下的人名如何形成，他們有許許多多的想法，竟與我國文學作家的構想不謀而合。

（一）名如其人

您要創造一些永難忘記的角色嗎？給他們以永難忘記的姓名——並不是不熟悉的姓名，而是適合您筆下角色個性的姓名。

1. 不要予不同的人物以類似的姓名，或者甚至以同一個字母開端的名字。如果維恩莎、維勒莉、與維阿娜是重要女性角色的名字，讀者就會給繞糊塗了。我們默默閱讀時，並不把名字唸出聲音來，起先看過他們姓名幾次後，便認識了他們，繼續看下去。如果一個讀者還得倒回去兩頁，琢磨是誰做了甚麼，那他就不會看完這篇小說或者這一本書了。

2. 名和姓的音節數可別相同。我們全部可以想得到，許多名人姓名音節都一樣呀——鮑勃霍普（Bob Hope）、梅伊蕙絲（Mae West）、強尼卡遜（Johnny Carson）……然而，這些名字都並不十分悅耳，音節不同的名字，能使您筆下的角色增添詩意的聲音——湯姆沙耶耳（Tom Sawyer）、大衛高柏非爾（David Copperfield）、郝思嘉（Scarlett O'Hara）、溫斯敦史密（Winston Smith）、亞狄柯斯方齊（Atticus Finch）。

3. 使名如其人（match the name to the character's traits）。倒並不是戲劇化，把一個壞蛋取名爲「錯幹先生」(Mr. Doowrong)，而是對一個堅強的人賦與一個堅強的姓名，軟弱的角色一個軟弱的姓氏，哪一個姓名比較堅強？白瑞德（Rhett Bulter）還是衛希禮（Ashley Wilkes)？聲音便可以暗示出一種角色感。

同樣的，也可別對一個愛情的主角英雄，給他一個像肯尼(Kenny)這種軟扒扒的名字，它就是沒有柯爾特（Colt）、泰勒（Taylor）或者本恩（Ben）的勁道。

姓名的涵義也應配得上角色，所以，您不會予一個沒有甚麼個性或者軟趴趴的角色取姓爲「石」(Stone)，這當然要應用在一個剛強、強壯的男性或者女性上。反過來說，您可別使一個堅強的人，取一個像「柳」(Willow) 的姓，因爲柳是一種稀疏、嬌弱、俯仰由風的植物。

4. 您筆下主角的姓名與父親相同，而做父親的也是故事中的要角，那就給他們兩人中的一個以外號。舉例來說，如果小華倫德特費 (Warren Delderfield, Jr.) 是兩個人中吃重的角色，便稱他爲華倫，爲他的爸爸取一個外號，或者稱以「中名」。

5. 要注意名字流行的變化，歷史小說中可能有維諾妮卡 (Veronica)、貝拉 (Beulah)、卡爾文 (Calvin) 或者奧利維 (Oliver)；而現代小說中多半會有瓊妮茀 (Jennifer)、愛娟 (Amy)、楚維思 (Travis) 或者約希 (Josh)。

6. 倘若您的角色來自外國，就得給他或她一個名字，至少能指示出是世界上大致的那一部分。然而，假使一個角色是法國人，倒不必一定要爲他們取名爲「皮爾」(Pierre)。您可以在「嬰兒命名手册」(name-your-baby book) 上找到一個源於該國的名字。

7. 美國的不同地區，時常使用方式迥異的名字。舉例來說，一個定在田納西州的故事，您可以定一個「貝蒂蘇」(Betty-Sue)、德娜凱 (Della Kay)、或者「喬鮑勃」(Joe Bob)、或者其他的雙名。但這種名字在美國東北部的緬因州便不合適了。

8. 對您筆下的小角色，並不需要命名——舉例來說，小說中只露一次臉的郵差，與其他角色又沒有關係，如果稱他爲「韋靈頓先生」(Mr. Wellington)，只會增加這個故事的混亂。讀者會想記住這個姓名，認爲如果一個命了名的重要角色，會在書中的後面出現。

會不會命名不佳的角色，會使您的稿件賣不出去？這就很難講了，一位作者接到他一份兒童雜誌，上面有他一篇故事，眞痛哭流涕：「他們把這個小男孩的名字改了，我取的名字是紀念一個朋友啊。」

顯然，刊物主編看上了這個故事，她根本只是使用編輯權作了更改，改了這個男孩的名字。爲甚麼？也許這個名字在以前兩期的一個故事中有人用過，或許只是這位主編不喜歡這個名字吧。

因此，名是甚麼？實際上說，關於名的事情很多，對命名要想上一想；先寫出角色的輪廓以前，也許選擇了好多名字，至少至少，你的角色會否決掉一些名字。

確確實實做到：名如其人。（注二十七）

（二）命名之道

*〈古舟子吟〉（The Ancient Mariner）如果取名爲 The Old Sailer，就不會這麼受到歡迎了。

——布特勒（Samuel Butler）

*我並不認爲命名非常重要，我在〈伊人翩然來〉（She Came to Stay）一篇中，選擇了莎薇爾（Xaviere）這個名字，因爲我遇見過的人，僅僅有一個人有那個名字；一到我找名字時，使用電話簿來尋，或者想想以前學生的名字。

——博瓦爾（Simone de Beauvoir）

注二十七　Veda Boyd Jones, *Names That Fit Your Characters*, The Writer's Handbook New 1992 Edition, p. 179.

＊如果我不知道名字，就沒法兒開始寫。這就是那時的問題，我心中有了個計畫，有事情，一部長篇小說，我該有五六個名字在手，可是卻還沒有。當然我也可以助自己一臂之力——而且也不賴——管他們全叫施密茲，只爲了動手開始寫。可是我不能把名字想得太多，要把一個成爲問題的人，取一個很好或者很有性格的名字，那可是一種很彆扭的錯誤。因爲我沒法兒找出名字來，很多靈感都糟蹋掉了。有時候，我就在打字機上隨便按按，就像人隨便按按鋼琴似的，好吧，我這麼想想，按下去頭一個字母是D，再接一個E，再按一個N，等等，這麼一來，便命他的名爲 Denger 或者這一類的名字了。

——鮑爾（Heinrich Boll，一九七二年諾貝爾文學獎得主）

＊我有兩種方式，一種便是在我的祖父、曾祖父等等中找，使他們有一種方法，便是使他們有一種——這個，我不是說不朽，但這是方法之一。另一種方法，便是使用那種說不上爲甚麼打動了我的名字。例如，在我的一篇小說中，其中一個角色來來去去都稱爲「亞莫林斯基」(Yarmolinsky)，因爲這個名字打動了我——一個奇特的字兒，不是嗎？還有一個角色稱爲「紅沙爾勞」(Red Scharlach)，因爲「沙爾勞」就是德文的「紅」(scarlet)，他是個謀殺犯，雙重紅，不是嗎？Red Scharlach: Red Scarlet

——博爾赫斯（Jorge Luis Borges）

＊有時候我用眞實生活中的人物，有時用他們的眞名——我這麼做，一向爲了讚揚我所喜歡的人。像在《十月之光》(*October Light*)中，有一兩次，我借用別人小說中的人物。當你創造一個角色出來，當然，名字只是一個問題。在我看來，每一個角色——每一個人——不論他意識到沒有，是一種非常複雜，以哲學的方式望着這個世界的化身。名字是角色體系中強烈的暗示，名字也是魔術。如果你把一個

小孩命名爲約翰（John），比起你命名他爲魯道夫（Rudolph），成長大了會大不相同。

我在每一部長篇小說中，都用眞正的角色；只除開在《柵門》（*Grendel*）這部小說中卻不可能——當時他們並沒有我們這種名字方式——但卽令在《柵門》中，我也以笑話和雙關語，使讀者有線索可尋，知道我講的是何許人。舉例來說，有一個傢伙名叫「紅馬」（Red Horse），實際上這是指一匹棗騮馬（Sorrel）而眞正指的是喬治索雷爾（George Sorel）。

——約翰加德納（John Gardner）（注二十八）

五、姓名翻譯的準則

（一）來華高僧、教士的譯名

翻譯工作中，姓名的迻譯有一個極爲重要的原則，便是「名從主人」。在眞實的歷史人物或者新聞人物迻譯時尤其要留意：他是否有自定的漢字姓名；如果沒有，他的習慣譯名是什麼？如果兩者都非是，這才能由我們爲他創譯一個漢字譯名。

在我國宗教史上，入華傳教的高僧與教士，他們入境從俗，多半取得有一個漢字姓名，有些與原來的姓名發音還近似，但有些則完全與原姓名無關。遇到這些人名，便務必在平時多多留意蒐集，迻譯時多覔資料，才能譯得不出錯。

試舉佛教與天主教這些高僧與教士的譯名爲例：

注二十八 *The Writer's Chapbook*, pp. 170-172, Viking, New York, 1989.

佛教來華高僧譯名:

Buddhabhadra 佛馱跋陀羅（覺賢）

Buddhayasas 佛陀耶舍（覺明）

Dharmakala 曇摩迦羅（法時）

Dharmapriva 曇摩卑（法善）

Dharmarakas 曇摩羅刹（法護）

Dharmaraksa 竺法蘭

Dharmaranya 竺曇無蘭（法正）

Dharmaruci 曇摩流支（法樂）

Dharmasatya 曇諦（法實）

Gitamitra 祇多蜜（謌友）

Gunabhadra 求那跋陀羅（功德賢）

Gunavarman 求那跋摩（功德鎧）

Kalaruci 彊梁婁至（眞喜）

Kalayasas 彊良耶舍（時稱）

Kasyapa Matanga 伽葉摩騰 漢永平十年 首譯《四十二章經》

Kumarajiva 鳩摩羅什（童壽）

Lakaksin 支婁迦讖

Mahahala 竺大力

Parthamasiris 安清

Samghadeva 僧伽提婆（衆天）

Samgharaksa 僧伽羅義（衆護）

Srimitra 帛梨蜜多羅（吉友）

Vimalaksas 卑摩羅義（無垢昭）（注二十九）

天主教早期來華教士譯名:

Amiot, M. Joseph 錢德明

Borgniet, Andre 年文思

Castiglione, Giuseppe 郎世寧

Cattaneo, Lazzaro 郭居靜

Faber, Etienne 方德望

Gerbillon, Franceco 張誠

Johann Adam Schall Von Bell 湯若望

Laimbeckhoven Bisshop 南懷仁主教（與南懷仁神父非同一人）

Longobardi, Nicolo 龍華民

Martini, Martin 衛匡國

Pereira, Thomas 徐日昇

Pires, Antonio 畢安多

Poirot, Louis 賀清泰

Rho, Giacomo 羅雅谷

Rieci, Matteo 利馬竇

Ruggieri, Michela 羅明堅

Schreck, Johann 鄧玉函

Valignano, Alessandro 范禮安（最先進入中國的天主教傳教士）

Verbiest 南懷仁

注二十九 《中國大藏經翻譯刻印史》（六十五年）。

Viegas, Mannuel de 衛馬諾（注三十）

從這兩份譯名比較上，看得出佛教東來，力求顯示獨標一格，而與中國「有隔」，凡譯姓名都採用偏僻艱澀的漢字，一眼便知道這是來自異域的高僧；而天主教來華傳教，則立意在中國落地生根，教士譯名力求漢化而求「無隔」。這兩種人名的譯法，對後世都有很大的影響力。

（二）天主教與基督教的譯名

天主教與基督教（或稱新教）所使用的《聖經》，英文版並無二致，但譯爲漢字，由於彼此不相往來，所以《聖經》的漢字譯本，兩種的文體、語氣各不相同，尤其人、地名各自迥異；可以說，兩種聖經中相同的只有一個譯名，那就是「耶穌」。

自耶穌以下，他的「門下士」(apostles)，天主教譯「宗徒」，基督教則譯「使徒」，十二個人的譯名，各不相同，例如：基督教的〈馬太福音〉，天主教則爲〈瑪竇福音〉。

	基督教譯名	天主教譯名
12 Apostles	十二使徒	十二宗徒
Simon	西門	西滿
Peter	彼得	伯多祿
Andrew	安德烈	安德肋

注三十　羅光，《天主教在華傳教史》（徵祥出版社，臺南，一九六七年）。

James (Jacob)	雅各	雅各伯
John	約翰	若望
Philip	腓力	斐理伯
Bartholomew	巴多羅買	巴而多祿茂
Matthew	馬太	瑪竇
Thomas	多馬	多默
Alphaes	亞勒腓	亞而斐
Thaddaeus	達太	達陡
Judas	猶大	茹達斯

依照這些譯名，可知羅馬梵蒂岡的 St. Peter's Church in Vatican City，只能譯「聖伯多祿大教堂」，而不可譯爲新教的譯名「聖彼得大教堂」。

同理，天主教的教宗 John Paul II，也只能譯爲天主教的譯名「若望保祿二世」，不可譯爲「約翰保羅二世」。美國紐約市第五街的 St. Patrick's Cathedral，宜譯這位愛爾蘭主保（而非守護聖徒）名爲「聖博第大教堂」，不宜譯「聖派屈克大教堂」。

大凡有 Saint 在前的譯名，便宜於採用天主教的譯法。

由於宗教的影響力，我們從事翻譯工作，必須愼微戒忽，遇到這種譯名，必須秉承「名從主人」的大原則，勤覓資料，小心譯出。

（三）譯名的簡略

西人名姓很長，對從事翻譯工作的人是一種考驗，應不應該完完全全譯出?

我認為宜於「反求諸己」，在中國文化中，便多的是長名，例如:

1. 端明殿學士兼翰林侍讀學士朝散大夫右諫議大夫充集賢殿修撰提舉西京嵩山崇福宮上柱國河內郡開國侯食邑二千八百戶食實封六百戶賜紫金魚袋臣司馬光。

2. 武勝定國軍節度使開府儀同三司湖北京西路宣撫史兼營田大使武昌郡開國公食邑四千戶實封一千七百戶臣岳飛。

3. 太祖啟運立極英武睿文神德聖功至明大孝皇帝。

4. 聖祖合天弘運文武睿哲恭儉寬裕孝敬誠信中和功德大成仁皇帝。

5. 高宗法天隆運正誠先覺體元立極敷文奮武孝慈神聖純皇帝。

6. 孝欽慈禧端佑康頤昭豫莊誠壽恭欽獻崇熙配天興威顯皇后。

7. 忠誼武靈佑仁勇武威顯護國保民精誠綏靖翊贊宣德關聖大帝。

以上這七項全名，有的是職稱，有的是謚名，但都是中國人所尊崇的帝后文武，然而，不論是創作提及或者翻譯為外文，一律都會簡化為司馬光、岳飛、宋太祖、康熙、乾隆、慈禧、和關公，不會全名照抄。

以杜甫來說，後人尊為「詩聖」、「詩史」，或稱字為「子美」，或稱他曾任的職位「功曹」（京兆府功曹）、「工部」（工部員外郎）、「拾遺」（左拾遺）、「參軍」（華州司功參軍、京兆府兵曹參軍），與杜牧並稱則爲「老杜」，自號又爲「杜陵布衣」，又稱「少陵」，有這許許多多別名與殊稱，但是我們把杜詩譯爲外文，對這些名號一律刪簡，而只譯「杜甫」。

由此可見，中外人名或雜或長，但對簡略的要求卻一致，因此「譯名從簡」，宜於作爲一個應加遵循的原則。

六十九年的《中國時報週刊》一一九期上，刊得有西班牙大畫家畢卡索的「全名」。（第二圖）

因爲這一則簡訊中，並沒有刊出原文，未能使人完全相信畢卡索的全名果眞如此。畢卡索從母姓，母親 Maria Picasso，和父親 Jose Ruiz Blansco 的名字，都在這則長名中出現，也似乎不是西班牙人命名的常態，在十三種有關畢卡索的傳記與畫集中（注三十一），卻都不約而同，只稱他爲 Pablo Picasso 或者 Picasso，具見中西方對人名姓的簡化都具有共識。

所以電影明星 Rodolpho Alfonzo Raffaelo Pierre Filibert

注三十一
1. A. H. Barr, Picasso, *Fifty Years of His Art.* (1946)
2. W. Boeck & J. Sabartes, *Picasso.* (1955)
3. M. Raynal, *Picasso.* (1953)
4. P. Dfour, *Picasso.* (1969)
5. R. Penrose, *Portrait of Picasso.* (1971)
6. A. Vallentin, *Pablo Picasso.* (1957)
7. C. Zervos, *Pablo Picasso.* (1971)
8. B. Geiser, *Picasso.* (1968)
9. G. Bloch, *Pablo Picasso.* (1968)
10. D. H. Rabnweiler, *Les Sculptures de Picasso.* (1948)
11. D. Coper, *Picasso Theatre.* (1968)
12. M. Jardot, *Pablo Picasso.* (1959)
13. J. Leymarie, *Hommage a Pablo Picasso.* (1966)

第二圖　畢卡索全名

名畫家畢卡索的全名是：派柏羅・狄雅戈・
荷西・佛朗西斯可・迪・波拉・瑱・
尼帕穆西若・馬利亞・狄・洛斯・
雷米狄亞士・希彼里安諾・迪・拉・
桑蒂西瑪・崔理達德・魯茲・畢卡索。

Guglielmi di Valentina D'Antonguolla，東西雙方都只稱他爲范倫鐵諾 (Valentino)。

創辦童子軍的 Robert Stephenson Smyth Baden-Powell，我們只譯爲「貝登堡」。

美國的大發明家 Thomas Alva Edison，也只譯爲「愛迪生」。

（四）定於一

漢字由於標義，同音字多並不足爲病，像「施氏嗜食獅」這一句，一眼便明白它的意義何在，但若改以拼音標出來，那就恁誰都是丈二金剛，使人摸不著腦袋了。

將西方的人名譯爲漢字，由於同音字多，各地或者各個團體自成譯法，往往同一個人名而有不同的漢譯出現，像:

牛頓——奈端

格林——格黎牧

吉本——吉朋

漢明威——海明威

米蓋朗基羅——邁可安節樂

季辛吉——基辛格

尼克森——尼克松

柴契爾——佘契爾——戴卓爾

布希——布殊

有志之士對這種「一國三公」的譯法，都惄然引以爲憂，而有「統一譯名」之議。建議最基本的辦法，便是把西方的姓，統一譯爲漢字，譯人人手一册，照本宣科，按圖索驥，以收統一之效。

這種方法海峽兩岸也都嘗試過（注三十二），只能說是跨出了第一步，但並不十分成功。原因便由於第三章第一節所說，西洋姓氏繁多，僅以美國一國而論，就有一百二十八萬六千五百五十六個不同的姓，要完完全全譯成漢名，工作艱鉅，也沒有這個必要。其次，西方也有大姓，在這些大姓中名人輩出，如果強爲統一，反而把中國人繞糊塗了，不如利用漢字的同音字多，分別譯成貌似不同的人名以資區別。例如 Johnson 是一個大姓，人才輩出，爲了「從簡」，我們都不譯他們的名，而只譯姓:

美國第十七屆總統約翰遜（Andrew Johnson）

美國第三十六屆總統詹森（Lyndon B. Johnson）

英國十八世紀文豪約翰生（Samuel Johnson）

一九六〇年奧運十項運動冠軍強生（Rafer Johnson）

因此，我們翻譯西人姓名準則的「定於一尊」，並不是企圖把這一個「姓」統一化，而只求把所要迻譯的這一個人——名人，使他的名姓譯法一致，舉例來說，俄國寫《戰爭與和平》的大文豪「托爾斯泰」，爲了不譯他的名字以「從簡」，而又要與同姓的名人有所區別，我們似可把:

十八世紀初的政治家 Pyotr Andreuevich Tolstoy 譯為托爾司太伯爵

詩人 Aleksey Konstantinovich Tolstoy 譯為托爾思泰伯爵

內政部長 Dmitry Andreyevich Tolstoy 譯為拓爾斯太伯爵

注三十二 (1)《標準譯名錄》，中央通訊社編，上册「姓氏」編，六九五頁，收姓三萬四千七百一十一個；下册「名字」編，收名字八千八百二十一個。

(2)《世界姓名譯名手册》，化學工業出版社（北京，一九八七年），九八六頁，收姓氏約十三萬六千個。

小說家 Aleksey Nikolayevich Tolstoy 譯為脫爾思泰

這種嘗試，可以使五位 Tolstoy 各自擁有獨特的漢字譯名而不相互干擾，也不必把我們尊敬的托翁，譯成「列夫尼可勒伊維奇托爾斯泰」這麼長長的名姓了。

六、姓名翻譯的排列

為「從簡」計，將西洋名姓譯為中文，只譯姓為宜；這在新聞媒體上行之有年，不會有名與姓孰先孰後的問題發生。但若遇到父子與兄弟同時出現，為求區別，不能不加譯名字，尤其在文學作品中，名字為便於書中的稱謂而不能少，因此名與姓如何安排，尤其是有多數姓名在一起時如何排列，便有了各種排列的方式可供抉擇。

(一) 西化排列

西化的姓名排列，在名與姓間分開一個字母寬；而在人與人間加上一個句點，或者分開兩個字母的寬度，如下面四張圖片為例：

翻譯成漢字，也可以依樣畫葫蘆：

如第一式：（以圓點分開各人姓名）

克麗斯塔　麥克里夫

瑞斯尼克・弗朗可　史可比・麥可　史密士

如第二式：（以較大的間隔分開各人姓名）

貝爾　羅塞隆　布朗　尼古拉斯　德邦柯

安勒　厄爾京　理察　福特　格爾　顧德溫

如第三式：（以分號分隔各人姓名）

印第安納州州長奧蒂斯 R. 波溫；喬治亞州州長喬治布希比；

新澤西州州長布倫登　T. 拜恩；紐約州州長休士　L. 卡瑞；肯塔基州州長裘理安卡洛爾；阿肯色州州長比爾　柯林頓；愛遠荷州州長約翰　V. 伊凡斯。

如第四式：（以斜線區分各人姓名）

狄克　弗朗西斯／史蒂芬　金／薛尼　謝登／羅斯孟德　比爾契／伊麗莎白　彼得斯／露絲　隆德爾／瑞克　狄馬林尼斯／湯尼　希勒曼／路易　洛瑞。

第三圖　西洋姓名區分方式之一

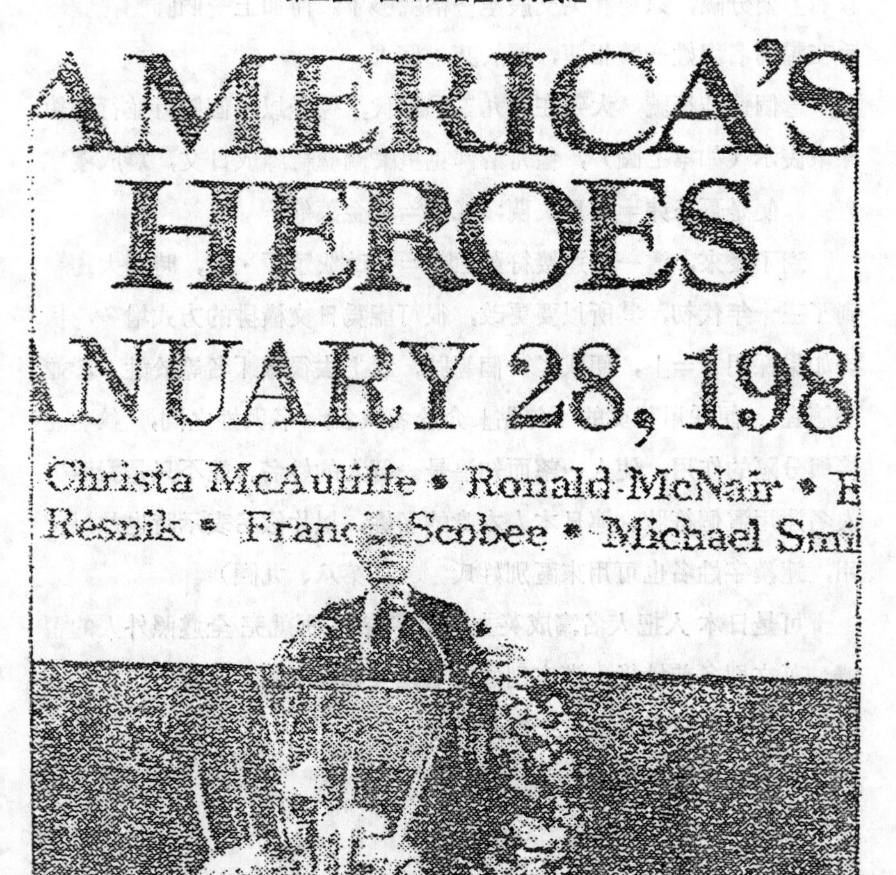

（二）和化排列

採用日文方式來區分名姓，這是國內比較流行的一種方式。

日文對外國人名的迻譯，自有其獨到的方法而不產生混淆，那便是以〔片假名〕拚出外國人名姓，名在前，姓在後，而在名姓之間，以一個圓點符號，把它們連接在一起。

這一個符號的功能其所以稱它「連接」不是「分隔」，因爲「片假名」要分隔，只要和英文般空一格就够了。而加上一個圓點符號，旨在說明名與姓一體相連，屬於某一個人。

這個連結符號，大致在一九二〇年代，還是以一個雙行並行的短線來表示（如第七圖），像哥洛佛克里夫蘭總統譯成日文，寫成漢字方式，便是哥洛弗＝克里夫蘭；威廉＝麥金萊等。

到了後來，這一個連接符號由「＝」改成了「・」，時間大約在到了三十年代初，其所以要更改，很可能爲日文橫排的方式增多，橫排如果採用「＝」，便成了一個等號，看上去很像「名等於姓」，並不適宜，便採用英文的「句點」介於名與名，名與姓之間，兼有連接與分隔的作用，使人一望而知這是一個人的姓名。並不只是對西方人名運用這個符號，連日本人本身的名姓，以片假名表示時也加以使用，連漢字姓名也可用來區別姓氏。（如第八、九圖）

可是日本人把人名寫成英文或漢字時，那就完全遵照外人的習慣，英文則名前姓後，漢字則姓前名後（如第十圖），像：

Kumi Mishima　三島由紀夫

Arika Kurosawa　黑澤明

Shintaro Ishihara　石原愼太郎

第四圖　西洋姓名區分方式之二

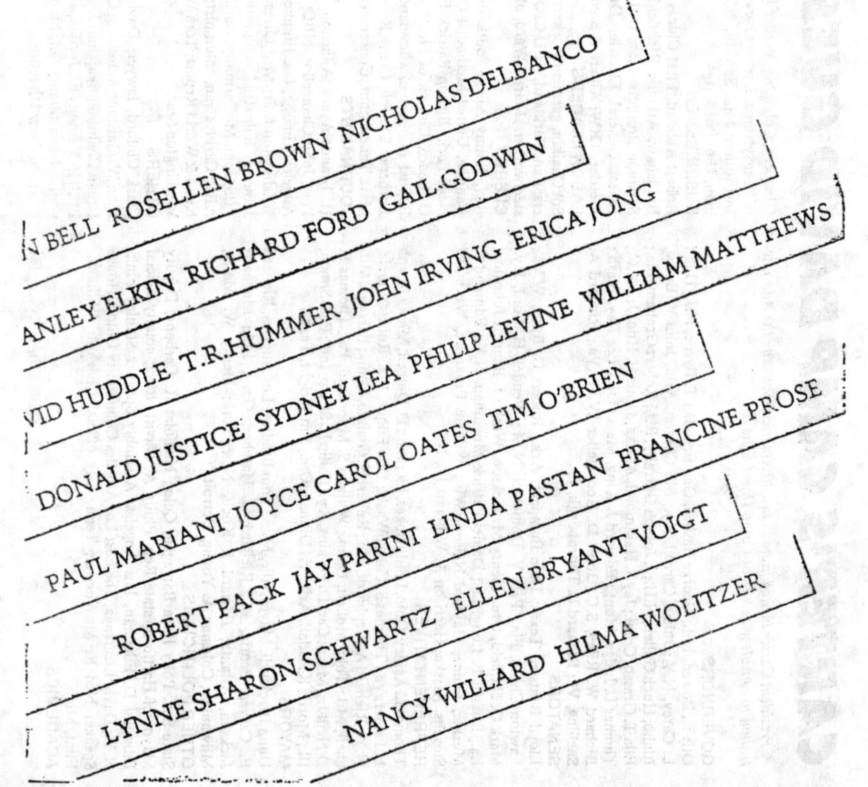

Writers On Writing
EDITED BY
Robert Pack
Jay Parini
N BELL ROSELLEN BROWN NICHOLAS DELBANCO
ANLEY ELKIN RICHARD FORD GAIL GODWIN
VID HUDDLE T.R.HUMMER JOHN IRVING ERICA JONG
DONALD JUSTICE SYDNEY LEA PHILIP LEVINE WILLIAM MATTHEWS
PAUL MARIANI JOYCE CAROL OATES TIM O'BRIEN
ROBERT PACK JAY PARINI LINDA PASTAN FRANCINE PROSE
LYNNE SHARON SCHWARTZ ELLEN BRYANT VOIGT
NANCY WILLARD HILMA WOLITZER

第五圖　西洋姓名區分方式之三

CARTER'S CAMP DAVID GUEST LIST

President Carter invited more than 130 Americans outside the Administration to consult with him at Camp David. The list:

GOVERNORS
Otis R. Bowen, Ind.; George Busbee, Ga.; Brendan T. Byrne, N.J.; Hugh L. Carey, N.Y.; Julian Carroll, Ky.; Bill Clinton, Ark.; John V. Evans, Idaho; Hugh Gallen, N.H.; J. Joseph Garrahy, R.I.; Robert Graham, Fla.; Ella T. Grasso, Conn.; Jay S. Hammond, Alaska; James B. Hunt Jr., N.C.; Thomas L. Judge, Mont.; Edward J. King, Mass.; Dixy Lee Ray, Wash.; Richard W. Riley, S.C.; John D. Rockefeller IV, W.Va.; Richard A. Snelling, Vt.; Richard L. Thornburgh, Pa.

SENATORS
Lloyd Bentsen, Texas; Dale Bumpers, Ark.; Robert C. Byrd, W.Va.; Lawton Chiles, Fla.; Pete V. Domenici, N.M.; Wendell H. Ford, Ky.; Mark O. Hatfield, Ore.; Henry M. Jackson, Wash.; J. Bennett Johnston, La.; Russell B. Long, La.; Daniel Patrick Moynihan, N.Y.; Edmund S. Muskie, Maine; Gaylord Nelson, Wis.; William Proxmire, Wis.; Ted Stevens, Alaska; Harrison A. Williams Jr., N.J.

REPRESENTATIVES
Thomas L. Ashley, Ohio; Lindy Boggs, La.; John D. Dingell, Mich.; Joseph L. Fisher, Va.; Thomas S. Foley, Wash.; Don Fuqua, Fla.; Robert Garcia, N.Y.; Richard A. Gephardt, Mo.; Robert N. Giaimo, Conn.; Parren J. Mitchell, Md.; Toby Moffett, Conn.; William S. Moorhead, Pa.; Thomas P. O'Neill Jr., Mass.; Carl D. Perkins, Ky.; Philip R. Sharp, Ind.; Paul Simon, Ill.; Morris K. Udall, Ariz.; Al Ullman, Ore.; Jim Wright, Texas.

MAYORS
Unita Blackwell, Mayersville, Miss.; Tom Bradley, Los Angeles; Richard E. Carver, Peoria, Ill.; Richard G. Hatcher, Gary, Ind.; Maynard Jackson, Atlanta; Edward I. Koch, New York; Henry W. Maier, Milwaukee; Coleman A. Young, Detroit.

OTHER POLITICIANS
State Sen. Polly Baca Barragan, Colo.; Nicholas R. Carbone, Deputy Mayor of Hartford; state Rep. Philip A. Davitt, Iowa; county official Edmund D. Edelman, Los Angeles; Assembly Speaker Stanley Fink, N.Y.; David Lizarraga, The East Los Angeles Community Union, House Speaker Ned R. McWherter, Tenn.; city official Charlotte Williams, Flint, Mich.

ACADEMICS
Galbraith, Harvard; Eli Ginzberg, Columbia; Walter Heller, U of Minnesota; Lawrence Klein, U of Pennsylvania; Barbara Newell, Wellesley; Arthur M. Okun, Brookings Institution; John Sawhill, NYU; Jerome Weisner, MIT; Marina Whitman, U of Pittsburgh.

BUSINESSMEN
Robert Abboud, First Chicago Corp.; James Akins, oil consultant; T.F. Bradshaw, Atlantic Richfield; John H. Filer, Aetna; John Gutfreund, Salomon Brothers; Jesse Hill Jr., Atlanta Life Insurance Co.; Reginald Jones, General Electric; David Mahoney, Norton Simon; Reuben Mettler, TRW; Albert T. Sommers, Conference Board.

LABOR LEADERS
Sol Chaikin, garment workers; Douglas Fraser, UAW; Paul Hall, seafarers; Lane Kirkland, AFL-CIO; John Lyons, ironworkers; Lloyd McBride, steelworkers; Martin Ward, plumbers; Jerry Wurf, government workers.

CLERGY
Rev. Jimmy Allen, Southern Baptist Convention; Bishop William R. Cannon, United Methodist Church, Georgia; Cardinal Terence Cooke, New York; Bishop Patrick Flores, Texas; Archbishop Iakovos, Greek Orthodox Church of North and South America; Rev. Otis Moss Jr., Baptist minister of Cleveland, Ohio; Dr. David W. Preus, American Lutheran Church; Claire Randall, National Council of Churches; Rabbi Marc Tanenbaum, Conservative Jewish Congregations.

JOURNALISTS
H. Brandt Ayers, Anniston, Ala., Star; David S. Broder, Washington Post; John Chancellor, NBC; Walter Cronkite, CBS; Anthony Day, Los Angeles Times; Max Frankel, New York Times; Jack W. Germond, Washington Star; Meg Greenfield, Washington Post and NEWSWEEK; James J. Kilpatrick, columnist; Joseph Kraft, columnist; Jim Lehrer, PBS; John McCormally, Burlington, Iowa, Hawk-Eye; Frank Reynolds, ABC; Carl Rowan, columnist; Hugh Sidey, Time; Marvin L. Stone, U.S. News & World Report; Tom Wicker, New York Times; Edwin M. Yoder, Washington Star.

OTHERS
Clark Clifford, lawyer; David Freeman, Tennessee Valley Authority; John W. Gardner, founder of Common Cause; Carl M. Holman, National Urban Coalition; Benjamin L. Hooks, NAACP; Jesse Jackson, Operation PUSH; Vernon E. Jordan, National Urban League; Robert Keefe, political consultant; Sol. Linowitz, Federal City Council; Russell W. Peterson, New Directions.

第六圖 西洋姓名區分方式之四

100 chapters by . . .
DICK FRANCIS / STEPHEN KING / SIDNEY SHELDON / ROSAMUNDE PILCHER
ELIZABETH PETERS / RUTH RENDELL / RICK DEMARINIS / TONY HILLERMAN
LOIS LOWRY / BARBARA TAYLOR BRADFORD / MADELEINE L'ENGLE / JOHN JAKES
EVAN HUNTER / MARY HIGGINS CLARK / PHYLLIS A. WHITNEY / PIERS ANTHONY
JEFFREY SWEET / ANITA DIAMANT / PETER LOVESEY / MARION DANE BAUER
X. J. KENNEDY / JOAN AIKEN / RICHARD MARTIN STERN / ROSALIND LAKER
MARCIA MULLER / MARY TANNEN / EVE BUNTING / DAVID KIRBY / EVE MERRIAM
KATHERINE PATERSON / SAMM SINCLAIR BAKER / JAMES CROSS GIBLIN
POUL ANDERSON / GEORGE C. CHESBRO / SUSAN ISAACS / SVEN BIRKERTS
WILLIAM G. TAPPLY / MARSHA NORMAN / JOAN LOWERY NIXON / RANDALL SILVIS
SUE GRAFTON / WILLIAM STAFFORD / PATRICIA BOSWORTH / JACK PRELUTSKY
. . . and 56 other famous writers
Edited by Sylvia K. Burack

第七圖　日本對外國人姓與名區分用雙線界於名姓之間

克里夫蘭 Grover Cleveland グロヴァー＝クリーヴランド（重選）一八九三～一八九七

麥金萊 William McKinley ウイリヤム＝マッキンリー 一八九七～一九〇一

William McKinley ウイリヤム＝マッキンリー（重選）一九〇一殺

老羅斯福 Theodore Roosevelt テオドール＝ルーズベルト 一九〇一～一九〇五

Theodore Roosevelt テオドール＝ルーズベルト（重選）一九〇五～一九〇九

塔虎特 William Howard Taft ウイリヤム＝エッチ＝タフト 一九〇九～一九一三

威爾遜 Woodrew Wilson ウードロー＝ウイルソン 一九一三～一九一七

Woodrew Wilson ウードロー＝ウイルソン（重選）一九一七～一九二一

哈定 Warren Harding ワーレン＝ハーヂング 一九二一～一九二三

柯立奇 Calcin Coolidge カルヴィン＝クーリッヂ 一九二三～一九二五

Calcin Coolidge カルヴィン＝クーリッヂ（重選）一九二五～一九二九

胡佛 Hebert Clark Hoover ハーバート＝フーヴァー 一九二九～一九三三

羅斯福 Franklin Roosevelt フランクリン＝ルーズヴェルト 一九三三～一九三七

Franklin Roosevelt フランクリン＝ルーズヴェルト（重選）一九三七～

第八圖　日本對外國人姓與名區分用點界於名姓之間

和平と爭戰

『Eh bien, mon prince（ねえ、如何でございます。公爵）ジェノアもルッカも（兩者共イタリヤの地名）ボナパルト家の領地同樣になつて了ひましたよ。宜しうございますか、わたくし前もつてお斷り申して置きますが、もしあなたが今べつに戰爭といふやうなものはないと仰しやつたり、またはあの反基督（アンチクリスト）の（えゝ全くでございますわ、わたくしさう信じて居りますの）色んな忌はしい恐ろしい所業を辯護したりなさると――わたくしもうあなたと絶交いたします。あなたはもうご自分で仰しやるやうに、わたくしの親友でもなければ、忠實なる奴隷（ニールヌイ・ラーブ）でもありません。でも、まあよくいらつしやいました、よくいらつしやいました。わたしはどうやらあなたを吃驚おさせ申したやうでございますね。さ、坐つてお話し下さいませ。』

千八百五年六月、皇太后マリヤ・フョードロヴナのお傍ちかくに仕へて、世に知れ渡つた女官アンナ・パーヴロヴナ・シェーレルは、自分の夜會へ第一番に乘り付けた時の顯官ワシーリイ公爵を出迎へながら、流暢な佛蘭西語でから言つた。アンナはもうこの四五日咳ばかりしてゐた。彼女は所謂インフルエンザに罹つてゐたのである（インフルエンザといふのは當時の新しい言葉で、少數の人にしか用ひられてゐなかつた）。今朝、金モールの侍僕が配つて歩いた手紙には、悉く一樣に佛文で次のやうな事が書いてあつた。

『伯爵（或ひは公爵）、もし御許樣にさしたるよきお遊び所もこれなく、またその上貧しき病女』

第九圖　日本人姓與名區分用點

イシザハ・ユタカ	石澤・豐	八二
イシタ・カヲル	石田・馨	七九
イシハシ・タンザン	石橋・湛山	八二
イシハラ・クワンジ	石原・莞爾	八一
イシハラ・ヒロイチラウ	石原・廣一郎	八一
イシワタリ・サウタラウ	石渡・莊太郎	八一
イシヰ・カウ	石井・康	七九
イシヰ・キクジラウ	石井・菊次郎	七九
イソガイ・レンスケ	磯谷・廉介	二三〇
イタガキ・セイシラウ	板垣・征四郎	一四五
イチカハ・ヒコタラウ	市河・彥太郎	五九
イチテウ・サネタカ	一條・實孝	一
イツキ・キトクラウ	一木・喜德郎	一
イチノミヤ・フサヂラウ	一宮・房治郎	一
イトウ・ケンザウ	伊藤・賢三	八四
イトウ・ノブブミ	伊藤・述史	八四
イトウ・ヒデザウ	伊藤・秀三	八四
イトウ・ブンキチ	伊藤・文吉	八四
イトウ・マサキ	伊東・政喜	八三
イトウ・マサノリ	伊藤・正德	八四

イトウ・ヨサブラウ	伊藤・與三郎	補一三
イナカキ・ユキヲ	稲垣・征夫	二二六
イナダ・マサウエ	稲田・昌植	二二五
イスカヒ・ケン	犬養・健	補九
イハゴエ・ツネイチ	岩越・恆一	一二九
イハサキ・タミヲ	岩崎・民男	補一七
イハクラ・ミチトモ	岩倉・道倶	補一七
イハタ・アイノスケ	岩田・愛之助	一二八
イハタ・トミヲ	岩田・富美夫	一二八
イハハセ・タケヲ	岩畔・豪雄	一二九
イハムラ・セイイチ	岩村・清一	一二八
イハムラ・セイイン	岩村・成允	一二八
イハムラ・ミチヨ	岩村・通世	一二九
イハムラ・ヨシヲ	岩村・義雄	一二九
イハヰ・ヂユウタラウ	岩井・重太郎	一二八
イヒジマ・ハタジ	飯島・幡司	二一三
イヒダ・サタカタ	飯田・貞固	二一二
イヒダ・シヤウジラウ	飯田・祥二郎	補二五
イヒダ・セイザウ	飯田・清三	二一三
イヒヌマ・マモル	飯沼・守	二一三

第十圖　日本人姓與名區分不用點

Aoyagi, Atsutsune	青柳篤恆		158
Arai, Seiichiro	荒井誠一郎		186
Arai, Shizuo	荒井靜雄	補	22
Arakawa, Shoji	荒川昌二		186
Araki, Sadao	荒木貞夫		186
Arichi, Jugoro	有地十五郎		100
Ariga, Takeo	有賀武夫	補	15
Arima, Chotaro	有馬長太郎		100
Arima, Hiroshi	有馬寬		100
Arima, Yoriyasu	有馬賴甯		100
Arimi, Seiichi	新見政一		216
Arisue, Seizo	有末精三		99
Arita, Hachiro	有田八郎		99
Asahara, Kenzo	淺原健三		195
Asahina, Sakutaro	朝比奈策太郎		207
Asakai, Koichiro	朝海浩一郎		207
Asano, Ryozo	淺野良三		195
Asano, Soichiro	淺野總一郎	補	23
Asanuma, Inejiro	淺沼稻次郎		194
Ashida, Hitoshi	蘆田均		243
Ashino, Hiroshi	蘆野弘		243
Ataka, Yakichi	安宅彌吉		88

第十一圖　以私名號表示人名與地名

使徒行傳21

帕大喇。2在帕大喇遇着一條要開往腓尼基去的船，我們就上船啟碇。3航行到望見塞浦路斯，船就繞過南邊，朝着敍利亞走。我們在推羅上岸，因爲船要在這裏卸貨。4我們在這裏找到了一些信徒，就跟他們一起住了七天。他們得到聖靈的指示，勸保羅不要上耶路撒冷去。5可是，我們預定起程的時間到了，就繼續我們的旅程。信徒們和他們的妻子兒女都送我們到城外。大家都在沙灘上跪下來祈禱，6然後彼此道別。我們上船，他們回家去了。

7我們繼續航行，從推羅到了多利買，向當地的弟兄們問安，跟他們住了一天。8隔天我們離開那裏，到了該撒利亞，就到傳道人腓利的家去，跟他住在一起。他是在耶路撒冷被選出的那七位之一。9他有四個沒有結婚的女兒，都有傳講上帝信息的恩賜。10我們在那裏住了幾天，有一個先知名叫亞迦布，從猶太省來。11他來看我們，拿起保羅的腰帶，把自己的手脚綁了起來，說：「聖靈這麼說：這腰帶的主人會在耶路撒冷受猶太人這樣的捆綁，然後被交給外邦人。」

大家都在沙灘上跪下來祈禱

（三）漢化排列

漢字由於一字一音一義，是一個獨立的個體，卽使聯結在一起，也不會如英文或者日文的片假名般拼錯而需要加以分隔，是以漢字文書中，不但是漢族的名與姓連在一起，卽連記載他族的名姓也從不需要加以分開。

及至標點符號在民國十八年十一月二十九日起正式推行，爲漢文字注入了新的活力，當時便有了「私名號」（專名號），用一條線標在文字的左邊，以表明這是人名、地名、時代、國家、種族、山川、湖泊、海洋、相關組織、公司行號、學校、特殊工程建築、道路、路線之類的專用名稱。（注三十三）可參見第十一圖。

（四）各種排列的比較

將西洋人的姓名譯爲漢字，在排列上旣然有西化、和化、與漢化三種方式，我們可以用實際的例子作一比較，試以下列的一系列人名，譯成漢字，分別以三種排列方式作直排與橫排，我們便可以發覺它們的優缺點何在:

1. 西化排列

優點：忠實於原文，名姓隔開，不致混淆。

缺點：過於散漫。

2. 和化排列

優點：忠實於原文，名姓區分清楚。

缺點：點號頻仍，使人眼花撩亂，人與人之間分不清楚。

注三十三　《國語日報辭典》，標點符號用法簡表(臺北，國語日報社)，一〇一八頁。

3. 漢化排列

優點:（1）第一種　忠實於原文，人與人間劃分清楚，一目了然。

（2）第二種　除去中名，較為簡短，一目了然。

（3）第三種　僅譯姓，刪去名，簡明清晰。

缺點:（1）第一種　姓名過長，名姓不能清楚劃分。

（2）第二種　略去中名，與原文未盡符合。

（3）第三種　有姓而無名，離原文有距離。

Geilenkirchen, Wayne T. Gise, Steven Greenfield, William Gregg, Frank Grilho, Thomas Hale, Alan Hanley-Browne, Eileen Hanley-Browne, Thomas Hardwick, John P. Haynes, Jan Herman, Lester James Hildreth, Jr., Charles L. Hosler, Norio Irie, Ernest J. Irvin, Laura Margolis Jarblum, Keith Jay, Lou de Jong, Francisco Sionil José, Monica Joyce, Jürgen Kamm, Laura Kauffmann, Ben Keeton, David Keogh, Billy F. Kerslake, Philip Klein, Heinz Kosok, Thomas J. Lamb, Jackie Lane, Sotero Laurel, Jake W. Layton, Jr., Robert Lee, Dorothy Levy, Kay Li, Herbert R. Lottman, W. R. Lucius, David Lusk, Armando J. Malay, Charles Mann, Ellis Markham, William Martin, Daniel Martinez.

表一　西化排列（直排）

格倫寇欽，韋恩　梯　吉斯，史蒂芬　格倫費德，威廉　格瑞格，佛朗克　格瑞賀，湯姆斯　霍爾，亞倫　韓勒－布朗，湯姆斯　哈德威克，約翰　普　海恩斯，柔　赫曼，小勒斯特　詹姆士　希垂瑟，查爾斯洛　何斯勒，諾瑞阿　艾理，恩斯特　傑歐文，拉那　馬哥里斯　傑布倫，客斯　傑，洛　德　容格，弗朗西斯可　西阿尼爾　何西，莫尼卡　喬斯，約根，康姆，拉那　卡夫曼恩，彭　基頓，大衛　基阿，比禮　華　客斯勒克，菲利普　克勒恩，漢斯　柯所客，湯姆斯　傑　藍姆，傑基藍恩，蘇特洛　勞瑞爾，小傑克　窩　勒呑，羅伯　李，桃樂絲　李佛，凱伊　黎，侯伯特　瑞　魯西斯，大衛　路斯克，阿曼多　傑　馬萊亞，查爾斯　曼恩，艾里士馬克漢，威廉　馬丁，但尼爾　馬蒂尼。

表二 西化排列（橫排）

格倫寇欽，韋恩 梯 吉斯，史蒂芬 格倫費德，威廉 格瑞格，佛朗克 格瑞賀，湯姆斯 霍爾，亞倫 韓勒一布朗，湯姆斯 哈德威克，約翰 普 海恩斯，柔 赫曼，小勒斯特 詹姆士 希垂瑟，查爾斯 洛 何斯勒，諾瑞阿 艾理，恩斯特 傑歐文，拉那 馬哥里斯 傑布倫，客斯 傑，洛 德 容格，弗朗西斯可 西阿尼爾何西，莫尼卡 喬斯，約根 康姆，拉那 卡夫曼恩，彭 基頓，大衛 基阿，比禮 華 客斯勒克，菲利普 克勒恩，漢斯 柯所客，湯姆斯 傑 藍姆，傑基藍恩，蘇特洛 勞瑞爾，小傑克 窩 勒呑，羅伯 李，桃樂絲 李佛，凱伊 黎，侯伯特 瑞 魯西斯，大衛 路斯克，阿曼多 傑 馬萊亞，查爾斯 曼恩，艾里士馬克漢，威廉 馬丁，但尼爾 馬蒂尼。

表三 西化排列（直排）

格倫寇欽／韋恩 梯 吉斯／史蒂芬 格倫費德／威廉 格瑞格／佛朗克 格瑞賀／
湯姆斯 霍爾／亞倫 韓勒—布朗／湯姆斯 哈德威克／約翰 普 海恩斯／柔 赫
曼／小勒斯特 詹姆士 希垂瑟／查爾斯 洛 何斯勒／諾瑞阿 艾理／恩斯特 傑
歐文／拉那 馬哥里斯 傑布倫／客斯 傑／洛 德 容格／弗朗西斯可 西阿尼
爾 何西／莫尼卡 喬斯／約根 康姆／拉那 卡夫曼恩／彭 基頓／大衛 基阿／
比禮 華 客斯勒克／菲利普 克勒恩／漢斯 柯所客／湯姆斯 傑 藍姆／傑基
藍恩／蘇特洛 勞瑞爾／小傑克 窩 勒吞／羅伯 李／桃樂絲 李佛／凱伊 黎／
侯伯特 瑞 魯西斯／大衛 路斯克／阿曼多 傑 馬萊亞／查爾斯 曼恩／艾里士
馬克漢／威廉 馬丁／但尼爾 馬蒂尼／

表四　西化排列（橫排）

格倫寇欽／韋恩　梯　吉斯／史蒂芬　格倫費德／威廉　格瑞格／佛朗克　格瑞賀／
湯姆斯　霍爾／亞倫　韓勒一布朗／湯姆斯　哈德威克／約翰　普　海恩斯／柔　赫
曼／小勒斯特　詹姆士　希垂瑟／查爾斯　洛　何斯勒／諾瑞阿　艾理／恩斯特　傑
歐文／拉那　馬哥里斯　傑布倫／客斯　傑／洛　德　容格／弗朗西斯可　西阿尼
爾　何西／莫尼卡　喬斯／約根　康姆／拉那　卡夫曼恩／彭　基頓／大衛　基阿／
比禮　華　客斯勒克／菲利普　克勒恩／漢斯　柯所客／湯姆斯　傑　藍姆／傑基
藍恩／蘇特洛　麥瑞爾／小傑克　富　勒吞／羅伯　李／桃樂絲　李佛／凱伊　黎／
侯伯特　瑞　魯西斯／大衛　路斯克／阿曼多　傑　馬萊亞／查爾斯　曼恩／艾里士
馬克漢／威廉　馬丁／但尼爾　馬蒂尼／

表五 和化排列（直排）

格倫寇欽，韋恩·梯·吉斯，史蒂芬·格倫費德，威廉·格瑞格，佛朗克·格瑞賀，湯姆斯·霍爾，亞倫·韓勒·布朗，湯姆斯·哈德威克，約翰·普·海恩斯，柔·赫曼，小勒斯特·詹姆士·希垂瑟，查爾斯·洛·何斯勒，諾瑞阿·艾理，恩斯特·傑·歐文，拉那·馬哥里斯·傑布倫，客斯·傑，洛·德·容格，弗朗西斯可·西阿尼爾·何西，莫尼卡·喬斯，約根·康姆，拉那·卡夫曼恩，彭·基頓，大衛·基阿，比禮·華·客斯勒克，菲利普·克勒恩，漢斯·柯所客，湯姆斯·傑·藍姆，傑基·藍恩，蘇特洛·勞瑞爾，小傑克·窩·勒吞，羅伯·李，桃樂絲·李佛，凱伊·黎，侯伯特·瑞·魯西斯，大衛·路斯克，阿曼多·傑·馬萊亞，查爾斯·曼恩，艾里士·馬克漢，威廉·馬丁，但尼爾·馬蒂尼

表六　和化排列（橫排）

格倫寇欽，韋恩・梯・吉斯，史蒂芬・格倫費德，威廉・格瑞格，佛朗克・格瑞賀，湯姆斯・霍爾，亞倫・韓勒・布朗，湯姆斯・哈德威克，約翰・普・海恩斯，柔・赫曼，小勒斯特・詹姆士・希垂瑟，查爾斯・洛・何斯勒，諾瑞阿・艾理，恩斯特・傑・歐文，拉那・馬哥里斯・傑布倫，客斯・傑，洛・德・容格，弗朗西斯可・西阿尼爾・何西，莫尼卡・喬斯，約根・康姆，拉那・卡夫曼恩，彭・基頓，大衛・基阿，比禮・華・客斯勒克，菲利普・克勒恩，漢斯・柯所客，湯姆斯・傑・藍姆，傑基・藍恩，蘇特洛・勞瑞爾，小傑克・窩・勒吞，羅伯・李，桃樂絲・李佛，凱伊・黎，侯伯特・瑞・魯西斯，大衛・路斯克，阿曼多・傑・馬萊亞，查爾斯・曼恩，艾里士・馬克漢，威廉・馬丁，但尼爾・馬蒂尼

表七 漢化排列（一）

格倫寇欽，韋恩梯吉斯，史蒂芬格倫費德，威廉格瑞格，佛朗克格瑞賀，湯姆斯霍爾，亞倫韓勒布朗，湯姆斯哈德威克，約翰普海恩斯，柔赫曼，小勒斯特詹姆士希垂瑟，查爾斯洛何斯勒，諾瑞阿艾理，恩斯特傑歐文，拉那馬哥里斯傑布倫，客斯傑，洛德容格，弗朗西斯可西阿尼爾何西，莫尼卡喬斯約根康姆，拉那卡夫曼恩，彭基頓，大衛基阿，比禮華客斯勒克，菲利普克勒恩，漢斯柯所客，湯姆斯傑藍姆，傑基藍恩，蘇特洛勞瑞爾，小傑克窩勒吞，羅伯李，桃樂絲李佛，凱伊黎，侯伯特瑞魯西斯，大衛路斯克，阿曼多傑馬萊亞，查爾斯曼恩，艾里士馬克漢，威廉馬丁，但尼爾馬蒂尼

表八 漢化排列（一）

格倫寇欽，韋恩梯吉斯，史蒂芬格倫費德，威廉格瑞格，佛朗克格瑞賀，湯姆斯霍爾，
亞倫韓勒布朗，湯姆斯哈德威克，約翰普海恩斯，柔赫曼，小勒斯特詹姆士希垂瑟，
查爾斯洛何斯勒，諾瑞阿艾理，恩斯特傑歐文，拉那馬哥里斯傑布倫，客斯傑，洛德客
格，弗朗西斯司西阿尼爾何西，莫尼卡喬斯約根康姆，拉那卡夫曼恩，彭基頓，大衛基
阿，比禮華客斯勒克，菲利普克勒恩，漢斯柯所客，湯姆斯傑藍姆，傑基藍恩，蘇特洛
勞瑞爾，小傑克窩勒吞，羅伯李，桃樂絲李佛，凱伊黎，侯伯特瑞詹西斯，大衛路斯
克，阿曼多傑馬萊亞，查爾斯曼恩，艾里士馬克漢，威廉馬丁，伯尼爾馬蒂尼

表九　漢化排列（二）

格倫寇欽，韋恩吉斯，史蒂芬格倫費德，威廉格瑞格，佛朗克格瑞賀，湯姆斯霍爾，亞倫韓勒布朗，湯姆斯哈德威克，約翰海恩斯，柔赫曼，小勒斯特希垂瑟，查爾斯何斯勒，諾瑞阿艾理，恩斯特歐文，拉那傑布倫，客斯傑，洛容格，弗朗西斯可何西，莫尼卡喬斯約根康姆，拉那卡夫曼恩，彭基頓，大衛基阿，比禮客斯勒克，菲利普克勒恩，漢斯柯所客，湯姆斯藍姆，傑基藍恩，蘇特洛勞瑞爾，小傑克勒呑，羅伯李，桃樂絲李佛，凱伊黎，侯伯特魯西斯，大衛路斯克，阿曼多馬萊亞，查爾斯曼恩，艾里士馬克漢，威廉馬丁，但尼爾馬蒂尼

表十 漢化排列（二）

格倫寇欽，韋恩吉斯，史蒂芬格倫費德，威廉格瑞格，佛朗克格瑞賀，湯姆斯霍爾，亞倫韓勒布朗，湯姆斯哈德威克，約翰海恩斯，柔赫曼，小勒斯特希垂瑟，查爾斯何斯勒，諾瑞阿艾理，恩斯特歐文，拉那傑布倫，客斯傑，洛容格，弗朗西斯可何西，莫尼卡喬斯約根康姆，拉那卡夫曼恩，彭基頓，大衛基阿，比禮客斯勒克，菲利普克勒恩，漢斯柯所客，湯姆斯藍姆，傑基藍恩，蘇特洛勞瑞爾，小傑克勒吞，羅伯李，桃樂絲李佛，凱伊黎，侯伯特魯西斯，大衛路斯克，阿曼多馬萊亞，查爾斯曼恩，艾里士馬克漢，威廉馬丁，但尼爾馬蒂尼

表十一 漢化排列（三）

格倫寇欽，吉斯，格倫費德，格瑞格，格瑞賀，霍爾，韓勒布朗，哈德威克，海恩斯，赫曼，小希垂瑟，何斯勒，艾理，歐文，傑布倫，傑，容格，何西，喬斯，康姆，卡夫曼恩，基頓，基阿，客斯勒克，克勒恩，柯所客，藍姆，藍恩，勞瑞爾，小勒吞，李，李佛，黎，魯西斯，路斯克，馬萊亞，曼恩，馬克漢，馬丁，馬蒂尼

表十二 漢化排列（三）

格倫寇欽，吉斯，格倫費德，格瑞格，格瑞賀，霍爾，韓勒布朗，哈德威克，海恩斯，赫曼，小希垂瑟，何斯勒，艾理，歐文，傑布倫，傑，容格，何西，喬斯，康姆，卡夫曼恩，基頓，基阿，客斯勒克，克勒恩，柯所客，藍姆，藍恩，勞瑞爾，小勒吞，李，李佛，黎，魯西斯，路斯克，馬萊亞，曼恩，馬克漢，馬丁，馬蒂尼

第十二圖 電影界對西洋姓名間不加點的實例

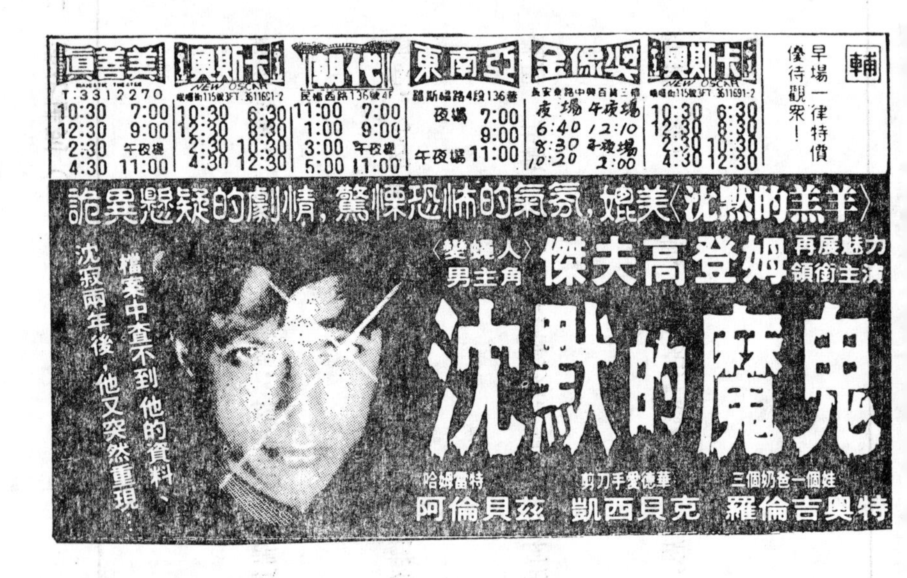

事實上，目前西化排列很少採用，而文學作品翻譯中，採用和化及漢化排列者較多；新聞媒體爲求簡明，多採用漢化排列中的第三種方式；而民間使用外國人名較爲頻仍的行業——如電影界，他們卻都一律採用漢化的第二種排列方式，即儘可能不譯中名，以一名一姓相聯爲廣告，既無和式排列的混淆不清，姓名長短也適度有助於記憶。（第十二圖）

七、結　論

姓名的迻譯，是一件極爲基本的工作，惟其由於它屬於基層面，從沒有受到應有的重視，沒有理論上的探討，沒有實作上的研究，以致人言言殊，各行其是，出現許許多多紛歧雜亂的現象，使後學的人無所適從。

例如：在外國文學翻譯中，有些翻譯人譯的人名，譯成一連串長達十幾個字兒；而有些翻譯人卻求其簡短而適合中國人的姓與名。前者如耿濟之譯的《卡拉馬助夫兄弟們》，後者如傅東華譯的《飄》，在當時各執一端，都有自己的見解。而今天，經過幾十年的「浪淘盡」，我們如果從書的銷售數量與讀者的多寡上作評斷，則證明傅東華大膽採用郝思嘉與白瑞德這一系列的譯名，所走的路子非常正確，原因在於中國人比較容易接受與本身相似的姓名體系，喜歡簡短易記的名字，奉爲至聖先師的孔子與孟子，尤可簡稱孔孟，那冗長繁複的人名遭到心理上的排拒，也就無怪其然了。所以外國人譯自己的姓名多採取中國化，從郎世寧（Joseph Caslihoni）到費正清（John King Fairbank），比比皆是。我們固不可能要求外國文學翻譯中的名姓都符合中國人的喜好，但翻譯人卻不可不明白兩種姓名體系的迥異，而作適當的處理，一昧忠實於原文而忽略了讀者羣，相信也絕非原作者的本意。

迻譯西方人名，名前姓後，名姓之間加一點，我在以前也深信不疑地身體力行，這在我譯的書中可以覆按出來。直到有一次我譯到為數眾多的人名時，發覺這個辦法行不通，使人有淩亂不堪的感覺，而原文本身則不覺得雜亂。使我認定加點只適宜用於一兩個而不相連繫的人名；而多的人名則不宜。當然，這就不能成為一個可以普遍實施的「原則」，只能算是一種可有可無的「技巧」。

這種加點的方法從何而來？為甚麼翻譯理論中，從來沒有一篇文字提過？溯本追源，才知道這種方法出諸日文，我國與日本文化歷代交流極為密切，為甚麼這種加點的方式以前的文獻中沒有，而直到二三十年代才出現？我也就一點一滴地加以發掘出來。

然則，我們對姓名的翻譯何去何從？本文終於在廣大的羣眾中找到了可行之道，電影是一種極為廣大的藝術，他們翻譯人名，已經有了深厚的經驗，知道要使觀眾接受西洋人名，不在怕人名長，例如「珍娜露露布麗吉妲」和「蒙哥馬利克里夫特」；不怕有一個以上的名，例如「莎莎嘉寶」，而怕的是「亂」，也就是如果在海報上、看板上、說明書上、電影片頭上，如果採用和式的名姓排列加「點」，就一定會使人搞不清楚誰是誰，結果便會望望然以去，那電影還有誰要看，光人名便受到了觀眾的排斥，所以他們經過多年的實驗，終於形成了一套譯名的準則，那就是兼譯名和姓，名姓之間絕不加點。

就這麼簡單的一條原則，我卻花了近二十年的時間來探索它的原因，當然，也有些人甫自學院畢業進入電影界，他們鄙夷電影界的這種「不文」；而思有所改進，特意在看板與廣告中，把明星的名與姓加上點，然而，不要多久，他們便會知難而退，知道這行不通，因為只要一加點，七八個明星的名字排在一塊，便亂得不忍卒睹。

我低下頭來向社會學，回過頭來向歷史就教，才算知道了姓名翻譯的一小點點知識，也就行其所知，至久不渝。希望能以這篇蕪文拋磚引玉，對這個小問題有更多的研討，以促進翻譯的進步。

參考資料

《語言的故事》，李慕白譯　六十九年八月　臺灣商務印書館

《中國人名的研究》，蕭遙天著　臺菁出版社

《經史避名彙考》，周廣業撰　七十年十月　明文書局

《日本姓氏字典》，丁祖威編　七十年　聯經出版社

《日本姓氏人名大字典》，吳佳倩主編　七十三年三月　名山出版社

《日本難讀奇姓辭典》，篠崎晃雄　五十七年二月　廣鴻文出版社

《日本時人辭典》，林柏生　三十一年　外交部亞洲司

《別號索引》，陳乃乾　七十四年四月　臺灣開明書店

《中國人名大辭典》，臧勵龢　七十一年九月　臺灣商務印書館

《標準譯名錄》，　六十九年二月　中央通訊社

《世界姓名譯名手册》，張紅兵　一九八九年八月　化學工業出版社

《中西獺祭集》，劉厚醇　七十七年一月　臺灣商務印書館

《禮記集解》，孫希旦　七十九年八月　文史哲出版社

《古今圖書集成》，册三十四，《氏族典》；册三十八，《人事典》，鼎文書局

《翻譯新論集》，劉靖之　一九九一年十月　商務印書館（香港）有限公司

《天主教在華傳教史》，羅光主編　一九六七年　臺南徵祥出版社

《中國大藏經翻譯刻印史》，六十五年

《專有名詞發音辭典》，劉毅　一九八九年　學習出版社

《辭海》，六十九年　臺灣中華書局

《戰爭與和平》（日文版），托爾斯泰，米川正夫譯 昭和二年（一九二七年） 岩波書店

Webster's Biographical Dictionary, 1971.

The Writer's Chapbook, George Plimpton, 1989, Viking.

Names, and Nicknames of Places & Things, Laurence Urdang, 1987, New American Library.

The Oxford Dictionary of English Christian Names, E. G. Withcombe, 1977, Oxford.

The Name Book, Pierre Le Rouzic, 1982, Bantam.

Name Your Baby, Lareina Rule, 1968, Bantam.

The People's Almanac, David Wallechinsky & Irving Wallace, 1975, Doubleday.

The Book of Lists 2 & 3, Amy Wallace, David Wallechinsky & Irving Wallace.

Reader's Digest Encyclopedia Dictionary, "Christian or Given Names, and their Meanings" pp. 1296-1311.

The World Book Encyclopedia, Vol. 14, 1972.

——一九九二年三月十三日珠海市「海峽兩岸外國文學翻譯研討會」論文

附錄一

談譯錄

——黃文範訪問錄

何偉傑

譯林好手中最以譯量驚人的，香港有湯象先生，臺北有黃文範先生，在〈談譯錄〉中，這兩位你都可以見到。

黃文範先生，湖南長沙人，現年六十歲，從事翻譯三十多年，迄今作品共四十餘卷，字數超過一千二百萬，其譯論也達五十多篇，散見各種報刊。有人評論說，黃先生譯筆「流暢自如，卻每個字兒自有所本」。

何：黃先生請你扼要介紹一下你從事翻譯的過程，怎樣開始、怎樣翻譯那麼多書，後來又成爲大眾傳播媒介的編輯？

黃：做翻譯是無意中走上這條路，原來我是軍人，是 professional，我是陸軍官校畢業的，畢業以後，四十一年及四十六年，到美國去受訓，接受防空訓練，在 Texas 接受訓練。

回來以後，按照規定回來一定要在軍事學校中當教官（instructor），當教官一次要當三年，我去了兩次，所以當了六七年。我想把美國整個軍事體系介紹到自己國家來，所以開始從事翻譯，把在美國所學的翻譯出來，出了差不多二十多本書，有兩三百萬字。軍人是限齡的職業，到限定年齡便要退休，五十八年便自願退休。退休以後，到臺南亞洲航空公司做了一陣，後來覺得上班前，下班後，兩頭見不到太陽，實在划不來，就辭掉。我還能做甚麼工作呢？我想，翻譯我已經做了很久，所以又開始做翻譯。做翻譯我想到，翻譯的東西要能够在市場上賺錢，很多東西都可以翻，不過要持久只有兩樣，一是歷史，一是文學，因爲我自己喜歡這方面東西，所以我只翻譯歷史和文學。有一段時間我幾乎沒有任何工作，只在家裏做翻譯。翻了多少字，交給出版家，翻完以後，他們開支票。那時候在臺灣我可能是唯一靠翻譯生活的人。

何：第一部譯作是甚麼時候出版的？

黃：我第一本譯作是在《拾穗》上發表的，是民國五十五年，書名叫《鵬摶萬里》，是談空戰的故事，出版以後還很受歡迎，就繼續譯下去了。

何：假如青年人想從事翻譯工作，必須做些什麼準備工作？有人說詩歌必須是詩人才能翻譯，小說要小說家才能够翻譯得好。究竟從事翻譯工作的人應該具備什麼條件，什麼素質？青年譯手應該如何努力才能够達到這些要求呢？

黃：我想要看你把翻譯工作怎樣劃分。文字翻譯大致上可以分爲三種：第一種是科技文字的翻譯，第二種是新聞翻譯，第三種是文學翻譯。在我的經驗來看，文學翻譯最難，因爲文學裏面可能包括了科技與新聞翻譯，但是科技絕對不會包括文學。所以青年人有志從事翻譯工作，最好先打好文學底子。昨天《中華副刊》寄來一個讀者的信問我，假如從事翻譯工作是不是要征服中國的文學呢？我回答說這是一個必備的條件，因爲外文的了解是一種過程，而不是一種目的，而你如何用優良的中文把它翻譯出來，這才是關鍵所在，這是很重要的。

翻譯是一個有時間性的工作，但並不是急迫要你馬上翻譯出來，我可以多看幾遍，不懂的話可以找各種字典，查百科全書，可以找老師，找朋友，甚至找原作者，問他是什麼意思。這種事情我做過。我翻譯美國一位女作家談瑪琍的中國文化小品，有些英譯的中國人名常常把我搞得不知道是誰，我只有寫信去問，她告訴了我，問題才解決了。

所以要了解原文，大致上沒有困難，但最大的困難，卻是了解以後，任何人都幫不了你的忙，要靠你自己的文筆寫出來，你不能够靠字典。

怎麼樣寫得好，便得要有散文底子，有了散文底子，寫出來當然是好的文字了。所以今天一般人走上「翻譯體」的路子，就是因爲很多翻譯的人中文底子打得不够深、不够好，他全靠外文，外文怎麼走他就跟著怎麼走，你這麼譯，我也這麼譯，就譯出一種翻譯體來了。我曾在文章裏講到 I was told 翻成「我被告知」，這從哪裏說起？中國人哪裏有這樣說法？中國人從來不這樣講。中國人講：「嘗有所聞」，這是文言，白話來說：「有人告訴我」、「我聽說來著」。這不就得了嗎，爲什麼搞出句「我被告知」呢？這種文體出現，是現代中國翻譯很大的不幸。

何：而且比較年輕的人、學生們看多了，會以爲好的文章就是這樣寫的，對下一代的影響好大。

黃：對我們下一代影響太大了。最糟糕的是出現在兒童文學裏邊，你看到簡直會把你氣死，想把我們的兒童教成什麼樣子？不是純正中國話，完全是外國話的味道，這的確是文化上的一種危機，所以我們今天做的工作很要緊。

何：黃先生你不但是文學創作的一管健筆，也是非常知名的譯家，請問到底是翻譯難還是創作難？

黃：這個要看你從那方面來講，不能一概而論。比如創作，我試寫過小說、散文、雜文，甚至相聲，但就是沒寫過長篇小說，創作構思了以後，寫上去可以行雲流水，一下可以寫很多。可是翻譯不行。翻譯得有限制，你不能跳出它的手掌心，範圍就那麼大，而且意思已表達出來，難的是你怎麼樣在它的手掌心裏邊，還能把它的意思表達出來，而且還要表達得很好。

何：假如碰到題材不是我們熟悉的，那問題更大了。

黃：所以文學翻譯很困難，就在這個地方，因爲我們譯人的知識畢竟有限。而作者的範圍比我們廣大多了，他的生活經驗，他的才華，他的表達方式，有時他寫出來的東西，你半天都看不懂。

何：有些事只有作者才經歷過，我們很難體會到他表達的微妙東西。

黃：對。創作是整個的構想，你要想出結構要有個主題，意思如何表達，一般來說，創作很難。而翻譯假如你走上路以後，好像文從句順，可以跟作者走，但兩方面都有困難在。

何：可不可以說創作一定比翻譯難，你有沒有這樣的看法？

黃：我倒沒有這樣的看法。有時候翻譯比創作更難。

何：有人說翻譯只可意會不能言傳，所以不可以教。到底翻譯可不可以教，可不可以訓練？可不可以學？

黃：翻譯不是不可以教，我寫了五十篇文字，爲什麼？就是希望大家接受這些經驗。你不用去摸索了，我把我的經驗告訴你。今天講翻譯不可以教，就是做翻譯的人，沒有把實實在在的經驗寫出來，而寫出來的，許多都沒有一個完整的體系，架構不立，綱目不舉，一談就是喬叟莎翁、天上人間，把初學的人唬得一愣一愣，其實連最基本的都沒教。信不信由你，中國近代翻譯八十年了，我還沒有讀到一篇專門談如何把外文姓名翻譯成中文的文章，姓名翻譯都不教後學的人，翻譯怎麼教得下去？

何: 老一代的翻譯家多半都是自己摸索出來，因爲過去大學、專科、中學，都沒有翻譯系、翻譯課程，但是現在很多大學都有翻譯系，那邊說「不可以教」，這邊他們都在教了，問題是到底應該怎樣教?

黃: 這是一個很大的事情，怎樣教學生。剛才我講過，我覺得教一個學生應該分三個階段去訓練。第一個，科技文字翻譯的訓練，這要求正確。外文的表達怎麼樣，你必須要非常正確表達出來，文字好不好在其次，但要使這一行的人懂。第二是新聞翻譯的訓練，新聞較爲生動，涵義面廣大，人、事、時、地、物，一個字也不能偏差，一點意思也不能誤解，但是中文詞藻不必講求。經過這兩個階段訓練的學生，再去學文學的翻譯。

文學翻譯有時候譯得不上道，便是沒有經過那兩個階段的嚴格訓練，翻譯得很散漫（如蘇曼殊的翻譯便是一個典型），假如經過這兩階段的訓練，他便知道翻譯精確的必要，然後再用文學方式來表達。

這是我粗淺的經驗，因爲這三方面的訓練我都有，到了這個階段，我譯文絕不敢散漫，是什麼意思便什麼意思，但是有時候我可能要更改一點，例如他用英呎，我會翻公尺。

何: 剛剛入門翻譯的青年，看到電子機器的進展，他們有些就提出疑問說，到底翻譯這個專業有沒有前途? 機器翻譯最終會不會搶走譯人的飯碗?

黃: 對，很重要的一個問題，你提到了現代翻譯問題的中心。

何: 謝謝。

黃: 五年以前，我寫過一篇文字叫〈文學翻譯的方向〉在《聯合報》副刊上。我認爲電腦再進步，文學翻譯還是有前途，爲什麼道理? 很多世界的電腦專家嘗試過，想把莎士比亞從英文翻成中文，很多人都失敗，認爲不可能。

但最近我發現電腦進步太快，它能够進步到一秒鐘計算十億次乃至百億次，這可不得了，我就修正我的看法，我認爲用電腦來翻譯文學作品是可能的了。因爲用電腦翻譯科技跟新聞，根本是很容易的事，現在在美國和蘇俄，對方科技文字一出來，馬上就用電腦翻成本國文字。新聞翻譯，我想也可能，因爲新聞寫作也好，新聞翻譯也好，都有一套格式，那套格式知道以後就可以翻得很好。既然有這套格式可言，電腦也可以排成程式來做，這個也沒有問題。

現在就剩文學翻譯了。我判斷十年到二十年以後，可以用電腦來擔任文學作品初步翻譯的工作。去年，我給東吳大學「樂知翻譯學會」的學生談話，談到我的觀點，我說你們可能是中國最後一代的文人譯。因爲你們這一代以後就是機器譯了。你們不但不能放棄翻譯，而且所負的重責大任，比我們前面這幾十代都要加重。假如你們這一代翻譯做不好，那編出來的翻譯程式，不會好到哪裏去。如果我們翻譯研究能進步，能將外文譯成很好的中文，那就造福了所有的中國人，節省了學習外文的艱辛。有好的翻譯，才會有好的程式，才能使所有的中國人看到好書，迅速接受最新的資訊。如果我們自己的翻譯都不好，那編出來的程式也一定不會好，所有的中國人就會因爲惡劣的譯文受洋罪了。

何：在可以預見的將來，假使用機器翻譯文學作品，您覺得還需不需要由人來作最後潤飾？

黃：對，waxing（順稿）很重要，做的人本身一定要是非常好的翻譯家，一定要中英文字都非常好的人。現在機器翻譯，那怕是翻譯新聞，翻譯科技，美蘇的機器翻譯，文字出來以後，並不很順，它都要由「順稿人」（waxer）再來 waxing，把它順一順。例如我們做報紙編輯，作者稿子拿來發表之前，多少要修改一下，標點啦，哪個字漏了，哪個字寫白啦，替他改一改，這是最後的品質管制，非常重要。所以，即令電腦的文學翻譯能够做到，還是要人來作最後的潤飾工作。

何：假如能達到那個地步，那翻譯的工作量對人的負擔就減輕很多了。但從另一方面來說，一些差勁一些的譯人，就可能要改行了。

黃：我想，假如電腦進入競爭的話，不好的電腦都會被淘汰，不要說人腦啦。現在我們看得出來，美國跟日本在爭二十一世紀世界的霸主，誰的超級電腦能超過對方，誰就是二十一世紀的霸主。你不要看日本，它在這方面的工夫下了不少，它與美國的競爭不是貿易，而是電腦。電腦出來以後，整個科技都改觀，對人類生活的影響實在太大了。

我看得出來電腦對翻譯的影響，我們要培養一批優秀翻譯人才，就看這一代了，從二十歲到他們四十歲這個二十年中間，好好地訓練，讓他們對翻譯有正確的觀念，做下來，他們這一代才能擔負起將來搞翻譯電腦化的責任。

何：我們從未來的電腦回到今天的現實。目前最常見的翻譯方式是獨力完成；其次有兩人合作的，例如中英互譯時，由一個華人加上一個洋人互助進行；另外也有所謂個別閱讀、共同討論、專人執筆、集體審校的方式等等。就科技、新聞和文學翻譯而言，什麼是最好的翻譯方式？目前常見的方式有什麼需要改進？

黃：照我的想法，像科技的翻譯和新聞的翻譯，大致都是由一個人翻譯後再由另一個人把它核對一下，這很有幫助。但是從文學的翻譯來講，我倒是主張一個人全力完成，假如這個人知名度够，忠於翻譯工作，他不會馬馬虎虎對待這工作。因爲文學的東西翻譯好了，白紙黑字要傳出去的。好與不好，他無所遁形於天地之間，後代很多人都看得到你是翻得壞還是好，所以他有種道義的責任感。科技與新聞，幾個人合作也無所謂，因為這兩種大致上都是暫時性的，文學的翻譯我倒主張一個人翻，你讓他一個人負責任，以他表現的才華與風格，古往今來，文學沒有集體性可言。

二十三年前，甘迺廸總統遇刺，威廉曼徹斯特寫了一本《總統之死》，不多久，國內便出版了譯本，看得出是「集體化」譯作，內容的文筆、風格，各章都不相同，譯名也不一致，平白糟蹋了一本好書，便是活生生的例子。

何: 那就是說，如果在翻的時候發現有些問題，那你就去找原作者或有關的人設法解決，但譯文還是獨力完成好一點?

黃: 對。我也舉個例子來討論一下。英國有一位羅體謨先生，翻譯了姜貴的《旋風》，給香港翻譯中心看出來他翻譯上的一些毛病，就給他改了。但到出版的時候，他又把它改回來，還是用原來的錯誤譯法，有人就寫文章笑他「擇錯固執」。但是我很體諒他的心情，錯，是我的錯，整本書誰能翻得出來?整本書上幾十萬字有一點兩點錯，任何人不能避免。假設我這個錯根據你的善意改正，那這本著作究竟誰翻的?那是不是改翻譯的人也要列名在這上面?

譬如說，像 David Hawkes（霍克思）翻譯的《紅樓夢》，林以亮先生指出來有些部分錯，我相信 Hawkes 他後來也知道，你問 Hawkes 會不會改?他也不會改。為什麼呢?「謝謝你的指正，但是整本書我負了這個責任，是好是壞，都拿出來了。」所以文學的翻譯，我想除非是密切得不分彼此的夫妻檔，最好還是一個人始終其事，假如是旁人參加意見，把譯文加以更改，那就失去他個人翻譯這本書的意義了。發現別人所譯文學作品有錯誤，最好的更正辦法，便是用自己的觀點再譯它一遍，同一本書的翻譯不憚多，《金剛經》便有七種譯本呢。

何：翻譯有沒有分科的必要？現在學校裏教的多以文學翻譯爲主，其實除了文學翻譯以外，還有科技翻譯、商業貿易翻譯、新聞翻譯、政論翻譯、公文翻譯等多種類別，而目前大眾所需要的，以非文學翻譯居十之八九。雖然說文學是翻譯的基礎，到底翻譯工作跟翻譯教學有沒有分科的必要？

黃：我認爲知行必須合一，能教學而不翻譯，便無法證明自己的理論；能翻譯而不能不有理論作基礎。學生的中英文都要有根基。假如說，英文程度很高的話，那可以中文稍爲加點基礎，英文加強鍛鍊，讓他瞭解了以後，專門做從中文翻譯成英文的工作。

何：你是不是認爲從中文翻成英文，跟從英文翻成中文，這兩者是不一樣的工作？

黃：不一樣。像香港人打球喜歡講的那樣：三七波啊，四六波。假如把英文翻成中文的話：四六成，英文差不多要四成功力，中文就要有六成。反過來，從中文翻英文，英文要好一點：中文要有四成，能瞭解就够，而英文卻要六成，要能寫得非常好，非常順暢。

何：臺灣有沒有這種必要成立翻譯學會，以組成翻譯的職業團體，初步實現翻譯師的專業資格審定制度，並促請政府承認？

黃：這個我倒從來沒有考慮過，我認爲翻譯是一種創作，和寫作一樣，是一種創意方面的工作，文藝方面肯定任何人的地位、成就，並不是經過考試。像詩歌、散文、小說作家，很多人出類拔萃，卻並不是那一個系畢業，他就是喜好。他的文字發表出來，經過大家的喜愛、認可、認同，慢慢地就有了地位，我們便承認他是一位作家，但這位作家從來沒有經過一次考試。他跟律師和醫師不一樣。

何：如果能有一個翻譯團體，像公會一般，便會對翻譯有起碼認識，他們的專業翻譯能力，以及能從什麼語翻到什麼語。譯人的作品素質有一定的保證，如果有翻譯需要，就不至於不知道找誰好。而翻譯人的生計也得到保證，不會受不合資格的人侵害他們的權益。他們的做法是不是值得我們借鑑？是不是有助於減少劣譯呢？

黃：任何事情，都要歷經試誤階段。無論哪一個行業，哪一種產品，都有優劣並存的情況。要使翻譯摒棄劣譯，篇篇都是可以傳世之作，那也是不可能的事，世界上有經過考試及格的良醫與好律師、好教師，也有庸醫、訟師與惡師。上菜市場買菜，公秤在前，還會遇到有菜販偷斤減兩的呢。

目前解決這個問題有這樣的方式：私營翻譯社翻譯的文字能不能發生效力，要由主管的機關看過，他們認爲翻譯的文字可以，品質管制好，以後就相信、認可，就用這種方式，使這些翻譯工作的人不敢忽略，以免失去信用。

何：對外貿易文件的翻譯也是這樣？

黃：對。

何：而你覺得文學翻譯是個人創作，沒有必要審查資格？

黃：不是審查資格。假如文學翻譯到了那個程度，而我們翻譯界成立了一個這樣的協會，就會有一個鑑定的標準，現在你根本沒有這個組織，政府找誰來鑑定翻譯人的資格呢？我也很奇怪，香港有翻譯協會，新加坡有沒有？

何：新加坡還沒有正式的翻譯協會。不過，在他們政府裏面通譯員是有通譯員的工會，但是工會就是著重保障會員的權益，特別在待遇方面，在專業方面據瞭解不是那麼活躍。所以總的來說，新加坡還沒有一個正式的翻譯專業工作人員的組織，不過他們有些人已經覺得有這個需要。而香港翻譯學會已經有相當多年的歷史，最近又有一個法律翻譯的同人團體成立。對了，像筆會這樣的組織有沒有舉辦一些跟譯學有關的活動?

黃: 還沒有，美國筆會有翻譯獎，中國筆會還沒有。中國文藝協會倒是有翻譯獎，去年五四頒發給翻譯日文的嶺月小姐，對翻譯界有鼓勵作用。

何: 很可惜,翻譯活動那麼蓬勃,譯人團體卻沒有。剛才你提到一些很特別的譯學主張,提到翻譯的民族化,可不可以請你多談一下?

黃: 我講的是「民族精神」。翻譯這東西啊，我舉個最簡單的例子來講: 姓名的翻譯。我在文字裏講過，我說: 根據我多年翻譯的經驗，發現，翻譯人名的多寡，與譯人的翻譯經驗成反比。如果一個人根本沒有翻譯經驗，他抓到一個英文名字，他恨不得把每一個字的音節都寫出來，這就是沒有翻譯經驗。翻譯經驗久了的人就知道並不必要，都要加以簡化。「林肯」就是「林肯」，絕不要甚麼「亞伯拉罕林肯」，「華盛頓」就是「華盛頓」，不來甚麼「喬治華盛頓」。爲什麼道理? 因爲我們曉得這是兩個獨有的名字不必這樣做。那麼，這種理論講出來，你沒有一個思想做依據，誰都不願意聽你的，「你有什麼根據呢? 」他有個「忠實」的大帽子: 「這是忠實嘛! 」忠實固然忠實，我們用另外一種方式來解釋: 你把中國人的名字翻成外文的時候，你是不是把中國人的名字也像這樣全盤翻譯出去呢? 李白，字太白，又號青蓮居士，你翻不翻「李白太白青蓮」? 爲甚麼你只翻「李白」? 爲甚麼西洋人都不知道老子姓李名聃，爲什麼外國人只知道一個老子，不知道他姓李? 你爲什麼不「忠實」，不把老子跟李聃翻在一起? 他一定講: 「我們何必呢，一個簡單的名字讓外國人知道就够了。」反過來講，一個外國人的名字爲什麼你翻那麼囉里八嗦一二十個字，坑我們中國人呢? 這是立足點的不平等。你這樣一想就知道這個事情應該怎樣辦，這就是以「民族精神」(平等對待) 來處理翻譯一個很簡單的例子。

何: 華盛頓是一個名人啦，假如一個普通人也姓華盛頓，他父親姓華盛頓，他兒子也姓華盛頓，但父親跟兒子都有自己的名在前面，就是 first name，假如是這樣的話，而我們不是翻名人，只是翻一個普通人，那要不要把華盛頓前面的名都翻出來，不然的話，會不會混淆？

黃: 第一、他能上中文檯盤至少也很有名，能在中文裏有個固定譯名了，不怕有人同名同姓。另外，我們也有兩種方法。頭一種方法，利用我們中文的缺點，也是我們中文的優點。中文的優點跟缺點是什麼？便是同音字很多。同音字是很大的缺點，但也是很大的優點。你一個華盛頓過來，我能不能把華盛頓同音的字多加幾個進去，變成另外一個跟華盛頓沒有關係的人，這是一種方式。比如 Johnson，已經有「約翰生」、「約翰遜」、「莊生」、「強生」，都是前人嘗試過的方法，避免讓人家感覺到這是同一個人，這是一個方法。假如是甘迺迪一家人，有羅拔甘迺迪，有約翰甘迺迪，有愛德華甘迺迪，那我們把他的名字中間，他的 first name，不止，還有 middle name，我們怎麼翻？照我的翻譯經驗，第一個原則就是只翻譯姓，第二個原則是必要時選擇一個重要的名翻進去。重要的名不一定是 first name。像德國人 first name 不重要，middle name 才重要。假如是，Anglo-Saxon，就翻 first name 不翻 middle name，只翻他一個名再把姓加進去。這個名跟姓中間我有個最重要的概念，就是不要加這一點，加這一點就麻煩。（何註：此「點」指表示某些民族的人名與姓氏的分界的分讀號，又稱「間隔號」或「音界號」，尚可表示書名與篇章之分界等。）

何: 你的意思是名跟姓要連在一起？這樣會不會使有的讀者弄

不清楚？外國人的姓名那麼長十幾個字，中間沒有一點，怎麼分？會不會弄不清姓氏跟名字？

黃：不會，不可能，因爲加這一點我知道有點點好處，加這一點是跟誰學的呢？是跟日本人學的，日本人到本世紀初期才把姓與名中間加點，他用片假名，如果不加這一點就會扯在一起，音節就會拼錯。但是中文一個字是一個字，不會拼錯。

中文姓名之間不用加點也不會不清楚，中文每一個字是單獨一體，不會跟上面那個字拼錯。這是第一。第二、加了這一點，你不信可以試試看，現在來了十個美國朋友，你把他們的名字都列出來，看得你頭暈眼花，反而不知道哪個是名哪個是姓。這個經驗我從哪兒來呢？原來我以前也是加點，用得非常理直氣壯，認爲這是非常前進的、很好的。後來我翻索忍尼辛的《古拉格羣島》，給了我個最大的考驗。索忍尼辛提到在蘇俄原來有很多有名的人士幾十個人，鼎鼎大名，都是在史達林手下整肅掉了。換句話講，他爲了使這些人在歷史上存在，把他的名字全部列出來。列出來以後，我就遇到一個很大的考驗：要不要翻譯？假如按照這種加點的翻譯方式，每一個點一加，啊，你看看幾十個人整頁是點，那誰看得清楚？那時我就用第一個方法，翻姓不翻名，名字都不要。

這一點就啟發了我：難道加這一點不行嗎？我就到西門町看電影廣告：啊，所有外國明星譯名從來都不加點！甚麼道理呢？難道是知識程度低？還是他們不知道翻譯學識怎麼用。那我就考慮，發現他們不是知識程度低，他們經過實用，經過研究，經過實際的行動，才認定那一點毫無必要，所以他們不要，所以我就五體投地服了這種不加點的方法，從此我翻人名都不加點，而且我竭力提倡這個事情。爲什麼？你想想看：現在假如一部電影有七個電影明星主演，你用中文把他們的名字翻譯出來，你要橫排也好直排也好，加了點後就搞不清楚了。

何：你提倡民族化，剛才你說的姓名翻譯，比如 Richard Nixon 譯成中文，中間不要加點，那麼到底是按照英文次序先把 Richard 先寫然後再寫 Nixon 呢，還是說好像中文那樣把姓往前挪？

黃：對。這個辦法中國人也試過。嚴復翻譯的時候，他有一段時期也把姓擺在前面，後來大家都覺得不必要。所以現在姓名的順序我贊成依照英文原來的，但不加點，文字到了後面，他可能只有姓或者只有名，很快就分得出來。不加點是原則，原則貴在可以通用，假如加點，這只是一種技術，技術跟原則不能並論。

何：剛才你談到民族精神化，然後我們談到姓名的翻譯，第一種方法，同一個姓有不同的翻法，比喻 Johnson 可以翻成「約翰遜」、「強生」等等，但有人很強調還原，假如譯名不同，有些不知情的讀者便不知道你所指是同一個人，在這方面會不會造成混亂？需不需要強調譯名的統一？比如，Margaret Thatcher，她剛當首相的時候，她的名字香港幾十家中文報紙有二三十種不同的翻法，這樣會不會造成混亂呢？

黃：我寫了一篇〈人名難譯〉，刊載在《中國時報副刊》上，也提到過。Solzhenitsyn 我們這兒一開頭也有十二種譯名同時出現，後來慢慢統一了。連我原來都不是用「索忍尼辛」，後來覺得中央社這個用個忍字譯名很好，「索忍尼辛」，我就採用他的譯法把我原來的放棄，而事實上也非這樣做不可，大家統一。不要擔心還原的問題，我們擔心的是讀者。假如讀者不懂英文，沒有還原問題，假如讀者懂英文的話，你怎麼樣翻他都可以還原。有人說，爲什麼這個譯名和英文原來的不一致呀？一定要翻成音節完全一致，這也是多餘的顧慮。這就談得上「民族精神」了：我們的中文翻成英文出去，是不是同我們中文完全一樣呢？這是兩種文化的問題，所以不用擔心。假如你用平等的精神來看待，這個就不成其為問題，假如總是抱著中文自卑感，總要中文跟著英文走，那翻譯便一邊倒。民族精神最重要的是，觀念上中文和英文要有平等地位。只有兩項事情不平等，哪兩個？中文是標義的文字，每個字都有意義，而英文是標音的文字，這兩個完全不一樣。所以把英文翻成中文的話，要翻它的義，不能翻它的音。為了這個問題我寫了好幾篇文字，因為我們有很多人動不動把英文的音譯過來，忽略了中文的標義。

從「幽浮」到「信、達、雅」

何：好像說ＵＦＯ臺灣很流行譯音譯成「幽浮」，你有什麼看法？

黃：我很反對。

何：我也是。

黃：原來就是「不明飛行物」，大家都好懂，搞什麼「幽浮」！

何：把ＵＦＯ譯成「幽浮」容易引起誤解，因為它使人聯想起幽靈一類的東西，而ＵＦＯ原來沒有這種含意。如果不喜歡「不明飛行物」，還有「飛碟」可以用嘛。

黃：本來是「神話」，現在改為「迷思」，原來是女孩子「花邊」，他翻成「蕾絲」……

何：還有那個「秀」呢？

黃: 我很討厭，是很惡劣的翻譯。

何: 原來作爲詼諧的說法可以，但是現在變成正經的場合也亂用，什麼「秀」，什麼「秀」，我們中文明明有很好的字可以用卻不用。

黃: 對，我的意見完全一樣。這是一般人的迷失，他常常把口語裏面的東西拿到文字裏面來。如果我們都懂那個英文字，我們都可以溝通，但是變成文字以後，那就不一樣，你要想到能不能與廣大讀者溝通，你常常把這個字加進去，自以爲是很自然的事，但讀者不能了解。所以前年我在一次演講裏面，就談到名詞翻譯的原則，第一個是「依主不依客」，第二就是「依義不依音」，要翻意思不要翻音。

何: 剛才提到 show 翻成「秀」，中文好好的詞放在那裏他不要，寧願跑去借外國的，還用得津津有味。這是不是有些標新立異的情緒?

黃: 他不是標新立異，還是一種自卑感作祟。有些人總認爲中國人不如人家的，一定要加洋文。但凡是程度够了的人，中英文水準够了，學術修養够了，到了一定程度，他反過來一句英文都不講；所寫的文字，一個外國字也不加。

何: 因爲我們中文完全可以有效反映外國的思想，無論什麼概念都可以用中文設法來翻譯它。

黃: 對。我很佩服玄奘——就是唐三藏的翻譯成就。他提倡音譯，有「五不翻」，但「五不翻」我只贊成一個，就是「此間無」。中國沒有的東西，無可替代的東西，應該引進。像「伏特」是電壓的單位，不但我們沒有，全世界都沒有，是爲紀念義大利科學家 Volta 而定出來才有，又像「歐姆」，我們都沒有，當然要接受。像英文 dozen，一打十二個，這是我們中文數字裏沒有的觀念，我們接受。

「此間無嘛」，你根本沒有，你不接受又接受什麼呢？

但有時候，它雖然是「此間無」，我們還是可以用旁的方法翻譯出來。像「千瓦特小時」，一小時一千瓦特，像這種「一千瓦特小時」對不對呢？這是「此間無」，應該可以接受，但是中國人想出一個很簡單的方法表示，「一度」，用電我們不講「一小時千瓦」，我們用「一度電」。「水泥」，cement，這個字我們原來沒有的，起初就翻「士敏土」、「水門汀」，翻音，後來翻成「水泥」，所以中文並不是「此間無」便要接受，但是慢慢用中國人的智慧，用中文的表達能力，我發現可以表達出來。你看看化學的詞典、醫學的詞典，那是最一面倒向外文的，可以講，我們在這方面完全是學他們的，但你看看翻譯的名詞，絕大部分都是譯義。

何：你剛才說到一個很有趣的主張，關於貨幣名稱的翻法，請你再詳細談談。

黃：我發覺，我們小時候讀英文苦得不得了，什麼「先令、辨士」，把我「辨」得好苦，長大了我怎麼都搞不清什麼是「六辨士」。後來看到 penny 美國也有啊，他們就叫「一分錢」嘛，啊，我這才了解這應該翻「一分錢」才對。後來我在《辭海》上碰到美國的 dollar，原來起初我們也不翻「美元」，翻成「大賚」，cent 翻成「生脫」。

何：一開始就音譯？

黃：不錯，一開始就音譯，到後來有個聰明的人把它翻成「美元」，整個就改過來了。我研究了這個字的來源以後就發覺，像我們現在用「馬克」、「盧布」、「比索」、「法郎」、「鎊」，都是一種音譯，我就提倡譯為「德元」、「俄元」、「菲元」、「法元」、「瑞元」、「英元」，因為凡是能義譯而音譯的名詞，都在中文裏站不住腳，很快就會消失，舉一個最簡單的例子，滿清統治了中國兩百六十多年，它在它那個時候以滿族的文字，用了很多的音譯，強迫漢民族接受。但今天才過七十多年，有誰記得？舉個例子：什麼叫「巴圖魯」？什麼叫「戈什哈」？「戈什哈」就是「聽差」，「巴圖魯」就是「勇士」。假如用「勇士」、用「聽差」，我們幾百年幾千年可以傳下去，用「巴圖魯」、用「戈什哈」，不到八十年就消滅了。

黃：歷史上的例子告訴我們，中文裏音譯的名詞不可能維持長久，但改成義譯就可能永遠存在下去。

何：外來語詞的翻法，一開始很可能是譯音，因爲我們對它了解不够，但大的趨勢是義譯會逐步取代音譯。你現在主張「英鎊」應該改譯「英元」……

黃：「先令」應該翻成「英角」，「辨士」應該翻成「英分」……

何：使得國際貨幣單位……

黃：有一個統一的譯法。這樣的話，就不會折磨我們中國人啦，音譯下去，中國人眞的受不了。假如一百多個國家各有兩三種貨幣單位，譯音的話，我們就得要學三百多種貨幣單位的名字，何苦嘛！

何：中國譯壇到現在還沒有得到各方面一致公認的譯作標準，嚴復的「信達雅」原則雖然久受推崇，但也絕非無懈可擊。「五四」以來，有甚多譯家在「信達雅」的基礎提出過修訂或新見，譬如，魯迅針對趙景深等的「與其信而不順，不如順而不信」與「寧錯而務順」就提出「寧信而不順」的主張。現代國外則有人主張建立分類的翻譯標準，認爲文學翻譯的要點在於重視形象，所以要以形象來譯形象，其他翻譯則大有不同。最近有的譯家更批評「信達雅」是一種混亂的提法，三者中有自相矛盾的地方。有的則主張只求神似，不求形似。你積累了三十年的翻譯經驗，對嚴復以來各家學說，有什麼總的批評？你自己對這些學說有什麼修訂或新的創見？

黃：嚴復先生的「信達雅」要推翻是推翻不了的了。這是一個原則。但是我發覺它是「目」，而不是「綱」。「綱」是什麼？就是剛才我所講的「民族精神」（平等精神），你要有民族精神做綱，信達雅為目，翻譯才能走向民族化。假設你沒有民族精神做綱，就是說向外文投降，外國的一切我們都照搬，而不衡量中文翻成外文應當如何。有了這種不平衡情況的話，那信達雅只能助長劣性外化。你看一個「信」，就可以把一個俄國人名譯成二十四個字，「因為原文是這樣，這是信！」但是這是沒有民族精神的信，有民族精神就是用平等精神對待翻譯。那我問你，我們中國人的名字也是非常複雜的。蘇軾，字子瞻，號東坡居士，等等，很多很多。你為什麼不翻出來？你為什麼只翻一個蘇東坡？你能答出這個原因嗎？你答不出來，那我也可以把這俄國名字簡化一下。所以，信達雅是推翻不了的，但信達雅是目，不是綱，要有民族精神做綱，這個信達雅才能站得住腳。

信達雅其所以受人攻擊，是因為沒有想到要有個民族精神。沒有民族精神的信達雅就很麻煩了，專門講「信」，把整個原文，彎彎曲曲地傳進來。魯迅先生翻譯的文字我們看過，他的文字中文很好，他翻譯的文字，老實講不能說是很好，梁實秋先生就批評過他。為什麼呢？他就完全相信那種「信」，那種「信」對我們中國人有什麼好呢？換一個方向來說，你會把我們的《詩經》或我們的中國文學其他作品，也按照我們中國文字的方式一板一眼翻出去嗎？外國人能不能接受？你問他敢不敢這樣翻出去？他不敢！他不敢這樣翻，那你為什麼敢把西洋文學翻成這樣的中文來坑我們中國人呢？

何：關於信達雅，過去近百年來很多人提出來討論過，不少人說這個雅字比較適合文學翻譯而不適合其他種類的翻譯。有人提出應該是「信達切」，這個雅字你怎樣理解？

黃：就是「修辭」，用相等的字來表達出來。

何：原文不雅怎麼辦？

黃：英文是「四字經」，我們用「三字經」翻譯出來，不能說這不是雅。雅的意思是中文表達要表達得好。表達得貼切。人家罵人的話啦，或者描寫很差的文字啦，我們把它改好，我想「雅」不是這個意思。

何：有人說，原文寫得好，我們就翻得好，原文寫得不好，要是翻成好的，會使讀者誤以爲原文好得那麼厲害嗎？

黃：原文寫得壞，就要看到底是怎樣寫得壞，是故意寫得那麼壞，還是本來就寫得那麼壞？整個都寫得好，那一段卻寫得壞，就要找找看是甚麼原因。

神髓與化境

何：在實際工作中，我們有時會碰到原文不通順的情況，邏輯欠妥、選詞不當等等。有的名家的文字，要是放到顯微鏡下來研究，也可以見到敗筆，碰到這種地方怎麼辦？

黃：假如全篇都寫得好，某一段卻寫得壞，也許另有原因。我這裏有個最好的例子：索忍尼辛在他寫的《古拉格羣島》這本書裏，提到他有一次在地上撿到一封信，是一個小女孩寫給她爸爸的，她爸爸關在蘇俄的勞改營裏面，她是個六七歲的小女孩，就寫信叫她爸爸，逃出勞改營回家。索忍尼辛把她這封信撿了以後納入這本書裏面，那你看了以後眞是要掉眼淚。那是小女孩寫的，她不可能寫得很好，索忍尼辛原文也就很差，我們一定要根據這個原文譯出來。

何：可不能翻成大人口吻。

黃：對，不能翻成大人口吻嘛。所以你看，連標點符號也要照它的。你看，密密麻麻，沒有標點符號：

哈囉爸爸我忘記怎麼寫了在學校裏我馬上要過一年級冬天來得好快因為太壞了我們沒有爸爸媽媽說你在外面工作或者病了你還等甚麼嘛從那醫院跑掉吧我們這裏奧希卡只穿襯衣就從醫院跑掉了媽媽會替你縫新褲子我把皮帶給你還都是一樣，男生全都怕我只有奧葉新卡我沒有打過他也說實話他也窮我有一次發燒躺著要同媽媽一起死她不要死我也不要了，啊，我的手寫麻了夠了我親你好多好多次……

像作家這種模仿作品人物的語氣，我們應該想辦法把它翻出來。如果是名作家，他這一段寫得這樣壞，多半有他的道理；假如是整本書各方面都有問題，那你爲甚麼選這本書來翻譯？

何：如果是實用文件，如公司報告，寫得不好呢？

黃：那像這種情況，翻譯的人要給它順一順。我做編輯工作我知道，有很多人的稿拿來了以後，整個意思很不錯，但是文字方面有小問題，編輯有責任給它調理一下。它的構想很好，見解很好，這就很够了，文字上小問題給它修改一下，不錯會它的意思，應該是可以的。

何：關於在翻譯上達到「化境」，「神似」與「形似」的問題已經有爭論，有人強調追求「化境」，要盡量表達「神髓」，有人則認爲如有可能，不但「神」要追求，連「形」方面也該轉達，只要符合譯語習慣，原作的段落結構甚至句式等原貌也應力求重現。你在這方面有甚麼意見?

黃: 我自己達不到這種「化境」，但是，最近《中副》登了兩篇連載小說，都是袁永先生翻譯的，一篇叫《子夜行》，一篇叫《成長路》，這兩本小說翻譯了以後，那的確達到了「化境」。我非常推崇這位翻譯作家，他年紀很輕，大概四十來歲，現在美國教書，在美國快二十年了，但他的翻譯到了「化境」。「化境」是甚麼呢? 就是拿出這個文字來一看，純粹的中國文字……

何: 不點破不覺得是譯文?

黃: 譯文文字非常好，每一句每一句對比，的確是不錯。(何註: 袁永先生就是汪班先生，所譯《子夜行》一書原名是 *They Cage The Animals at Night*，爲美國作家白簡寧 (Jennings Michael Burch) 用英文寫成的自傳體小說。袁永另一譯作《成長路》原稱 *Growing Up*，是《紐約時報》專欄作家貝若森——郎羅素貝克，又譯拉塞爾·貝克——Russell Baker 的自傳體小說。兩篇原文、譯文均已結集成書。黃氏曾譽袁永爲「中國翻譯史上一塊重要的里程碑」，認爲「我們期待已久的文學翻譯白話化，已因袁永先生這枝譯筆的投入而呈現了異彩。」)

黃: 你要看看今天我們的翻譯應該朝那個方向走，怎麼樣進入「化境」，我推薦你這兩篇翻譯小說，這兩本書你可以拿給新加坡和香港的翻譯界看，看看他的翻譯是不是做得很好，我認爲翻譯是可以達到那種境界，只不過過去大家沒有朝那個方向走。

何: 下一個問題是——譯者有沒有增刪的自由? 翻譯的人到底有多少迴旋的餘地? 在增加注釋、規避疑難、省略改動方面，有甚麼應遵循的準則?

黃: 原文有時是讀者難以理解，不可解的，我們就用一種比較合適的方法加以解決，或者加注解，這也不失爲一種方式。但是我們在三十年代以後的文學翻譯，我們的翻譯家把它當成一種學術來搞。怎麼說呢？就是完全著重在注解，打開一看，密密麻麻都是註解。事實上有沒有這種必要呢？文學是一種說故事（Storytelling)，說故事加注釋不一定很適合，霍克思翻《紅樓夢》，你看看他有沒有注解？他沒有注解。他把曹府這一家的人用一篇文注解，其他地方從來不在文字裏面放注解，他曉得英文讀者對注解沒有多大興趣。是不是？譬如書裏講王熙鳳:「一從二令三人木，飛向金陵事更哀」，這是個謎語，連我們中國研究紅學的人都不懂，你怎麼讓他譯出來，所以他沒有完全翻出來，「回到金陵」，他根本沒講「回到金陵」，他說「回到南方」就够了，英文讀者誰要知道金陵在哪裏呢？金陵就是現在的南京，他何嘗要知道？他不要知道。他譯「回到南方」就够了。他用這種方式來表達，所以我覺得這是一個很好的例子。就是我們不要把文學當成學術來做，十分不懂的地方，當然可以做注解，注解不要太多，過去就是注解太多，阻礙了讀者的接受。

何：在新聞翻譯方面，假如有篇消息非常重要，而裏邊有些事物、名稱譯者不懂，譬如是西洋新出現的東西，那麼到底是省略呢，還是應該盡一切努力找出它的意思譯出來，萬不得已才省略？

黃：我的意思，省略是絕對不對。你寧可把英文列出來。你翻譯這個事物，對它不瞭解，可以把它的英文名稱寫出來，因爲新聞翻譯有修正力，就是今天錯了，明天可以馬上修正，與文學不一樣。新聞也是很迫切的，今天晚上搞，明天就要見報，壓力很大，不可能一下子譯得出來。在這種情況下，假如新聞很重要的話，你把英文列出來，沒有關係。

何：你在翻譯文學作品的時候大致的譯速如何？甚麼是影響翻

譯速度的主要因素?

黃: 翻譯速度很難講，假如翻到本行的東西我相信最快。我最先開始做翻譯的時候，翻本行技術性的文字，翻得很快，有時候趕，一天可以翻一萬字。

何: 那是一天八小時工作?

黃: 是，那時年輕嘛，現在我翻譯的話，又是做文學翻譯，那就不一樣，不可能那麼快了。還有一個興趣的問題，假如這個東西你喜歡的話，那麼翻起來雖然久，也不覺得累。假如那不是你喜歡的文字，你不得已要翻的文字，那就會翻得很苦很慢，——我相信每個人都會有這種經驗，這也是一個因素，心理上的因素，也要考慮。以我來說，一天能够翻一兩千字就是上上大吉了，就不錯了。

何: 一天翻一兩千字，你的意思是說很精緻、翻得好的文字?

黃: 也不是很精緻，是比較用心。

何: 要是一般不要求太精緻的翻譯、內容又比較容易，最快一天可以翻多少?

黃: 最近我翻一篇文章，涉及我的老本行，說的是四十年前美國軍隊進攻硫磺島（Iwojima）的故事，我很有興趣，一個星期天五六個小時翻了五千多字六千字的樣子。

何: 那麼你所認識的其他名家呢?

黃: 我們做翻譯的朋友，都沒有談過。

何: 下面想請你談談譯幅的問題。聖經翻譯專家、美國聖經公會翻譯部執行秘書奈達博士（Eugene A. Nida）認爲，譯文的篇幅長於原文篇幅是一種正常現象。以中英互譯爲例，原文譯文何者比較長? 譯幅比較是否可能?

黃: 我專門做英文翻成中文，照我所想，翻譯詩，很可能可以做到一比一的樣子。文字翻譯也很難講，有時候英文一個字很長而中文也許一兩個字就能代表，所以你說這個長度是怎麼個比較？是以字的長度呢？還是以句子的長度呢？這是很難比較的事情，很難確定的事情。不過，我想大致可以翻到……大致不會相差太多，不會說是英文有一頁，我們可以翻到一頁半，大概不可能。

何：有人講，原文作者多半是用母語寫作，他有很多緊湊的表達方法，但是翻譯時，譯語裏邊很多時候難以找到與原文對等而精練的表達方法，往往就要用解釋性的語句來表達原文的意思。在這類情況下，譯文的篇幅可能就會比原文長一點。你的體會是怎麼樣？

黃：看你中文的程度。

何：你的意思是中文也有很精練的表達方式？

黃：對，有很簡練的方式，最精練的方式是用文言文，文言文最簡練。現代人看不起文言文，其實他錯了，文言文最難寫。

何：談到這一點，又扯起一個譯文裏文白配合的比例問題。對文白夾雜已有很多批評，但是現代人的文章又很難避開文言詞語，這方面應該怎麼樣掌握呢？

黃：任何文字是一個人文才的反映，翻譯也是如此，你有幾分文才，都反映在你的文字裏面。假如你肚子裏沒有文言文的話，你的文字根本不可能有甚麼文言文的反映，或者你學了文言文但表達得不好，這也可以在你的文字當中表現出來。所以，文白配合的好壞，在於他整個文字表達順不順。有時候白話文表達不出的東西，加幾句文言意思就非常完美。所以，並不是要純粹的白話。今天「純粹的白話」已經夾雜了很多文言文在裏面，甚至三千年前的《詩經》，我們現在還在用，你怎麼能說「那是文言，我們一定要用白話」呢？對不對？「君子好逑」一句代表多少意義，不一定是「追求配偶」。

何：有個有趣的現象就是，一般作者筆下文字中文白比例多少，跟讀者羣的中文水準有關係。我看臺灣的報章雜誌書籍，文言的比例比較高，很多作者常用文言語句夾在文章裏邊，香港就另外一種情況，新加坡呢一般都白得很，比較少用文言詞句。香港剛好在中間：老一輩的作家用文言多一點，年輕的或受西方、日本影響的，語言裏的文言很少，反而有些是夾雜進英文或者日文的流行詞語。這三個地方的文風不一樣。英美方面，已經有很多作家主張多用日常語體，類似我們以前「我手寫我口」的提法。英文的趨向是日益淺白，我們寫中文有沒有必要也朝這方面來努力呢？

黃：「我手寫我口」是白話化的要件，一定是往這方面走，但是語文隨時會變，語文並不是說每一代都固定不變的。

「巴士」與「秀」

黃：三十年代的譯作，在那個時候，可說盛極一時，認爲是了不起的作品，到今天來看平平淡淡。正如現代語文般，並沒有完全放棄文言，假使譯文中用得著文言的話，就用。

何：如果你想表達一個概念，想說一句話，剛好你又很純熟地掌握兩種表達方法，譬如說文言文你找到一個成語可以應用，同時白話文也想到很生動的口語詞組能表達同一個意思，那麼在一般情況下你會選用哪一種？

黃：我要看當時的情況。我在〈兩種「子夜行」〉這篇文章（何註：黃先生此文比較同一原著的兩種中譯並作評論）中討論到一個問題，我舉了 This is my wife 這個句子作例子。這是簡單得不能再簡單的話，袁永先生翻爲「這是我太太」。「太太」在清朝是一種尊稱，不到大官不能稱「太太」，但是現在「太太」成爲一般的通稱，這樣翻很適合我們這個時代。另一個譯者卻把這句話（原本是小說裏一個角色，向小孩介紹自己妻子時說的）翻成：「這是我的夫人」。「夫人」用在這裏並不恰當。「夫人」到現在仍是一種「尊稱」，在古代來講，要一品大官、二品大官的妻子才能稱「夫人」，三品就只能稱「淑人」了。現在我們雖然沒有限制，但「夫人」總是尊稱。譬如我們說：「尊夫人來了沒有？」很客氣。所以，我在文章中說，This is my wife 可以有一二十種翻法：「這是內子」、「這是拙荆」、「這是山妻」、「這是賤內」、「這是內人」、「這是敝內」，通俗一點說：「這是我那口子」、「這是我老婆」……

何：中國大陸說「這是我愛人」。（笑）

黃：（笑）對，對！所以說，你可以有一二十種翻法，但是你決不能翻成「這是我的夫人」……

何：特別是對著一個小孩……

黃：對！特別是對小孩，這個文言就用得不恰當，是不是？

何：是啊，我們對小孩一般不這樣說。那麼，談到文字的個人風格，我們說文章的風格反映人的個性，個人的人生觀、情感、思維、經歷等等，都直接間接地在語言裏邊表現出來。到底風格可不可能翻譯？假如可以的話，是否意味著翻譯者必須有多副筆墨，才能勝任不同風格用不同的筆墨來翻譯這樣的要求？有甚麼辦法使我們翻譯的語言足够表達不同的原作者的語言、身分、階級、經歷、題材等等？

黃：這是很難的任務。我覺得最理想的，一個翻譯家終其一生只研究一個作家，翻他的東西。但是目前這個社會就不能養活（這樣的）翻譯人。我很佩服日本人做翻譯，他們的翻譯家能够幾十年只研究那一個作家，專門翻譯他的作品，三十年前翻了以後，三十年後又來翻這個作家。但是我們的社會現在養不活這種翻譯人，假如翻譯人要專門研究一個作家，那早就餓死了。

所以，今天翻譯作家的作品，幾乎每一個作家都要嘗試，都要翻譯。能够保持原來作品的一點點味道，那就算不錯了，不可能完全維持保存他的風格。我翻過（雷馬克寫的）《凱旋門》，翻過（托爾斯泰的）《戰爭與和平》，翻過《古拉格羣島》，作家是德國的、俄國的、蘇俄的，他們的風格完全不一樣。我是透過翻譯家翻成的英文以後才再翻譯，雖然我可以略略看得出他們一點的風格，能够保存，這就盡到最大努力了。

我常常跟朋友講，我說，最忠實的譯就是不譯。你何必要譯呢？最忠實就是把原文拿給人看。旣然透過了翻譯，就是有一點不忠實存在。你不可能把原文有的全部都翻出來，因爲原文作家不能看你譯的東西，這個就是不忠實了。

我們談忠實，不只要對原文忠實，而且要對讀者忠實。這是兩個不同的層次。對原文忠實，我可以把原文是怎麼樣就怎麼樣譯下來，讀者懂不懂那是你的事情。原文就是這個樣子嘛，我就這樣譯，你非要看我的不可。這是我們上一代的人對「忠實」的看法。

但是今天我們不一樣，今天這個時代變了，這個社會變了，讀者有知的權利，有買的力量。你這樣翻我讀不懂……對不起，我不買你的書可以吧？對不對？沒有讀者，那你怎麼能把原作者的意思傳達給中國人？所以，你要更上層樓，翻譯還要對讀者忠實。用他們所能接受、能了解的文字譯出來。

何： 對原作呢？

黃： 除了對原文忠實，還要進一步對讀者忠實——他原文是這樣寫的，我要如何用銖兩悉稱的中文寫出來，讓我們當代的讀者都能够了解？對讀者忠實，決不敢對原著不忠實。這是更上的層次，是上一代和這一代翻譯的不同，上一代做翻譯，主張有人而失己，這一代則要有己有人。

何：那有沒有辦法做到既對原作者忠實，又對讀者忠實？

黃：這種主張根本上就是對作者忠實。對讀者忠實的基本條件，就是要對原著忠實。你不可能把原著改了以後，又說是對讀者忠實。

何：接著想請你談談譯名統一的問題。譯名的統一起碼是存在了數十年的老問題。臺灣地區譯名混亂的程度不知道嚴不嚴重？華文或者說中文譯名的統一，是不是以後會實現？

黃：關於名詞的翻譯，第一個原則就是「依主不依客」。主的話，以地區來講，它都有它的翻法，香港有香港的翻法、臺灣有臺灣的翻法。翻譯的人要按照當地所能够接受的方法來翻譯。你要是要求新加坡、香港、臺灣幾個地區的翻法都統一，那是不太可能的。電影明星 John Wayne，臺灣翻成「約翰韋恩」，香港翻成「尊榮」，新加坡翻成甚麼我們不知道。所以我談到譯名的第一個原則：你假如要翻譯的話，要按照主人的翻譯，你不能說我這個翻譯非常正確，我譯的音又很切合，你譯的那個不對。這樣人家便不能够接受了。譬如，我們叫「洛杉磯」，僑胞叫「羅省」；我們叫「舊金山」，僑胞叫「三藩市」。那麼你就依照「主」去譯。我這篇譯文在臺灣發表就用「舊金山」，在僑報發表，就用「三藩市」。你要在腦筋中確定「依主」的原則。

何：報界的譯員碰到韓國、泰國或者馬來西亞方面的地名、人名，怎麼解決？

黃：我不是剛才跟你講了，報紙有修正力，頭一天電報來了以後他也許不知道，就用譯音。到第二天僑報來了以後，可以修正。有的時候由派在各地的特派員把漢字用傳眞機傳過來，我們就知道了。

何：臺灣翻譯人有沒有甚麼常見的毛病？毛病的產生是由於譯學理論修養技巧不足呢？還是在於雙語能力不够？

黃：最近臺灣的翻譯很進步，特別是年輕的一代。

何：前幾年有些搶譯、盜譯的情況，帶出些素質比較低的譯作。

黃：搶譯、盜譯還是免不了，因爲法律不禁止，因爲我們還沒有參加世界版權組織，法律不禁止，當然人人可以做。一本書出來以後，報紙一登，宣傳開來，大家認爲可以賺錢，都來搶。搶譯是免不了，這是一個毛病。一本好書出來以後大家都搶，是不是够水準呢？沒有一個人作過正確的評判。作評判也很難，你要把幾家的譯品一一都拿來對照原文看過，很費時間，還有一個——你得罪朋友。是不是？

何：批評總要說好說不好，按照實際情況說實話，說他好就好啦，說他不好有的就不高興。

黃：還有一個，我想年輕的這一代譯人，有些人外文水準不够，而中文又不太注意。

何；不太注意，是由於他們文言基礎打得不够紮實呢？還是寫作方面沒有汲取前輩的經驗？

黃：我想是中國文學的根基沒有打好。中國文學不完全是文言文，還有白話小說等等。有很多人談起莎士比亞就頭頭是道，談起《紅樓夢》他一點都不知道。專門做莎士比亞研究，這當然無可厚非。但是你如果要做翻譯，那就要下雙倍的工夫：西洋文學要看，中國文學你也要看。

何：在香港，劣譯的情況比較嚴重，經常有積非成是帶來的問題。「迷思」跟「秀」一類的歪譯，用得多了，就好像是天公地道的了，你用中文固有的詞語，有的讀者反而不懂、不習慣，臺灣有沒有這樣的情況？

黃：有。翻譯人就要迎頭痛擊！不瞞你講，香港那個「巴士」，我就第一個反對。

何：「何必巴士」？（何註：「何必巴士」爲黃氏一九八三年寫的譯評篇名，認爲在臺灣「公然提倡『巴士』這種取音的譯名，期期以爲不可」。）

黃：對，對。因爲這種音譯不必要嘛，這種名詞，可以用中文表達得很好。音譯不是不好，而是不能够傳得遠、傳下去，譯名有地域性和時間性的限制。現在美國的客車改coach了，我們是不是要翻成「可耻」呢？你不可能跟著人家文字這樣走。

何：剛才你談到尊重原地的習慣，那香港這「巴士」是到處這樣叫了，又怎麼辦呢？

黃：在香港我就尊重香港的習慣。用在香港可以，在我們這裏一向叫「公車」，「巴士」最近才流行的，你就要告訴讀者：這個譯名不好。

何：這名字可能是跟著香港電視節目這樣傳過來的。

黃：對，對，對。那個「秀」也是從香港過來的。

何：我們以爲是臺灣發明的？

黃：沒有，沒有。就是那些影藝人員，「啊，今天做show」，我們的記者就不加思索，照本宣科寫出來啦。

何：搞到工地有「工地秀」、議會也有「議會秀」、街頭又有「街頭秀」。

另外，我覺得翻譯是有啟蒙、教育的作用、傳達、溝通與娛樂等社會功能。目前譯人的社會地位比較低微，報酬也不高，由於種種的因素，翻譯成爲吃力不討好的工作。你有沒有甚麼改革的意見？

黃：我認爲，只要是你興趣所在，做這個事情，待遇、地位你不要計較，你努力去做，心安理得就成了。這是你興趣所在，世界上任何一件事情都要有人去做，並不是非要把翻譯的地位提高、待遇提高，不必。反正你做一分算一分，在待遇、地位都講不上的地方，我做翻譯也做過來了，但你自己得到快樂。假使你沒有興趣，沒有快樂，這個事情就很苦了。你在翻譯當中得到了興趣與快樂，能夠把人家的文字用中文適當表達出來，還從中得到領悟，這種快樂我相信就值得，我是這樣想的。

何：每一個剛入行的青年翻譯人，未必都有這種高貴情操和忍耐力，而且這個社會也相當現實，假如翻譯行業社會地位老是那麼低、報酬老是那麼低，會不會使到有才能的青年不願意走到翻譯的行列中來，從而影響我們整個社會所需要的翻譯的素質呢？

黃：在這一點，我老早就建議我們國家應該參加世界版權組織，就是說今天不可能有「免費的午餐」，不可能有廉價的知識。我們幾十年來廉價用西方的知識用够了，今天應該參加世界版權組織。上一次我們就說不應該隨便翻，應該得到人家的同意才能翻。要人家同意，多少要付出一筆錢，要尊重人家的智慧財產。那麼，這樣的話，你雖然付出了一筆錢，但你也得到了國內發行的保障。這本書，你得到了人家授權，就由你這一家翻，別人不能翻。這本書要是很好的話，那你就可以賺錢。

所以，這是一個很好的方法，對翻譯人有利也有不利。有利是翻譯的地位提高了，社會上出版家的眼睛也很亮，他既然這本書要賺錢，他花了大價錢去付了人家的版權，當然要找一個合格的人、够資格的人來翻這本書，付的稿費也會很高，專事翻譯的人士就會成爲一個集團，慢慢就出現了。所以你剛才提到，說要「够格」，這情況慢慢就會形成。這是治本的方法。

治標的方法，就是說，那只有翻譯人自求多福，要「有所不爲」。第一個我不亂翻，我不翻亂七八糟的東西，保持自己的水準、品味、和譯力，讓自己的形象不受破壞。我自己翻哪樣東西我都很負責任。慢慢讓大家知道你、信任你。當然，做翻譯要賺錢的方法很多。老實講，今天用個筆名隨便翻翻下三爛的文字，到處都有人要。

美國的通俗色情小說隨便翻翻，會怕沒有人要？但是，我覺得翻譯的人有一種……說道德的話，也許太高了，就是對社會的責任感。哪種東西能翻，哪種東西不能翻，你應該有所選擇，總要有原則，有所不爲。你不能說我爲了賺錢，甚麼東西都可以翻，這是一個很重要的道理。

何：臺灣翻譯界的現狀如何？例如，新聞翻譯的準確可靠程度怎麼樣？文學翻譯的重點適不適當？如何糾正外國著作翻成中文的多，而中國著作翻成外文的少這種偏向？

黃：現在臺灣翻譯書籍，大致上也是一種入超。外文翻成中文的多。把中文翻成外文，也有人做這個工作，不是沒有做，只是不够集中，不够密集。像「中國筆會」便在做這個工作。此外，據我所知，有些外籍人士在臺灣把中國的小說翻成外文。幾年前，有一次我在中山北路一家西文書店裏，碰到一位外國教授，他告訴我，他在翻譯《濟公傳》。

何：哈，相當冷僻！

黃：《濟公傳》的文字也很難翻，因爲它是用北平的土話寫的，但還是有人做。但一般來講都是入超。在文學書籍的翻譯方面，有兩個出版社可以多注意。一個是「遠景」，一個是「皇冠」。「遠景」出過一百部世界文學作品和《諾貝爾文學獎全集》……。我替它翻譯了好幾部，《戰爭與和平》就是替它翻的，還有《西線無戰事》、《里斯本之夜》和《凱旋門》，但是「遠景」近來遇到困難……另外一家是「皇冠」，它在一兩年之內出了一百多種書，它是以美國的暢銷書爲導向，暢銷書一出來，它就翻，這兩家是出得比較多的。

何：臺灣有幾十家報紙……

黃：三十一家。

何：你覺得電訊翻譯的一般素質怎麼樣？

黃：新聞翻譯的水準，一般來說還是不錯的。

何：在香港問題談判期間，路透通訊社有一次用英文發出電訊，說 There is no question of Britain's retaining its army garrison in Hong Kong after 1997.（一九九七年以後，英國陸軍不可能留駐香港），可是此地有家大報弄錯了，把這句話翻成「一九九七年之後，英國在香港保有陸軍警備隊……無問題」。在你的印象中，這樣的嚴重失誤多不多？

黃：像這種情況很少，我在編譯組做過，像這種有關重大事情的編譯，都由有豐富經驗的人來做，像這種情況都很少，錯誤是錯在小地方，這種大的都很少。

何：那麼，文學翻譯的重點放得恰不恰當？一般來說是暢銷書翻譯得多一點，但是從文學長遠的觀點來看，流行一時的暢銷書，未必就是重要的有價值的作品。

黃：理想是理想，市場是市場。我心目中好多好書擺在那個地方，我不是不想翻，是沒有人給你出。上一次葛浩文來，我就跟他談，我講到 Joseph Heller 的 *Catch-22*，我說，哎呀，這書名現在已經成了英文一個成語了，我們有些人還不知道呢。還有 Norman Mailer 的成名作 *The Naked and the Dead*，這本書我也很想翻，只是找不到出版社肯出。

何：希望不久有開明的出版家能採納你的意見。

黃：問題是，他們第一個考慮能不能賺錢，要是不賺錢，他就不會出版。

何：曾經有人主張同一名著的譯本應該多於一種，而且眞正的名著，每隔一段時間就要出新譯本，來適應語言的變遷。你認爲重譯眞的有必要嗎？

黃：我完全同意這種看法，重譯有此必要。不但我同意，全世界翻譯界都同意。

何：不會是一種浪費？

黃：不會是一種浪費。你過了一段時間以後，就要重譯。法文的莎士比亞也是重譯。

翻譯的工具書

何：你在實際譯作中，最常用的工具書有哪幾種？你對它們有些甚麼評論？

黃：我覺得翻譯，要具備英英、英漢、漢英、中中——就是中文字典——這四類都應該具備。用得最多的話，當然是英漢字典。但是，翻譯到了一個階段以後，用中文詞典比英漢字典的還要多。爲甚麼道理？我要找一個適當的詞語，必須在中文字典裏找。在我來講，因爲住在山上，不方便到市區圖書館去，所以我有自己的百科全書，像「大英」哪，像「世界」啦，另外中文的我還買了一套《古今圖書集成》，那是中國最古老的百科全書。這是關於字典方面。

至於其他的工具書，我也曾在一篇文章裏說過，起碼要具備十種，像人名詞典。人名詞典包括中國的人名和外國的人名。外國的像 Webster's 人名詞典，大概全世界有名的人都在裏邊。這當然不够，不過一般來講我們翻譯差不多可以應付過去了。地名詞典也是很重要的。地名當然有中國的，有外國的。動物詞典，植物詞典，還有軍事方面的詞典……我一共列出了十種，我還特別列出了莎劇和《聖經》的詞典，這個是很重要的。我們這兒唸外文系的學生，沒有選《聖經》的，其實這是很大一種損失……《聖經》我們不要當宗教來看，要當文學來看。唸英文而脫離了《聖經》的話，很多地方就要事倍功半。所以，你必須要懂得《聖經》的字句，懂得在哪個章節來找，對我們翻譯來講才很方便。譬如說，《聖經》講一個句子，我立刻可以找到中文《聖經》那個句子，我不必翻譯了嘛，人家都現成翻譯得很好了，我何必再翻譯呢？這是個偷懶的辦法。《聖經》我自己差不多有七八種版本。

何：《聖經》的版本？還是《聖經》的索引？

黃：《聖經》的版本和索引都有。

何：現代的《聖經》，近幾年新出現的呢？

黃：現代的也有，中文有兩個版本，「和合本」和「現代版」都有，英文的更多了。做翻譯的人都要具備。

還有莎劇。唸英文的人，如果這個句子出自莎士比亞而你不知道翻起來就很苦。我自己就上過這個當：十年前我翻《巴頓將軍傳》，最後那一段，我花了好大工夫去翻，翻出來結果一看，就是莎士比亞的，（笑）但印都印出來了，結果最後那一句還錯了。所以說，這多麻煩。假如我當時瞭解了出自莎劇，莎士比亞有不同的版本，梁（實秋）先生有一個版本，我把梁先生的版本譯的現成的拿出來，決不會錯。所以說，做英文翻譯的話，這兩種工具書很必要……此外還有運動，運動的工具書也要具備。運動的範圍很廣，很難，它的名詞很多都是專有名詞。還有現在的電腦（電算機），電算機的專有名詞，你必須具備。這樣的話，基本的翻譯工具書才算有了。

何：在英英詞典方面你最喜歡和常用哪一本？

黃：我用 *Webster's Third New International*，大致上新名詞都有了。

何：假如要瞭解英文難字難句的含義、用法，多半查甚麼辭書？

黃：我都用 Webster's 來查，萬一查不到，我就查《大英百科全書》。

何：現在中中詞典是不少啦，臺灣市面常見的有《國語日報辭典》、《大林國語辭典》、《東方國語辭典》、《辭淵》、《名揚百科大辭典》、《當代國語大辭典》、《辭源》、《辭海》等等，可是這些著作有共同的缺陷，最明顯的是現代活的詞語收得很少，很不夠，文言詞語要查還容易一點，談到當代詞語，特別是用法、例解就很不够，詞條數目也十分有限。你覺得現有中中詞典哪一部對譯者最有幫助？

黃：我覺得，手頭很方便的一本便是《國語日報辭典》，我在家裏和兒子爭的就是這本詞典——《國語日報辭典》，何容先生編的，它很口語化，完全是國語，所以有時候我翻譯用這個。在家裏用這本詞典跟我兒子爭來爭去。他唸小學，他常常爭這本詞典。我在辦公室也把這本詞典放在手頭，我覺得這是最簡明方便的一本詞典。

何：但你覺不覺得即使這麼好的一本詞典，它的收詞量也畢竟太少了？

黃：那當然，哦，我們不可能期望詞典太高。詞典有時間性，而語文在進展，在變化，假如不修訂的話，它慢慢慢慢隨著時間增長而落伍。你看 Webster's 有時候有些新詞它也沒有。

何：最近有一套《文史辭源》你有沒有看過？

黃：這一套還沒有看過。

何：漢英詞典，在香港所見，就有好幾部，像林語堂先生的《當代漢英辭典》、梁實秋先生主編的《最新實用漢英辭典》、劉達人先生的《劉氏漢英辭典》、吳景榮先生主編的《漢英詞典》，以及《翟氏漢英大辭典》、《麥氏漢英大辭典》，還有耶魯大學出版的《漢語口語辭典》。我知道你評論過林語堂的那本漢英辭典。你覺得這些辭書哪一本最好用，它們的素質怎麼樣？

黃：最好用的是梁實秋先生那一本，你無論用哪一種方法，都可以查得出所要的詞兒來，論筆劃、論部首、論讀音，它查起來的確很方便。但是，林先生那一本讀起來很過癮，眞是很過癮，我雖然不做中翻英，那種翻譯多讀很有幫助。他那個左上右下的檢字法，我們認為很不習慣，但是外國朋友，還有現在電腦認為很方便，目前有一家電腦公司——神通電腦公司——就買了專利權來編，足見林先生有獨到的見解。

另外還有一本《麥氏漢英（大）辭典》，「耶魯」的沒有看過。「劉氏」的我看過，劉先生編的那本，可以作參考。還有一本小的、國語口語化的漢英辭典，也是我所欣賞的，我推薦過，我覺得不錯。

何：我也同意梁先生那本漢英辭典是最方便的……

黃：最好查。

何：最好查，也有相當水準。但是，我覺得，梁先生和林先生所編的這兩本漢英辭典，有些詞目所提出的譯法，能用來翻譯。譬如說，在「歇後語」這個詞目下，兩者提出的都不過是用英文寫的解釋，解釋歇後語到底是怎麼一回事。既然是解釋，往往就很長，不精練，而且不能套用，我們要是眞正做翻譯，就不能用它們提供的解釋性定義套在我們譯文裏邊。

黃：對，是有這樣的缺點。舉一個最近的例子，我剛剛發表的一篇文章也討論到這個問題。我發現了一個很有趣的例子：在〈兩種「子夜行」〉這篇文章裏，我談到小孩兒玩的 tic-tac-toe 這種遊戲該怎樣翻。

我說第一個給考倒了的就是英漢字典，竟然沒有一本拿得出像樣的譯名來，有的只解釋爲「一種二人對局之兒童遊戲（二人輪流在一九方格之盤上劃十字或圓圈，以所劃之記號三個成直、橫、斜線相連者爲勝）」。這裏面（連標點）共有五十二個字，那麼我們做翻譯怎麼可能把五十二個字擺進去？絕不可能。你要把它的名稱譯出來，你不能解釋它是甚麼意思。

袁永先生翻爲「井字遊戲」，這個我覺得還可以，另外有一位戴先生譯成「○×棋」，這麼一來望文不但生不了義，連讀音都難了：應該唸成「洞叉棋」呢？還是「零乘棋」、「圈十棋」，還是「阿愛克斯棋」呢？這種容易誤導讀者的符號怎麼能代替文字？這就是解釋很多，意思很淸楚，但是，名稱卻沒有譯出來。

何：這不能算是好的譯名，它只是解釋而已，我們需要的是一種簡明的名稱。

黃：我認爲 tic-tac-toe 這種遊戲可以翻成「三子棋」。圍棋有「五子棋」，就是假如能够把五個子擺成一條線，就贏了。我們可以用圍棋的方式把這個名詞翻成「三子棋」，只要我們能把這三個子擺成一線，我們就贏了。而字典上的五十二個字，是沒有辦法拿到譯文裏去的。

何：很感謝你，黃先生！今天花了你很多寶貴的時間……

黃：哪裏！哪裏！

何：跟我們介紹了你的很多獨到的見解，很感謝你！

黃：志同道合，志同道合嘛……

何：我相信廣大讀者跟年輕譯人唸到訪問錄，唸到你的譯學見解，將會大受啟發……

黃：我的意見一定會引起很多爭論，但是……像我談姓名的翻譯，就見仁見智，各有看法，〈姓名的翻譯〉這篇文章我還沒有寫完，我要寫完，那我這本書就可以告一段落而出版了。我爲甚麼還沒有寫？因爲現在還在收集資料，就是要加以討論，做到廣泛周延，讓人家不至於對我有誤解。至於問：「你爲甚麼要這樣做？」因爲這是影響很大的事情。一般現在都喜歡姓名間加上點，點從哪裏來？沒有一個理論，我沒有看過一篇討論姓名翻譯「點」典故的文章。爲甚麼要用這個點？後來我查出是跟日本人學的。以前我們也跟日本人交往，爲甚麼沒有學，到後來又學？這是甚麼道理？……所以我一直希望把這些資料查明以後，寫一篇完整的東西。

何：臺灣的翻譯批評……有沒有這樣的風氣？報章雜誌有沒有談論翻譯問題的專欄？

黃：很少，因爲要做批評的工作，你必須在翻譯方面很熟，能够看得出翻譯的高低來批評，一般人覺得與其批評人家，使得人家不快，還不如自己做翻譯。假如翻譯批評要活得下去的話，他起碼要有個地位，有個專欄，有人聘請，他寫下的東西要經常有人登，使他可以活得下去……

何：而且他要不怕得罪人。

黃：要不怕得罪人。像美國的劇評家，是很不客氣的，戲劇演出，第二天整個劇團都要看他的批評，看他的顏色，這種批評的地位就建立起來了……

何：能像那樣，那麼社會和譯壇上，也就能扶持客觀批評的風氣。近些年來，在香港的出版物上，不時會有一些涉及翻譯問題的論評，大約三四年前，有的報章更開拓了純作翻譯批評的園地，到現在，譯評專文、馬來文、淡米爾文等各種語文之間互譯的活動，一直非常蓬勃、頻繁，一九八四年五月，當地報界更首次開闢翻譯論評的專欄。就像文學創作需要批評一樣，我覺得翻譯也應該有批評。譯評的工作不管做得怎樣，總要有人來開個頭。在今天傳通的信息很大一個部分經過翻譯處理，有譯評可以更好推動翻譯界向前，譯評就是翻譯的品質監管，有助於提昇翻譯的品質，培養翻譯專業輿論的力量，同時也可以加深社會人士對翻譯甘苦的瞭解，讓大家重視翻譯工作。

黃：所以，我說啊，在臺灣還沒有像你這樣熱心的人，眞的，我眞佩服，走幾萬里路，花多少錢……

何：還是要感謝你賞面!

黃：其實你只要寫封信來，我一定也是會回答你的問題，只是沒有這樣親切就是了。

何：是啊，總是見面好……

黃：你所訪問的人，我大概是唯一的例外——不是學院派的，只是一名譯壇的散兵游勇。

何: 哪裏! 哪裏! 你有多年的實際經驗, 又有獨到的見解, 我很高興能向新加坡、香港等幾個地方翻譯界的朋友, 介紹你的譯學主張。

——原載香港一九八五年十二月二十九日至一九八六年四月二十七日《信報財經新聞》及臺北《幼獅月刊》

附錄二

譯筆四十年

興趣·樂趣·志趣·
誠心·信心·恒心!

朱煥文

就憑這簡單明瞭的幾個字，黃文範先生的悠悠四十年筆履，由坎坷到順暢，由堅實到卓然有成。他在臺灣文壇，留下了一片鏗鏘和滿園青綠。

凡是愛書的朋友，我深信都讀過《古拉格羣島》、《戰爭與和平》、《凱旋門》、《一九一四年八月》、《麥克阿瑟傳》、《鵬摶萬里》、《魂斷傷膝澗》、《西線無戰事》、《巴頓將軍傳》等等，這些不朽的世界名著，可說都是值得一讀再讀的作品，其實，黃文範先生的譯著，何止這些，這只是抽樣而已，他的作品，除了許多部軍事學術性書籍，單單文學創作類，就已將近五十鉅册，論頁數近一萬六千頁，約一千一百萬言，這要多少心血，多大耐性。以及多麼精鍊的外文修養才能做到?

黃先生是今年五四文藝獎章文學翻譯得獎人，在他的得獎感言文章中，曾立下「做它一輩子」的誓言。就筆者所知，立不立誓言，他都會握緊譯筆，幹這一輩子的。因爲，他是個眞正的書生。雖然在空軍防空砲兵待了半輩子，那半輩子之中，從未放下譯筆，因爲要當媒婆（將中外文化輟合成雙）他必須讀書，不單是讀外文作品，連本國文也得兼修，否則，無法以最適切的文字，將外文作品介紹給讀者。介紹一篇小說看來簡單，眞正能傳譯原作的內在精神，絕不是浮光掠影，描繪皮毛能令人滿意的，譯者要對原著負責，要對讀者負責，甚至於要對文學使命負責，對自己的敬業精神與赤誠的良心負責，就不得不全神貫注，作全部的投入；所以，以黃文範先生一向溫文踏實的風格，他可說在默默握筆近四十年的時光裏，從來沒對任何人誇耀過什麼，沒對自己的要求放鬆過，倘若不是這次得獎，記者們逼他公開亮相，逼他公開作品目錄，他的「賬目」，也許永遠會是個謎，也許永遠沒人能統計他究竟譯了多少部作品。

成功的路上，往往沒有捷徑，也沒有倖致，天才不足恃。天分加努力，再加上有恒，或許能使一個人踏上成功的征途吧。

黃先生於三十年代的前三年，抗日戰爭最激烈的時候，他在軍校受訓，學科十分嚴格，他選的外文就是英文。據他自己說：他最怕背生字，但不能不背。培根、藍姆、史蒂文生、富蘭克林、王爾德……等的文字，距烽火連天的生活何其遙遠？做一個專業軍人，逼著啃這些文學名著。似乎也不怎麼甘願，但他不能不讀。在那時的感受上，也許根本不是啃，而是最寂寞的熬。苦澀地熬！

懦弱的人，把逆境看作悲苦，堅強者把逆境當成挑戰。他深信，不論做什麼，都得有種馬拉松的耐力，嚴冬折磨人，春天會接踵而至；黑夜再漫長，總有天亮的時候。再說，做學問急不得，急功近利，不如源遠流長。讀書是存儲，點點滴滴的儲蓄，即是日後應用的資本。所以他像一個空腹的饑者，管它糠糠菜菜，不忌生冷地往肚裏猛吞。眞的，他能有今天，苦讀的那個階段，也許就是最踏實的奠基工程。學而無用，對學習者往往是種困擾，至少令人覺得沒有一顯身手的尷尬，學以致用，景況就大不相同。到了民國三十三年，抗戰成了盟軍聯合作戰，軍校的英文課程，完全以軍事兵學爲主。這種改革，使學生倍覺興奮。他的興趣，也在那時提升了許多。當然，「對我有用」的觀念，鼓勵了他興高彩烈地猛讀。

興趣使他拓展了閱讀的領域，由美軍營房得來的《讀者文摘》、《生活》、《柯里爾》等舊雜誌，都成了他貪饞的精神食糧。片紙隻字，都剪輯收藏起來。

有了閱讀的興趣，他常常發現外國雜誌上的短文，含蘊著幽默的情趣，一種妙文共賞的心意，使他展現了翻譯的衝動。由同學共賞，拓展到向報社投稿，那也就是他翻譯的開端。在他一大堆譯作中的《珠璣集》、《智慧的語花》、《唾玉集》、以及在「皇冠」上連載十年的《人生解頤集》與《名人雋語集》，都是這類小品文的精華。

促成黃先生畢生作「媒婆」工作的另一動力，該歸功於兩度留美。回國後，立意要做件貢獻專長給國家的大事——翻譯防空學術大系，把他以防砲軍官留美的教材與知識，完完整整地介紹到國內來，這是件非常吃重的工作，但在工作中，也磨利了他的譯筆。

從那時，一支譯筆緊握，揮得更勤、更勇、更犀利，日積月累的結果，譯作像滾雪球像叠磚蓋屋，當然不是一尺一尺往上竄，卻是一寸寸往上添。我們常常說「著作等身」，黃文範自稱是著作半身，他出版的集子，放在他身旁，足有他半個人那麼高。幸好他鬪志旺盛，否則，早該像自焚的蠟炬，給耗到沒有書高嘍。

有一次我問他翻譯的滋味如何？在我直覺的想法；比葫蘆刻瓢，比創作似乎要輕鬆得多。他回答得直截了當——五味雜陳，得到了快樂，也受盡了折磨。

他以經驗告訴我們；創作要苦苦經營，還必須一口氣寫下去，中途雖然可以斷，但內心絕不能完全放下。翻譯則不然，由於原文俱在，任何時間可以停筆，任何時間也可以再開始。但創作可以神遊環宇，愛怎麼寫就怎麼寫，翻譯則不同，譯者完全被原作者牽著走，你是他的奴才，作不了半點主，別以爲天高皇帝遠，譯得稍有出入，不傷大雅，但終有一天給人家抓住小辮子，吃不完只有兜著回家，事實俱在，罪證確鑿，賴不了賬的。他曾經給我舉出一位名家所譯的作品，名氣雖大，仍有不够看的地方。

記得幾年前，在《中副》他曾經和別人討論過某人作品的翻譯問題，也讀到過他獨特的看法，沒經過長時間的鑽研，他怎能與人家論是非呢？

有人認爲，寫作是基於「愛」，聽來籠統，其實不然，我們可以在舉世公認的鉅著中，得到證實。翻譯的出發點，我想也離不開一個愛字吧。據我所知，黃文範就是這樣的人，十幾年前他著手翻譯《魂斷傷膝澗》後，才明白歷史記載哥倫布「發現」新大陸（美洲），實際上是白人移民美洲的「入侵」，當時白人以「奉天承運」自居，憑仗優勢的文化與武力，將印地安人的土地，一大片一大片的巧取豪奪，也是集體屠殺紅人的血腥紀錄，而後建立了南北美洲各國。他翻此書翻得心頭滴血，後來在此書的封面上，特別註上「狂馬酋長逝世一百年」字樣。今天，不論美國人或中國人，知道「狂馬」的人不多，但黃先生自譯此書以後，義憤塡膺，再不忍心看紅白戰爭的西部影片，這是何等胸襟呢？俚語說：「說書人掉淚，替古人擔憂！」但替古人擔憂，又有什麼不對？能說那是婦人之仁？創作與翻譯，都能促進人類的了解與和諧，對國際間的貢獻，是不可忽視的力量。但是，我們的讀者，拿起一本譯著，只注意到內容，連原作者往往冷落了，翻譯者，更別提了。所以黃先生曾經如此形容自己：工作是無名、無功，天堂有路不去走，地獄無門自來投，感慨歸感慨，興致不減，樂趣仍在，志趣可非常執著。

寫作本就是一條寂寞的路，雖然創作如蠶吐絲，自成一片錦繡，但那片錦繡，何嘗不是畢生精力所繫？翻譯如蜜蜂釀蜜，完全是爲人作嫁，不過，在爲人作嫁途中，他也承認得到充盈；所以經過長時間的歷鍊，譯者的功力，譯者的心胸，往往猶如倒啖甘蔗，漸入佳境！

許多參與譯作的青年朋友，開始倒也興致勃勃，雄心萬丈，三年五載過去，終於缺少一份苦撐煎熬的耐力而畏縮止步：要知道，淺嚐輒止，當然無法培養興趣，更談不上樂趣與志趣了。

以黃先生多年譯著的經驗，他總勸告有志翻譯的青年朋友，既然走上這條路，就得忍受寂寞，經得起歷鍊，耐力毅力，做任何事都是少不了的，誠哉斯言！

附錄三

第四屆梁實秋文學獎翻譯類譯詩原文

To the Evening Star

Thou fair-hair'd angel of the evening,
Now, while the sun rests on the mountains, light
Thy bright torch of love; thy radiant crown
Put on, and smile upon our evening bed!
Smile on our loves; and, while thou drawest the
Blue curtains of the sky, scatter thy silver dew
On every flower that shuts its sweet eyes
In timely sleep. Let thy west wind sleep on
The lake; speak silence with thy glimmering eyes,
And wash the dusk with silver. Soon, full soon,
Dost thou withdraw; then the wolf rages wide,
And the lion glares thro' the dun forest:
The fleeces of our flocks are cover'd with
Thy sacred dew: protect them with thine influence.

——William Blake (1757-1827)

Watch Repair

A small wheel
Incandescent,
Shivering like,
A pinned butterfly.

Hands
Pointing in all directions:
The crossroads
One enters
In a nightmare.

Higher than anyone
Number 12 presides
Like a beekeeper
Over the swarming honeycomb
Of the open watch.

——Other wheels
That could fit
Inside a raindrop,

Tools
That must be splinters

Of arctic light...

Tiny golden mills
Grinding invisible
Coffee beans.

When the coffee's boiling,
Cautiously,
So it doesn't burn us,

We raise it
To the lips
Of the nearest
Ear.

——Charles Simic (1938-)

附錄四

第四屆梁實秋文學獎翻譯類譯文原文

Walking Tours

Now, to be properly enjoyed, a walking tour should be gone upon alone. If you go in a company, or even in pairs, it is no longer a walking tour in anything but name; it is something else, and more in the nature of a picnic. A walking tour should be gone upon alone, because freedom is of the essence; because you should be able to stop and go on, and follow this way or that, as the freak takes you; and because you must have your own pace, and neither trot alongside a champion walker, nor mince in time with a girl. And then you must be open to all impressions and let your thoughts take colour from what you see. You should be as a pipe for any wind to play upon. "I cannot see the wit", says Hazlitt, "of walking and talking at the same time. When I am in the country, I wish to vegetate like the country", which is the gist of all that can be said upon the matter. There should be no cackle of voices at your elbow, to jar on the meditative silence of the morning. And so long as a man is reasoning he cannot surrender himself to that fine intoxication that comes of much motion in the open air, that begins in a sort of dazzle and sluggishness of the brain, and ends in a peace that passes comprehension.

——Robert Louis Stevenson (1850-1894)

On R. L. Stevenson

A slighter figure is Robert Louis Stevenson, yet another poet-novelist, the Scot who went to the South Seas and died there, at forty-four, just when, as his unfinished *Weir of Hermiston* proves, he was maturing as a novelist, as distinct from a romantic story-teller. Stevenson's enormous popularity, partly the result of his narrative gift but also the reward of his style, which has an unusual and very personal grace and charm (and some of his sourer critics might try to learn something from it before dismissing it as a mere trick), has now lasted a long time, so long that only prejudice would deny this continuing popularity a hard core of genuine literary acceptance. It cannot be explained by the fact that we begin reading him early... his *Treasure Island* being a masterpiece of romancing for boys... for there are many other authors of our boyhood we hurry to forget. Stevenson brought out of his Scots Calvinism a lively sense of evil and its conflict with the good in man, and indeed his symbolic tale of this dualism, *Dr. Jekyll and Mr. Hyde,* though not one of his best stories, is forever being recalled, throughout the English-speaking world, to signify man's divided nature. His exile in the South Seas, which he described with more charm than

Melville had been able to command, gave a welcome exotic flavour to his later work.

——from *Literature and Western Man*

by J. B. Priestley (1894-1984)

滄海叢刊書目（一）

國學類

中國學術思想史論叢㈠～㈧	錢　　穆　著
現代中國學術論衡	錢　　穆　著
兩漢經學今古文平議	錢　　穆　著
宋代理學三書隨劄	錢　　穆　著

哲學類

國父道德言論類輯	陳立夫　著
文化哲學講錄㈠～㈤	鄔昆如　著
哲學與思想	王曉波　著
內心悅樂之源泉	吳經熊　著
知識、理性與生命	孫寶琛　著
語言哲學	劉福增　著
哲學演講錄	吳　怡　著
後設倫理學之基本問題	黃慧英　著
日本近代哲學思想史	江日新　譯
比較哲學與文化㈠㈡	吳　森　著
從西方哲學到禪佛教——哲學與宗教一集	傅偉勳　著
批判的繼承與創造的發展——哲學與宗教二集	傅偉勳　著
「文化中國」與中國文化——哲學與宗教三集	傅偉勳　著
從創造的詮釋學到大乘佛學——哲學與宗教四集	傅偉勳　著
中國哲學與懷德海	東海大學哲學研究所主編
人生十論	錢　　穆　著
湖上閒思錄	錢　　穆　著
晚學盲言(上)(下)	錢　　穆　著
愛的哲學	蘇昌美　著
是與非	張身華　譯
邁向未來的哲學思考	項退結　著
逍遙的莊子	吳　怡　著
莊子新注（內篇）	陳冠學　著
莊子的生命哲學	葉海煙　著

墨子的哲學方法	鐘友聯 著
韓非子析論	謝雲飛 著
韓非子的哲學	王邦雄 著
法家哲學	姚蒸民 著
中國法家哲學	王讚源 著
二程學管見	張永儁 著
王陽明——中國十六世紀的唯心主義哲學家	張君勱原著、江日新中譯
王船山人性史哲學之研究	林安梧 著
西洋百位哲學家	鄔昆如 著
西洋哲學十二講	鄔昆如 著
希臘哲學趣談	鄔昆如 著
近代哲學趣談	鄔昆如 著
現代哲學述評(一)	傅佩榮編譯
中國十九世紀思想史(上)(下)	韋政通 著
存有・意識與實踐——熊十力《新唯識論》之詮釋與重建	林安梧 著
先秦諸子論叢	康端正 著
先秦諸子論叢（續編）	康端正 著
周易與儒道墨	張立文 著
孔學漫談	余家菊 著
中國近代哲學思想的展開	張立文 著
近代哲學趣談	鄔昆如 著
現代哲學趣談	鄔昆如 著

宗教類

天人之際	李杏邨 著
佛學研究	周中一 著
佛學思想新論	楊惠南 著
現代佛學原理	鄭金德 著
絕對與圓融——佛教思想論集	霍韜晦 著
佛學研究指南	關世謙 譯
當代學人談佛教	楊惠南編著
從傳統到現代——佛教倫理與現代社會	傅偉勳主編
簡明佛學概論	于凌波 著
修多羅頌歌	陳慧劍 著

禪話	周中一 著

自然科學類

異時空裡的知識追求 ——科學史與科學哲學論文集	傅大爲 著

社會科學類

中國古代游藝史 ——樂舞百戲與社會生活之研究	李建民 著
憲法論叢	鄭彥棻 著
憲法論衡	荊知仁 著
國家論	薩孟武 譯
中國歷代政治得失	錢穆 著
先秦政治思想史	梁啟超原著、賈馥茗標點
當代中國與民主	周陽山 著
釣魚政治學	鄭赤琰 著
政治與文化	吳俊才 著
中國現代軍事史	劉馥著、梅寅生 譯
世界局勢與中國文化	錢穆 著
海峽兩岸社會之比較	蔡文輝 著
印度文化十八篇	糜文開 著
美國的公民教育	陳光輝 譯
美國社會與美國華僑	蔡文輝 著
文化與教育	錢穆 著
開放社會的教育	葉學志 著
經營力的時代	青野豐作著、白龍芽 譯
大眾傳播的挑戰	石永貴 著
傳播研究補白	彭家發 著
「時代」的經驗	汪琪、彭家發 著
書法心理學	高尚仁 著
清代科舉	劉兆璸 著
排外與中國政治	廖光生 著
中國文化路向問題的新檢討	勞思光 著
立足臺灣，關懷大陸	韋政通 著
開放的多元化社會	楊國樞 著
臺灣人口與社會發展	李文朗 著

日本社會的結構	福武直原著、王世雄 譯
財經文存	王作榮 著
財經時論	楊道淮 著

史地類

古史地理論叢	錢穆 著
歷史與文化論叢	錢穆 著
中國史學發微	錢穆 著
中國歷史研究法	錢穆 著
中國歷史精神	錢穆 著
憂患與史學	杜維運 著
與西方史家論中國史學	杜維運 著
清代史學與史家	杜維運 著
中西古代史學比較	杜維運 著
歷史與人物	吳相湘 著
共產國際與中國革命	郭恒鈺 著
抗日戰史論集	劉鳳翰 著
盧溝橋事變	李雲漢 著
歷史講演集	張玉法 著
老臺灣	陳冠學 著
臺灣史與臺灣人	王曉波 著
變調的馬賽曲	蔡百銓 譯
黃　帝	錢穆 著
孔子傳	錢穆 著
宋儒風範	董金裕 著
弘一大師新譜	林子青 著
精忠岳飛傳	李安 著
唐玄奘三藏傳史彙編	釋光中 編
一顆永不殞落的巨星	釋光中 著
新亞遺鐸	錢穆 著
困勉強狷八十年	陶百川 著
我的創造・倡建與服務	陳立夫 著
我生之旅	方治 著

語文類

文學與音律	謝雲飛 著

中國文字學	潘重規 著
中國聲韻學	潘重規、陳紹棠 著
詩經研讀指導	裴普賢 著
莊子及其文學	黃錦鋐 著
離騷九歌九章淺釋	繆天華 著
陶淵明評論	李辰冬 著
鍾嶸詩歌美學	羅立乾 著
杜甫作品繫年	李辰冬 著
唐宋詩詞選——詩選之部	巴壺天 編
唐宋詩詞選——詞選之部	巴壺天 編
清眞詞研究	王支洪 著
苕華詞與人間詞話述評	王宗樂 著
元曲六大家	應裕康、王忠林 著
四說論叢	羅盤 著
漢賦史論	簡宗梧 著
紅樓夢的文學價値	羅德湛 著
紅樓夢與中華文化	周汝昌 著
紅樓夢研究	王關仕 著
中國文學論叢	錢穆 著
牛李黨爭與唐代文學	傅錫壬 著
迦陵談詩二集	葉嘉瑩 著
翻譯散論	張振玉 著
西洋兒童文學史	葉詠琍 著
一九八四	George Orwell 原著 劉紹銘 譯
文學原理	趙滋蕃 著
文學新論	李辰冬 著
分析文學	陳啟佑 著
解讀現代、後現代——文化空間與生活空間的思索	葉維廉 著
中西文學關係研究	王潤華 著
魯迅小說新論	王潤華 著
比較文學的墾拓在臺灣	古添洪、陳慧樺主編
從比較神話到文學	古添洪、陳慧樺主編
神話卽文學	陳炳良等譯
現代文學評論	亞菁 著
現代散文新風貌	楊昌年 著

現代散文欣賞	鄭明娳著
實用文纂	姜超嶽著
增訂江皋集	吳俊升著
孟武自選文集	薩孟武著
藍天白雲集	梁容若著
野草詞	韋瀚章著
野草詞總集	韋瀚章著
李韶歌詞集	李韶著
石頭的研究	戴天著
留不住的航渡	葉維廉著
三十年詩	葉維廉著
寫作是藝術	張秀亞著
讀書與生活	琦君著
文開隨筆	糜文開著
印度文學歷代名著選(上)(下)	糜文開編著
城市筆記	也斯著
歐羅巴的蘆笛	葉維廉著
移向成熟的年齡1987～1992詩	葉維廉著
一個中國的海	葉維廉著
尋索: 藝術與人生	葉維廉著
山外有山	李英豪著
知識之劍	陳鼎環著
還鄉夢的幻滅	賴景瑚著
葫蘆・再見	鄭明娳著
大地之歌	大地詩社編
往日旋律	幼柏著
鼓瑟集	幼柏著
耕心散文集	耕心著
女兵自傳	謝冰瑩著
抗戰日記	謝冰瑩著
給青年朋友的信(上)(下)	謝冰瑩著
冰瑩書柬	謝冰瑩著
我在日本	謝冰瑩著
大漠心聲	張起鈞著
人生小語㈠～㈣	何秀煌著
記憶裏有一個小窗	何秀煌著